COLLECTION FOLIO

Marie-Gisèle Landes-Fuss

Une baraque rouge et moche comme tout, à Venice, Amérique...

Gallimard

La narratrice débarque sur la plage de Venice, un quartier de Los Angeles où traînent surtout des paumés, des drogués, sous l'œil de la police. Elle-même se drogue depuis une dizaine d'années à coups de pilules qu'elle appelle ses « petites chéries ». Elle finit par atterrir dans une baraque de trois étages en briques rouges qui se dresse sur la plage. C'est un très bizarre mais très efficace « centre de réhabilitation » qui accueille des volontaires comme elle, mais aussi des drogués placés là par la police à leur sortie de prison. Il y a même des criminels parmi la soixantaine de pensionnaires. Le directeur, une sorte de poussah, mi-noir mi-oriental, règne en maître absolu. Un de ses adjoints, Don, est surnommé « le Nazi » pour sa brutalité. Il n'y a ni médecin ni psychiatre. Les drogués se gardent et s'entraident sans aucun autre remède que des séances de travail forcé (on lave sans fin les murs) et de violentes séances de « groupes » où l'on se balance les pires vérités. On croirait une secte. Mais une secte sans mystique. Les relations sexuelles qui se nouent et se dénouent entre les murs de briques sont elles aussi réglementées de la façon la plus étrange.

L'année passée par la narratrice dans la baraque rouge de Venice donne lieu à un récit extraordinaire de vie et d'intensité. Il fallait pour cela le talent et le style d'un véritable écrivain. C'est la drogue vécue de l'intérieur, l'extase, la « dérouille », l'incroyable faune humaine de la baraque. Un monde qui n'a jamais été décrit, où se mêlent l'exotisme de la Californie, la drogue, la folie et le crime. Mais la pensionnaire propulsée dans l'enfer de la maison rouge finit par comprendre qu'on y offre aussi une part d'amour.

Journaliste et romancière, Marie-Gisèle Landes-Fuss a publié *Le grand homme gris* en 1958. Elle vit en Californie.

A mon mari, Rod

A Jesse W. Pratt
Dan Clancy
Kandy Latson
et tous ceux de « Tuum Est »...

A Jody Carter

A Frawley Becker

Les personnages de ce livre sont imaginaires. Toute ressemblance avec des personnages ou des faits réels ne pourrait être que pure coïncidence.

« Tu avais raison ! Elles sont chères, tes pilules, mais elles sont bonnes ! Je décolle déjà !... Vive l'Amérique ! » dis-je au petit mec. Il se marra doucement. Il était blond, l'air poisseux, avec le même Levi's blanc et pourri que la veille quand je l'avais rencontré près de la jetée. Camé comme ça, à quinze ans, c'était vraiment dommage. Et moi ? Camée comme ça, à trente-six ans, c'était quoi ? Passons. Tout était bien dans le meilleur des mondes. Un monde sans questions... Je me rallongeais sur ma serviette. Là-haut, un cerf-volant rouge se baladait, l'air paumé. D'un coup, je me demandai si le ciel américain était plus grand qu'ailleurs. Je commençais à planer en douceur. Les muscles comme des fleurs qui s'ouvraient. La tête légère... Le petit mec s'accroupit dans le sable. Posa sur moi ses yeux embrumés par la came. Avec ou sans came, des yeux trop pâles comme ça, j'en avais rencontré des flopées en Californie depuis hier... « Alors, elles sont bonnes, hein ? répéta-t-il. — Oui. Des bonnes petites chéries... — Des quoi ?... — Je les appelle mes petites chéries parce que, elles et moi, on est inséparables... » Il rigola encore. Il avait l'air d'un lapin, avec une dent qui manquait, juste sur le devant. C'est sûr, je l'amusais. Et puis j'étais la première Française qu'il ait jamais rencontrée. Il attrapa une bouteille de Coca-Cola vide qui gisait là. Fit glisser du sable dans le goulot... « En France, ils se défoncent aussi ? — Oh la la... — Et, les flics, ils sont durs ? — Pas pour les pilules. » Là, on se marra ensemble. De penser qu'il y avait, sur cette terre, des cons assez cons pour croire que les pilules, ça ne faisait de mal à personne. Quelque part des mains se mirent à taper sur des congos. La plage prit un petit air exotique. Je demandai : « Qu'est-ce que c'est ?... — C'est des Noirs... » répondit-il comme il aurait répondu : « C'est des singes... » « ... Ils jouent tous les après-midi jusqu'à ce que les flics les fassent s'arrêter... » Et, non, il ne savait pas pourquoi les flics les faisaient s'arrêter. Il se fourra un doigt dans le nez. Ses yeux essayèrent de me regarder droit : « Tu te cames depuis longtemps ? » D'entendre ça, ça me fit drôle. Personne ne m'avait jamais posé la question. Sans doute que je ne me l'étais jamais posée non plus. Je me mis à observer le cerf-volant tout en essayant de dégotter un chiffre quelconque. Mais impossible de mettre les années les unes au bout des autres... « Très, très longtemps... Je ne me souviens pas d'une époque où je ne me camais pas... C'est pour ça qu'il m'en faut beaucoup, des petites chéries... Sinon ça ne me fait plus rien... » Un petit coup de cafard me tomba dessus. Sans doute que je ne planais pas encore vraiment. C'était ça l'ennui quand on expérimentait de nouvelles pilules... On ne savait jamais le temps que ça allait prendre... « Mais, l'important, c'est de savoir que je peux m'arrêter quand je veux... » ajoutai-je. De me rappeler ça, mon cœur redevint léger et tout... « Moi aussi ! » s'écria-t-il. On s'échangea un sourire. De se dire qu'on était là, jeunes et beaux et heureux, sous le soleil de Venice, Californie, Amérique. Et que, la came, on pouvait l'arrêter quand on voulait.

Après ça, on resta un petit bout de temps sans rien dire. Un type s'agitait près de l'océan, des cordes grises dans sa main. Un cerf-volant jaune alla rejoindre l'autre, là-haut... Drôle de plage, Venice. Des pédés par couples, offrant amoureusement leurs beaux visages au soleil. Des espèces d'hindouistes tortillés dans des positions bizarres. Des camés cuvant leur came, tatouages à l'air. Et puis des flics, des flics, des flics. Dans la Jeep qui hoquetait sur le sable. Dans la voiture noire et blanche qui fendait lentement la foule sur la Promenade. Dans l'hélicoptère qui ronronnait au-dessus de nos têtes... Le petit mec se mit à enterrer la bouteille dans le sable... « Les gens disent qu'en Europe, c'est mieux... Moi, je crois que c'est pareil... Quand on est pareil, c'est partout pareil..., articula-t-il. — Mais, ne pas être pareil, c'est quoi ? » demandai-je. Il pouffa : « Alors ça, si tu trouves, dis-le-moi !... » Un Noir passa, pas loin de nous. L'œil vague, lui aussi. Tête hérissée de petites tresses crasseuses. Short kaki en lambeaux. Il se cassa la figure un peu plus loin. Se releva comme on ramasse un vieux tapis. Continua vers l'océan... « Ils sont chouettes, hein, les gens, sur cette plage ? » lança le petit mec avec enthousiasme. Puis il me demanda si j'étais là en vacances. Oui. Débarquée hier. C'était pas ce qui pouvait arriver de mieux à une petite Française, des vacances en Amérique ?... De plaisir, il rosit un peu... « C'est gentil de dire ça !... Ils prennent tous leurs vacances en mars, les Français ? — En mars ! Mais on n'est pas en mars ! — Mais si ! Quel mois tu pensais qu'on était ? — Je ne pensais pas ! Je ne pense jamais à ces trucs-là ! Si j'avais pensé, j'aurais dit juin ou août ! » répondis-je. Du coup, je me sentis un peu con. Un peu paumée aussi. Comme quelqu'un qui s'est trompé d'adresse... « Les Français, c'est plutôt en été qu'ils les prennent, leurs vacances... — Ici, en Californie, c'est toujours l'été ! » déclara-t-il, comme si l'été était un produit de sa fabrication. « Et tu vas rester longtemps ? » Alors là, que je dis, encore un truc auquel je ne pensais jamais avant. Ça eut l'air de lui plaire. « Moi non plus...

Quand j'arrive, j'arrive... Quand je repars... je suis parti... Quand même... Qu'est-ce qui t'a donné l'idée de venir à Venice ? » A sa tête, c'était une idée qui ne courait pas les rues... J'étais tellement sonnée, je dus faire un effort pour me souvenir... Ah, oui, d'abord il y avait eu l'aéroport géant de Los Angeles. Et puis l'autobus. Et puis, sitôt démarré, paf, l'Amérique. Comme au cinéma. Les autoroutes à vertiges s'entortillant les unes par-dessus les autres, comme un serpent dingue. Les flopées de bagnoles qui filaient, ventre à terre. La forêt de gratte-ciel implacables, bouffant le ciel blanc de chaleur. Et, sur tout ça, un grand air de vitesse, de violence, de solitude étincelante. Soudain, à un arrêt, le décor avait changé. Par la vitre, j'avais aperçu cette plage sale, ces palmiers minables, cette foule hirsute et bronzée... « C'est Venice ! Un faubourg de Los Angeles ! On appelle ça " le ghetto de l'océan ", à cause de la came ! Ici, on trouve tout ce qu'on veut ! » m'avait expliqué la blonde en blouse « made in India » installée à côté de moi... « Ça tombait bien ! Je commençais à être à sec ! Et puis je crois bien que l'idée d'aller explorer les gratte-ciel de Los Angeles, comme ça, tout de suite, ça me fichait un peu la trouille ! » dis-je... Il fouilla le sable de son pied nu et sale... « Moi, je suis là depuis la semaine dernière. Je suis venu du Connecticut, en stop, avec un copain... — Tu fais quoi ? » demandai-je. Naturellement, la question à ne pas poser. Ses yeux oscillèrent. Etonnés : « Mais... je me défonce... » dit-il simplement. Il fronça ses sourcils blonds. Il allait me demander ce que je faisais, moi. A l'avance, ça m'emmerda. Ma faute. Toujours ma manie de poser des questions aux gens. A un moment ou à un autre, ils avaient envie de m'en poser à moi. Ça m'emmerdait. Les trouvais indiscrets. Mais, s'ils ne m'en posaient pas, ça m'emmerdait aussi. Les trouvais indifférents. Alors ? Alors, rien. Alors... « Et toi ? Qu'est-ce que tu fais ? » qu'il dit. « Journaliste... » Il sursauta. Me regarda avec l'air que j'avais prévu.

Impressionné et vaguement effaré... « Ça doit prendre du temps d'apprendre ça... » Beuh, que je répondis, ça dépendait des cas. Moi, par exemple, je n'avais jamais vraiment appris... « Un jour, je venais de finir mes études, un copain m'a demandé d'écrire une critique de spectacles à sa place. C'est comme ça que ça a démarré... » J'attendis qu'il me balance un petit compliment, pour avoir sauté à pieds joints et avec succès dans une profession difficile. Mais il ne dit rien. Même pas ce que les gens disaient d'habitude. Ah, quel métier passionnant ! Ah, voyager, comme ça aux quatre coins du globe. Ah, rencontrer des individus tellement divers, des animaux tellement divers, des arbres tellement divers. Tout ce qu'il me balança, lui, ce fut : « Des journalistes, il y en a de toutes les sortes ! Toi, qu'est-ce que tu es exactement ?... — Pigiste ! — C'est quoi ?... — C'est une journaliste qui vend ses articles à droite et à gauche ! Qui ne travaille pour aucun journal en particulier !... » Il eut l'air déçu : « Pourquoi est-ce que tu ne travailles pour aucun journal en particulier ?... — Parce que je n'ai pas le temps ! » De penser que, dans un sens, c'était vrai, je me mis à rigoler comme une petite folle. Cette fois, je planais terrible. Avec, comme toujours, une envie dingue de parler. De parler de la came, de quoi est-ce que j'aurais pu parler d'autre ? De la came que chacun, n'est-ce pas, pratiquait à sa façon. La mienne, c'était la solitaire. Celle qui prenait du temps, justement. D'abord sillonner Paris en autobus pour aller raconter à des médecins de quartier, naturellement, pas le même quartier, des histoires d'insomnie tenace depuis que mon mari m'avait quittée : « Je-ne-suis-pas-partisane-des-somnifères-mais-voyez-vous-docteur-j'ai-deux-enfants-à-nourrir-et-mon-travail... » Ou des crises d'angoisse dévastatrices : « Vous-ne-pensez-pas-docteur-qu'un-simple-tranquillisant-le-temps-de-passer-mes-examens... » Renouveler leurs ordonnances selon mes besoins. Passer des nuits moites à imiter les signatures avec des stylos différents, augmenter les doses en douceur, sans me tromper dans les milligrammes, me prescrire, à l'occasion, cette nouveauté découverte dans la « chronique médicale » de mon journal favori : « Une révolution dans le monde de la psychiatrie : un médicament miracle qui fait vraiment voir la vie en rose. » Resillonner Paris en autobus et dégotter des pharmaciens de quartier, naturellement, pas le même quartier. Attendre de l'autre côté du comptoir, cœur à cent à l'heure et jambes molles, mon dieu, faites que l'abruti ne vérifie pas. Expérimenter les mélanges. Savourer les mélanges. Parfois, aussi, les regretter, les mélanges. Et passer deux heures, la tête dans la cuvette des W.-C., à souhaiter la fin du monde ou ma fin à moi, ou n'importe quoi, mais que ça s'arrête, bon dieu, que ça s'arrête. Me faire dormir, mais, ça aussi, ça prenait du temps, puisque, dans un sens, je dormais tout le temps. Me réveiller, mais ça prenait du temps aussi pour les mêmes raisons. Ce qui en prenait surtout, du temps, c'était les défonces. Les défonces, c'était ma joie. Presque autant que baiser, et, au moins, on n'avait pas besoin d'être deux pour ça. Des défonces sublimes, au creux de mes draps fleuris. Sur ma droite : carafe d'eau et verre. Sur ma gauche : mon tas de petites chéries couleur d'arc-en-ciel. Des défonces royales de huit jours d'affilée. De l'autre côté de mes rideaux tirés, c'était le jour ou la nuit. L'hiver ou l'été. Paris ou ailleurs. Ce monde-là ou l'autre. Qu'est-ce que j'en avais à foutre ?

Le petit mec m'écoutait, l'air de se demander si toutes les Françaises avaient la parlotte comme ça. Avec son pied maintenant enterré jusqu'à la cheville dans le sable gris, il ressemblait à un prisonnier de guerre... « Tu les revends aussi, les pilules ? qu'il demanda brusquement. — Mais non... — Alors comment tu te débrouilles pour te les payer si tu ne travailles pas souvent ?... » Eh bien d'abord, en France, expliquai-je, les petites chéries, ça ne coûte pas soixante dollars le flacon comme les vôtres ; au fait, avec des prix pareils, j'ai bien l'impression que je vais devoir les écourter, mes vacances... En France, oui, les petites chéries, ça coûte trois fois rien. Et, ce trois fois rien, je le gagnais facile. Avec deux ou trois « séries » à scandale par an. Quelques interviews de personnages imprenables. Quelques voyages dans des coins où les gens n'avaient pas envie d'aller. Et comme il faut bien le dire, j'écrivais bien, il se trouvait toujours un quelconque directeur de magazine pour me payer un billet d'avion. Alors, travailler plus pour gagner plus, pour quoi faire ? Quand mes petites chéries baladaient leur flot vert ou bleu dans mes veines, j'étais riche de tous les bonheurs, non ?... Non, dit le petit mec. Enfin, il ne le dit pas. Mais il resta là, silencieux, à me regarder sur fond d'océan sombre l'air cette fois vraiment pas d'accord... Au-dessus de nos têtes, l'hélicoptère s'immobilisa un instant comme une grosse mouche qui se demande si elle va piquer du nez ou pas. Repartit. « En Amérique, si on ne gagne pas de pognon, beaucoup de pognon, on est un paumé... » déclara-t-il enfin. Ça, ça me vexa. D'autant plus que ça venait d'un Américain, de quoi est-ce que je me mêle ? Un Français ne m'aurait jamais traitée de paumée parce que j'étais pauvre. Ni pour aucune autre raison d'ailleurs. Prendre des pilules, par exemple, ça ne voulait pas dire qu'on était paumé. La preuve : personne n'avait jamais abordé le sujet. Ça prouvait bien que, paumée, je ne l'étais pas. Ça, j'en étais sûre. Enfin, presque sûre. Enfin, quelquefois, quand même, je préférais ne pas savoir. Et, de toute manière, paumée, encore un mot qui voulait dire quoi ? Je dis : « En France, on ne juge pas quelqu'un d'après son compte en banque ! » Pas sûr que ça soit vrai. Mais, en tout cas, sans doute plus vrai qu'ici. Il rafla mon flacon d'huile solaire. Lécha le goulot d'un air circonspect : « Alors, on le juge d'après quoi ?... — D'après son intelligence ! » affirmai-je, une belle réponse quand même, non ?... Le lapin rigola : « Si on est intelligent, on sait faire de l'argent !... — Dans ce cas, je parie que tu es aussi con que moi ! » rétorquai-je. Il commençait à m'énerver un peu. Il cligna de l'œil : « Oui, mais pas pour longtemps ! C'est bien pour ça que je suis venu en Californie ! C'est facile de la revendre, la came, ici ! En une semaine, j'ai déjà fait des affaires du tonnerre !... — Tant mieux pour toi !... » D'un coup, je me sentais vraiment de mauvaise humeur. Pas possible qu'elles décrochent déjà, les petites chéries. Je me mis à suer d'inquiétude. J'allais devoir m'en retaper deux avant que ça ne tarde. Je les tâtai, planquées bien au chaud dans le soutien-gorge de mon bikini. De sentir sous mes doigts leurs petits corps ronds et lisses, ça me détendit. Je me rallongeai sur ma serviette. C'est là que, sans crier gare, la vraie défonce s'amena. Le sang coulant chaud dans mes veines. Un grand soleil se déployant paresseusement dans ma tête... Le ciel était blanc comme un champ de neige. Un champ de neige au soleil. Mais alors, le soleil, le vrai soleil, il était où ? En bas ? Savais pas. Ce que je savais, maintenant, c'était que, oui, il était drôlement plus grand ici qu'ailleurs, le ciel. Dix fois plus grand. Cent fois plus grand... C'était fantastique. Ça et le reste. Cette plage pittoresque avec ses pédés charmants, ses hindouistes distingués, ses flics si consciencieux, ses congos mystérieux. Ce petit copain qui s'intéressait aux mêmes choses que moi. Cette Amérique qui me souhaitait « Welcome in America » en me fournissant ma came le jour même de mon arrivée. Oui, c'était fantastique tout ça. Tellement fantastique que je m'endormis d'un coup. De joie.

Un bruit de voix me réveilla. Deux flics venaient de nous dépasser, gros culs bougeant en cadence, matraques sur la hanche, l'air nonchalant... Dans l'air, quelque chose se tendit imperceptiblement. Sur notre gauche, un type à cheveux longs et une fille, à moins que ça n'ait été deux types, se levèrent discrètement et filèrent. Là-bas, sur les congos, les mains s'énervèrent. Pourtant, ils ne firent rien de spécial, les flics. Ils continuèrent à se balader comme ça, leurs pas s'enfonçant mou dans le sable... « Tu sais combien il y a de camés à Venice ? Trois mille ! C'était dans le *Los Angeles Tribune* d'hier ! » dit fièrement le petit mec. Il était toujours là. Assis à mes pieds comme un chien mal léché. Sûr qu'il en avait repris, des pilules. Ses prunelles flottaient comme deux bouts de nuage... Au milieu de la plage, les flics s'arrêtèrent. L'un deux cracha quelque chose dans son walkie-talkie. Puis ils rebroussèrent chemin en direction de la Promenade... Il les suivit d'un regard admiratif... « Ici, ils sont durs pour tout... Même pour les pilules... » Sans doute qu'il oubliait qu'il en prenait. Ça n'eut pas l'air de le tracasser. Moi, oui. Enfin, une minute. Mais, bah, sans doute qu'il exagérait... Un chien passa. Maigre à faire peur. La queue basse. L'air camé... Devant l'océan le Noir en short kaki roupillait, la tête dans ses bras, comme si la marée l'avait jeté là... « Tu t'es déjà piquée ? me demanda tout à coup le petit mec. — Non... Ça me fait peur... » Il hocha la tête vigoureusement. « Moi aussi ! Pourtant il y en a qui disent que les pilules ça esquinte bien plus que l'héro !... — Tu crois que c'est vrai ? » Il ne répondit pas. De toute manière, plus que l'héro ou moins que l'héro, quelle importance ? Pour s'esquinter, on s'esquintait, et on le savait bien. Mais ça, comme il dit, c'était les risques du métier. Cette fois, la parlotte nous prit ensemble. On se mit à les énumérer, les risques, comme deux anciens combattants, saouls à rouler, évoquant leurs souvenirs de guerre. D'abord les « trous ». Quand on faisait les choses mais qu'on ne se rappelait pas les avoir faites. Ou le contraire. Drôlement gênant pour le boulot. De me retrouver, par exemple, à Hong Kong, ratatinée au fond d'un pousse-pousse qui fendait la foule d'une ruelle moite, ma machine à écrire à mes pieds. Sans savoir si j'arrivais. Ou si je repartais. Et, si j'arrivais, c'était naturellement pour écrire un article. Mais quel article ? Et pour qui ? Et, si je repartais, l'article, il était où ?... Drôlement gênant, aussi, pour les sorties avec les jules. Quand le téléphone sonnait le lendemain matin : « Merci encore pour la merveilleuse soirée... » chuchotait la voix. Merci pour quoi ? Après le restaurant à chandelles et la main par-dessus la table, là encore, dans ma tête, quelquefois, c'était comme un trou noir. Merci pour quoi ? Couché ou pas couché avec lui ?... Il y avait aussi les défonces qui tournaient presque mal. Avec quelques pilules en trop, quand on n'avait plus la cervelle assez claire pour compter. Là, c'était la grande bascule. La poigne invisible qui vous poussait à toute vitesse dans une espèce de tunnel couleur d'argent avec des éclairs abominables qui zigzaguaient devant vos yeux. Trouille bleue. Affreux. On glissait. La tête n'obéissait plus. Les muscles n'obéissaient plus. Le cœur n'obéissait plus. On glissait. Affreux. Excitant aussi. De se retrouver balancé comme ça dans l'au-delà ou presque. Et puis de revenir à toute pompe. Souffle court. Inondé de sueur glacée. Epaté d'être toujours là. Il faut dire que, quelquefois, on ne revenait pas. Enfin, pas tout de suite. Ça, c'était l' « overdose ». Plutôt marrant d'être embarqué à l'hôpital un lundi. Et de se réveiller un mercredi. Nos hôpitaux, on les compara. Où est-ce qu'ils étaient le mieux ? En France ? Ou ici ? Ça avait l'air d'être du pareil au même : l'aiguille dans le bras, et la bouteille de glucose au bout de son fil. La différence, quand même, précisa-t-il, c'était qu'ici, quand on rouvrait les yeux, on trouvait généralement une paire d'uniformes plantés près de la bouteille. Les flics, décidément, c'était sa marotte. Il faut dire que son père était shérif dans le Connecticut, même qu'il dormait avec son flingue sous son oreiller et que... Brusquement, j'en eus marre de l'écouter. Je grimpai sur un petit nuage. D'en haut, la plage était comme une flaque sale. Avec le petit mec accroupi. Vraiment tout petit. Tout à coup, sa voix dit : « Et ton père à toi, il fait quoi ? » Là, floc, je me retrouvai le derrière par terre. Cœur dévasté et, bon dieu, après toutes ces années, qu'est-ce qu'il fallait faire pour apprendre à s'y faire ? « Mon père est mort... » bredouillai-je. C'était con, mais ça me gênait toujours de le dire. Comme si j'avouais que j'avais la syphilis ou une jambe de bois... « Il est mort tout de suite après la guerre... » ajoutai-je. Il y eut un silence estomaqué. La plage tout entière et ses pédés, et ses hindouistes, et ses flics, et ses camés, se demanda si je blaguais ou quoi. L'Amérique tout entière, et ses Américains fonçant à cent à l'heure sur ses autoroutes à vertiges, se demanda si je blaguais ou quoi... « La guerre ? » souffla le petit mec. Sur moi, ses yeux étaient deux étoiles palpitantes de curiosité. Il demanda d'une voix précipitée : « C'est vraiment comme on voit à la télévision, avec des avions, des soldats qui canardent, des tanks, des cadavres, des... — Je ne sais pas... Je ne me souviens de rien... J'ai du pot... » Sa figure s'allongea : « Moi, je trouve qu'au contraire, tu n'as pas de pot ! Ça doit être du tonnerre de se rappeler d'un truc comme ça ! » Et puis il me demanda encore comment il était mort, mon père... « Je ne me souviens pas très bien non plus... Sans doute qu'il était fatigué... Après la guerre, tous les juifs étaient fatigués... — Juif ? » qu'il répéta. Visiblement, ça lui posait un problème. Comment est-ce qu'on pouvait être à la fois juif et français ?... On pouvait, on pouvait, que je dis. Ça prouvait bien que la vie était épatante, non ? Qu'une seule personne puisse être à la fois juive et française et journaliste et tout... « Tu es marrante..., dit-il, quand tu planes, tu es vraiment marrante... » Sans doute que je n'étais pas si marrante que ça. Car, sans crier gare, il se barra. Ça ne m'embêta pas vraiment. C'était ça, les camés. Ils étaient là. Et puis ils n'étaient plus là.

Autour de moi, la plage s'était peuplée. Sur ma gauche, un vieux type, cheveux gris tortillés en chignon, faisait du crochet, oui, du crochet, d'une main appliquée. Un peu plus loin, une nénette en T-shirt jaune lorgnait l'océan, genoux sous le menton, l'air tendu... Au fond, elle était sinistre, cette plage. Avec ces gens ensemble. Mais chacun installé sous le palmier invisible d'une petite île invisible. Un petit frisson me secoua. D'un coup je me souvins qu'on était en mars. Pour ça qu'il ne chauffait pas, ce crétin de soleil... Je regardai ma montre. Trois heures seulement. Si seulement un truc intéressant pouvait arriver. Un camé qui se collerait une overdose dans le sable. Ou l'hélicoptère des flics qui se casserait la figure dans l'océan... Tout d'un coup, la question me tomba dessus. La question qui me tournait autour comme une grosse mouche, depuis hier, depuis l'aéroport de Los Angeles, depuis l'autobus, depuis l'arrivée à Venice... Qu'est-ce que je fichais en Amérique ? Des questions comme ça, c'était la panique. Car elles en entraînaient naturellement d'autres... Par exemple, qu'est-ce que j'aurais fichu ailleurs ?... Et, tout de suite après alors, au fond... pourquoi voyager ? Car enfin, se défoncer sous un palmier d'Honolulu, au creux du bush australien ou dans mon lit, à Paris, c'était toujours se défoncer, non ?... En parlant de défonce, cette fois, la mienne me lâchait vraiment. Je recommençai à suer. Avec la petite angoisse connue au creux des reins, pourquoi est-ce que ça commençait toujours par les reins ?... Ma main plongea fébrilement dans mon soutien-gorge. J'agrippai trois petites chéries. Les avalai. Ouf. Mais, comme ça, à sec, ça me brûla la gorge méchamment. Je me mis debout. Avec, cette fois, une petite question bien pépère : où trouver un soda ?

Le sable me brûlait les pieds. Pas un marchand de sodas sur cette saleté de plage. Près de la Promenade, là où il finissait, le sable, ils étaient quatre, deux types et deux filles, qui ramassaient leurs serviettes en rigolant comme des fous... Je m'approchai d'une des filles : « Où est-ce que je pourrais acheter un soda ? » demandai-je. Son regard évita le mien aussi sec... « Je n'ai pas le droit de vous parler... » répondit-elle très vite. Quoi, quoi, quoi ? Ma tête me dit : « Laisse tomber. File... » Mais mes jambes ne bougèrent pas. Et je restai là comme une gourde. A la regarder... Vingt-cinq ans environ. Une tignasse rousse qui brillait dans le soleil comme une grosse fleur. Une blouse décolletée. Un Levi's. Tout ça ne m'avança pas à grand-chose puisqu'il manquait les yeux, toujours collés au ras du sable. Qu'est-ce qu'on peut dire de quelqu'un sans les yeux ?... Derrière elle, les trois autres attendaient. Un gros Noir en maillot de corps blanc, une chaîne d'or autour du cou. Un petit blond en chemise à palmiers. Une brune en short jaune et paupières bleues, genre jolie maigre... Pas l'air de prisonniers en permission de sortie. Ni de dingues échappés d'un asile. Pas l'air, non plus, d'appartenir à cette plage poisseuse. Alors, l'air de quoi ? Alors, je ne savais pas. Tout ce que je savais, c'était que leurs rires s'étaient éteints d'un coup. Et que leurs regards me fixaient. Hostiles. Vaguement ironiques aussi... Brusquement, je me vis comme ils me voyaient. Maigre à faire peur. Mains qui tremblotaient. Œil vague... « Excusez-moi... » dis-je enfin... Mais, excusez-moi pour quoi ? La fille releva la tête. L'espace d'un éclair, je les vis, ses yeux. Des yeux gris. Des yeux affolés dans une figure pas fraîche qui suait à grosses gouttes. Pas à cause du soleil... Elle rejoignit les autres d'une enjambée soulagée. Ils se mirent en marche, elle au milieu. Quittèrent le sable et la plage. De les voir s'éloigner, il me sembla qu'ils m'avaient claqué la porte de leur monde au nez. D'un coup, je les haïs. Et puis, tout de suite après, je me sentis seule... Ils tournèrent à droite sur la Promenade, grouillant de mecs à vélo, de bonnes femmes à vélo, de gosses à vélo. Devinrent quatre silhouettes sombres parmi tant d'autres, sauf la fille, avec sa tête de flamme. S'engouffrèrent soudain dans une grande baraque rouge, dressée au bout de la Promenade, et que je distinguais mal. Me dis : et voilà. Je ne saurai jamais qui ils étaient. Une minute, ça m'énerva. Et puis, merde. Qu'est-ce que j'en avais à faire, de ces gens ?... Mes jambes étaient en coton. Et mon soda, au fait ? Plus tard, le soda. La défonce se repointait... Je retournai m'allonger sur ma serviette. Un peu plus tard, une voix d'homme demanda : « Vous voulez de la compagnie ?... — Non... — Alors allez vous faire enculer... » dit-il poliment. Plus tard, encore, ce fut un pédé, queue de cheval grasse et perle à l'oreille : « Je peux vous emprunter un peu d'huile solaire ? C'est juste pour mon pauvre nez... » Et puis les congos s'arrêtèrent. Et le soleil tourna. Et j'eus vraiment froid.

Sur la Promenade, à nouveau à la recherche de mon soda, je longeai une boutique de plantes sans plantes, une espèce d'échoppe de bois, crachant des relents de graisse et des promesses de hamburgers, et un hôtel minable qui s'appelait *The Californian.* Derrière sa vitre sale, des petits vieux jouaient aux cartes sous un abat-jour vert, l'air de sortir tout droit d'une pièce de Tchekhov... C'était des bizarres aussi, sur la Promenade. Camés ou pas camés, mais, en tout cas, le genre artiste... Des chauves étalant de grands doigts de pied, dans des sandales cousues main. Des bonnes femmes avec des tuniques indiennes et des bijoux de fer. Et puis les vélos. Et puis aussi un vieux mec en patins à roulettes, qui fendait la foule, barbe grise au vent... Quelques jolies filles, nénés bien en place et jambes bronzées, mais pourquoi est-ce qu'elles se baladaient en bigoudis à quatre heures de l'après-midi ?... Quelques beaux mecs, genre héros de westerns : épaules larges et menton énergique. Mais l'œil froid qui n'évoquait pas la bagatelle... Tout ça, pas gai. Pas triste non plus. Cet air indifférent et pressé, je l'avais déjà remarqué, la veille, sur le visage des gens, à l'aéroport de Los Angeles. Et, comme la veille, je me demandai : mais enfin, après quoi est-ce qu'ils couraient, les Américains ?... Ce qui n'arrangeait rien, c'était les bancs. Une flopée de bancs mélancoliques, bordant la Promenade. Avec, face à l'océan gris, des petits vieux, encore des petits vieux, abritant leurs nez juifs sous des ombrelles, l'air d'être là sans y être. Un peu comme la muette et ses copains, sur la plage, tout à l'heure. Voilà que je recommençais à m'interroger. Etaient-ils les membres d'une de ces communautés religieuses et dingues qui pullulaient, disait-on, en Californie ? Ou tout simplement des racistes qui n'aimaient pas les Français, avec mon accent, pas difficile de savoir que je l'étais. Mais qu'est-ce que j'avais à ne pas pouvoir leur pardonner de ne pas m'avoir raconté leur vie ? Et remerde... Sur ma gauche, un Delicatessen s'étalait. Avec un chien noir qui roupillait devant. J'entrai. Atterris dans un univers de hareng et de cannelle. Derrière le comptoir, encore un juif, pas croyable. Mais, lui, il avait l'air de ne pas s'en remettre. Je dégottai mon soda. Payai. Dis « Merci bien ! » Juste avant de passer la porte, j'entendis ma voix qui demandait : « La baraque rouge, au bout de la Promenade, c'est quoi ? » Mais, au même moment, un type entrait. Gilet à franges et bandeau de cuir au front. Genre Robin des Bois made in Hollywood. Et se marrant très fort en racontant une histoire de fille à poil sur la jetée. Les yeux du patron se mirent à sautiller : « Vous voulez dire in-té-gra-le-ment à poil ? » demanda-t-il. Et il oublia de me répondre. Et je sortis sans répéter ma question. Après tout, une fois que je saurais, pour m'occuper l'esprit, j'aurais quoi ?

Trois rues derrière la Promenade, et je me retrouvai dans ce qu'ils appelaient le ghetto. Et le silence. Un silence de nuit noire à quatre heures de l'après-midi, sous le ciel blanc. Baignant dans ce silence, des bicoques. Façades roses ou jaunes délavées. Jardins écroulés. Volets clos. Et personne. Juste des chiens squelettiques, fouillant les tas d'ordures, la queue basse. Décidément, je ne l'avais pas imaginée comme ça, l'Amérique. Ce que j'avais imaginé, c'était ce que j'avais vu la veille : les gratte-ciel, les autoroutes, les troupeaux de Cadillac. Et puis Hollywood que je n'avais pas encore vu, mais avec tout ce que j'étais sûre d'y trouver : les grandioses villas blanches, les piscines bleu-bleu, les Rolls Royce blasées des grandes stars. Mais un ghetto, non. Je ne savais même pas qu'ils avaient des ghettos, les Américains. Au fond, peut-être qu'il n'y en avait qu'un et que je l'avais trouvé par hasard. Par hasard ? Ha, ha. Le ghetto de la came par hasard ? La plage de la came par hasard ? Le petit mec et ses pilules par hasard ? Bon. Mettons qu'il n'y ait pas de hasard. Mettons que j'ai cherché ce que j'avais trouvé. Et trouvé ce que je cherchais. Est-ce que ça n'était pas, comme disaient les gens, la définition même du bonheur ?... J'enfilai une espèce d'allée de ciment, marquée « Paloma Avenue ». Juste au coin, il y avait un chalet de bois pourri, avec, devant, une chemise qui séchait sur un fil. Une main invisible tira un rideau d'un coup sec. Ça fit un boucan terrible. Brusquement, ça me fit drôle de penser qu'ils étaient là, les camés, derrière ces façades mortes. A se planter une aiguille dans la veine. Ou à s'avaler des pilules. Ça me fit chaud au cœur, aussi. Comme si, eux et moi, d'un coup, on planait ensemble. Je m'arrêtai. Fermai les yeux. Respirai le parfum du ghetto qui m'arrivait dans la gueule. Une odeur d'urgence, de trouille, de paradis, de mort. Un grand frisson de joie me secoua. Je n'étais plus seule. Je repartis d'un pas allègre... D'autres bicoques. D'autres allées de ciment. Des terrains vagues avec, parfois, une grosse bagnole scintillante, l'air d'avoir été garée là en vitesse. Un peu plus loin, je tombai sur un canal brun et puant. Qui s'emmêlait, plus loin encore avec d'autres canaux du même genre. Compris pourquoi Venice s'appelait Venice. Comme hommage, c'était plutôt raté... Je m'assis dans l'herbe mouillée. Une angoisse vague se pointa. Mais, bon dieu, ça allait me prendre combien de temps pour savoir les doser convenablement, les petites chéries américaines ? Est-ce qu'il fallait en prendre beaucoup plus d'un coup ? Ou beaucoup moins ? Mais plus souvent ?... J'allumai une cigarette. Le jour se barrait et ça m'emmerdait. Le jour se barrait et j'aurais voulu l'arrêter. Car, ce qu'il allait me filer à la place, ce con de jour, c'était la soirée. Et l'abominable question qui allait avec : quoi faire ?... Je rebroussai chemin. Dans « Selma Avenue », pas vrai : quelqu'un. Un Noir qui arrivait en sens inverse. Panama blanc et collier bleu. Marchant comme dans un rêve. En posant devant lui des pupilles agrandies d'oiseau de nuit... Je sortis du ghetto. La plage était rose. Avec un océan qui tournait à l'encre. Sur la Promenade, le crépuscule avait viré tout le monde. Mais oublié une bonne femme qui roupillait sur un banc. Bouche ouverte en trou noir. Sa jupe souillée étalée autour d'elle comme la corolle d'une fleur malade. Toute seule. Avec son rêve couleur de came... Je restai là à la regarder. D'un coup, l'angoisse me submergea. La grande. Mon sang coula vite et froid. Mes jambes se barrèrent. Mon souffle aussi. D'une main grelottante, j'extirpai deux petites chéries, non, trois, tiens... Les avalai, merci mon dieu. Attendis un peu. Mon sang se réchauffa, recommença à couler comme une rivière heureuse. Mes jambes rappliquèrent. Mon souffle aussi. Je filai vers mon motel. Pour savourer la suite bien au chaud.

Hollywood Boulevard, à Los Angeles, c'était des putes. Des messieurs pour messieurs. En nombre. Et de tous les styles imaginables... Des James Dean : tricot de corps et œil battu, ça se portait toujours, sirotant des sodas devant des boutiques à posters hippies et vapeurs d'encens. Des Jolie Madame : fond de teint pêche et perle à l'oreille, ondulant de la hanche sur fond d'enseigne clignotante disant « Joe's Hamburgers ». Des machos : colliers de chien et botte cruelle, adossés à des espèces de boutiques oranges, secouées par les transes des flippers... Tout ça, flac, dans ma gueule, comme un carnaval dingue dans un monde à l'envers, mais à l'envers pour qui ?... Du coup, j'en oubliais toutes ces salades pour venir de Venice : trois autobus et deux heures de trajet... Alors, Hollywood, c'était ça ? Où étaient les grandissimes villas blanches, les piscines bleu-bleu, les Rolls Royce blasées des grandes stars ? Ailleurs. Ou nulle part. Bah. Ici, c'était bien plus marrant. La preuve : je me marrais. Cette fois, j'avais ma dose de petites chéries. La bonne... Derrière une petite charrette, un Noir vendait des trucs à deux blonds en blouson. Je me payai du pop-corn. Ça aussi, c'était marrant. Comme bouffer du nuage... Je continuais. Faisait moite. Pas à cause du temps. A cause de cette odeur de cul qui flottait dans l'air... Onze heures du soir, déjà, oh la la.. Oh la la quoi ? La grande nuit américaine et son ciel mauve était toute à moi, non ?... Je dépassai un marchand de journaux pornos. Butai, un peu plus loin, dans un stand affichant : « Eglise de la Béatitude Eternelle », qu'est-ce que c'était que ça ? Avec des types cravatés et tout. Racolant aussi à leur manière. Et fourrant de mystérieuses brochures jaune canari dans la main de touristes débarqués du Texas ou d'ailleurs. Appareils photos en bandoulière. Et badges hurlant « La vie est merveilleuse » à la boutonnière... Vraiment, c'était chouette, l'Amérique. Bien plus chouette que la France. Au moins, ici, il y avait une place au soleil pour tout le monde... A un carrefour matraqué de néons roses, le bon dieu se pointait encore. Avec un vieux mec. Barbe au vent. Et bible en main. Gueulant : « Jésus-Christ c'est pour demain !... » Le type accoté au mur, derrière lui, lui, c'était pour aujourd'hui. Et pour les dames, ça se voyait tout de suite. C'était un beau blond californien. Toujours la prunelle pâle. Et le biceps qui faisait craquer le T-shirt noir. Pas mon genre. Mais il me sourit. Pas un vrai sourire, si vous voyez ce que je veux dire. Mais sans doute qu'on ne m'avait pas souri depuis longtemps, pauvre chérie, pour me trouver de bonnes excuses à tout, j'étais toujours la reine... Je m'approchai : « Combien ? » Ses dents étincelèrent, un vrai feu d'artifice : « Vingt dollars ! » Fou ce que tout était cher, en Amérique. Les petites chéries. Les mecs. Si je continuais comme ça, mes belles vacances, elles se termineraient après-demain... « C'est trop cher ! Désolée ! » dis-je. Déçue et soulagée. Il me rattrapa : « Vous êtes française, hein ? lança-t-il d'un air émoustillé. Pour vous ça sera dix dollars ! »

Un chat miaula quand il ouvrit la porte de la chambre. C'était propre avec, sur le lit, un tissu couleur d'abricot... « Un vrai voyeur, ce chat ! » s'écria le type. Il rafla le siamois aux yeux de pierre planté sur le poste de télé. Le fourra dans ce qui avait l'air d'être une cuisine. Je me déshabillai en traînant un peu. Tout compte fait, je n'avais pas tellement envie de baiser. Encore une de ces choses que j'allais faire comme j'avais fait mon voyage en Amérique. Juste pour pouvoir la raconter après. Me voyais d'ici, plus tard, avec les copines de Paris... « Ma vieille, quand il m'a dit : " C'est vingt dollars ! ", je lui ai demandé s'il se prenait pour Robert Redford ! Tu aurais vu sa tête ! Il m'a presque suppliée ! Il m'a dit : " Pour vous, ça sera gratuit ! " » Quelquefois, j'en avais vraiment marre d'être si con. De toute façon, quelles copines ? Est-ce que j'avais jamais eu des copines ? Mais oui. Myriam, juive et sombre, avec des seins d'odalisque et un jules qui préparait un bouquin sur la Provence, depuis cinq ans que ça durait, quand même, qu'est-ce qu'il pouvait bien lui trouver, à la Provence ? Et Perrine, ma voisine de l'île Saint-Louis, secrétaire et blonde, qui couchait avec son patron et soupirait : « Le pauvre chéri ! Sa femme est cardiaque ! Il ne peut pas divorcer ! Sa vie est un calvaire ! Comme je le plains ! »... Quelles copines ? Avec toutes les crétineries que je leur racontais quand j'avais le système bourré de petites chéries, les rendez-vous loupés, les overdoses que je me collais exprès, et mes coups de téléphone dans la nuit : « J'en ai encore trop pris ! Emmène-moi à l'hôpital ! Vite ! Ah, je commence à avoir froid partout ! », tout ça pour voir si elles m'aimaient assez pour venir, il y avait longtemps qu'elles s'étaient barrées, les copines. Comme aurait dit le petit mec, ça aussi, ça faisait partie des risques du métier... Au lit, le type commença à me caresser partout. Il bandait terrible. Parce que j'étais française ? Ou à cause des dix dollars ? Un vrai baratineur. Me parlant de mon joli corps et tout le bataclan. Tu parles. Maigre comme un clou, que j'étais. Tu parles. A la fin, je dis : « Ecoute... Ne te crois pas obligé de me raconter tous ces boniments... » Il me regarda. Son nez, vaguement grec, lui donnait une espèce d'air étonné... « Tu as du mal à croire aux compliments, hein ? » répondit-il gentiment. Il continua à me caresser. Mais il ne dit plus rien. Ça m'énerva. Sans doute que j'y avais cru quand même au coup du joli corps... Mais, bientôt, rien ne m'énerva plus. Je me mis à baiser comme une dingue. A baiser tous les gratte-ciel de Los Angeles. A baiser tous les nuages roses de Hollywood. A baiser l'Amérique. Une fois encore, merci mon dieu de m'avoir donné ça. Avec ou sans petites chéries, c'était toujours la fête. Ne cherchais plus. Ne regrettais plus. N'espérais plus. N'attendais plus. Ne pensais plus, enfin, enfin, enfin. C'était moi, mon cul et le paradis. Mais, moi, aujourd'hui. Mais, moi, tout de suite. Mais, moi, glorieuse et sans mémoire... Après, on resta là. Entortillés dans les vagues oranges du dessus-de-lit. Il me raconta qu'il était apprenti comédien à l'Actor's Studio, et que les temps étaient durs. Puis il se mit à parler de Jean-Louis Trintignant... « Est-ce qu'il... » Ses mots se barrèrent dans un brouillard. D'un coup, je m'étais remise à penser à ces gens, sur la plage. Dans ma tête, ça fit comme une scène en technicolor... Une silhouette noire, trois silhouettes blanches, sur fond de sable et de ciel américains. Avec les détails en gros plan... La chaîne d'or au cou du Noir. Le bleu sur les paupières de la brune. Les palmiers sur la chemise du blond. Le regard de la rouquine. Et sa peur, tout au fond, battant des ailes comme une mouche prise au piège. Sa peur de quoi ?... « Tu es fatiguée ? demanda la voix du type. — Non. Je pensais à autre chose... » Et je lui racontai... « A ton avis, c'est qui, ces gens ? — Des cinglés !... — Non. Je ne crois pas... — Alors peut-être des communistes.., avança-t il d'un air peureux. — Non. Je ne crois pas non plus... Mais, d'abord, qu'est-ce que tu appelles des communistes ? » Il ne répondit pas. Il se leva. Sous la marque du maillot de bain, ses fesses avaient l'air de deux pommes blanches... « Peut-être que, tout simplement, ta tête ne leur revenait pas... » lança-t-il en ouvrant la porte de la cuisine. Un ouragan beige à tête de chat atterrit sur le lit... « C'est sans doute ça... Et c'est sans doute ça qui m'embête, justement..., dis-je. Ça m'embête toujours énormément qu'on ne m'aime pas ! » Il s'assit au pied du lit. Enfila une socquette blanche. « Et, quand on t'aime, ça te fait quoi ? — Ça me fout en boule ! Parce que, de toute façon, je n'y crois pas ! » Il enfila une autre socquette.

« J'en étais sûr ! » s'esclaffa-t-il, voyez-vous ça... « Tu as un mari, en France ? — Non ! — Un amant ? — Non ! Des amants ! — Pourquoi pas un mari ? Pourquoi pas un amant ? » insista-t-il, et s'il s'occupait de ses oignons ?... « Pour quoi faire ? » dis-je. Pas pour être cynique, ni rien. Juste parce que, enfin... pour quoi faire ? Mais attention, précisai-je, mes grandes histoires, je les avais eues, comme tout le monde. Seulement les jules, pour une raison ou pour une autre, ça finissait toujours par se barrer ou vous tromper, ou vous oublier. Ou vice versa. Bref, comme ça finissait toujours par finir, pourquoi commencer ? Il me jeta un regard en coin qui disait : « Elles sont toutes comme ça, les Françaises ? » Et sourit d'un air vaguement embarrassé : « Bah ! Chacun vit comme il l'entend ! Du moment que tu ne te sens pas seule ! » dit-il. D'un coup, assis comme ça, au bord du lit dévasté, tout nu avec ses chaussettes, c'est lui qui eut l'air esseulé. « Mais non ! répondis-je. En tout cas, pas souvent, ni longtemps ! » Car, dans un sens, mes petites chéries, c'était un peu comme un jules. Au fond, la grande histoire de ma vie, peut-être que c'était ça. Toutes ces années à vivre ensemble, manger ensemble, dormir ensemble, voyager ensemble, travailler ensemble, rigoler ensemble. D'accord, peut-être que ça ne remplaçait pas le jules vraiment. Et que, comme il avait dit, je me sentais seule, au fond. Mais, grâce à mes chères petites chéries, justement, je ne le savais pas. L'important, c'était ça, non ?... Naturellement, tout ça, je ne le dis pas. Qu'est-ce qu'il aurait pu comprendre ? Pas l'air d'un camé, le type... La conversation tomba. Il se rhabilla. Puis il alla chercher deux verres de lait à la cuisine. L'envie de me retaper une nouvelle dose de petites chéries se mit à me tracasser. Je me levai. Commençai à me rhabiller aussi. Il se mit à refaire le lit d'une main qui avait l'habitude... « Pour en revenir à tes amis de Venice, leur maison, elle ressemble à quoi ? » demanda-t-il. Je fus contente qu'il parle d'autre chose que de moi... « Elle est rouge..., dis-je. Tout ce que je sais, c'est qu'elle est rouge... »

Et moche qu'elle était aussi, de près. Avec trois étages de briques tristes. Et une porte vitrée cachant un escalier raide qui descendait tout droit vers la Promenade... La seule note pas triste, c'était, par les fenêtres grandes ouvertes, des plantes vertes pendant des plafonds. Et des pans de murs de couleur... Dix heures du matin. Soleil rose sur Venice. Promenade vide. Plage vide. Océan vide. Et moi sur un banc. Juste en face de la baraque. Essayant de me donner des airs de promeneuse qui s'est posée là pour fumer une cigarette... J'avais la grosse tête. Il faut dire que mes petites chéries, elles me procuraient des séjours au paradis de plus en plus brefs. Allez savoir pourquoi... Pourtant, je m'étais payé une bonne dose une demi-heure plus tôt. J'avais quitté mon motel, dynamique et tout, allons, allons, on va en avoir le cœur net, de cette baraque. Et puis voilà que je retombais déjà. Cervelle embrumée. Jambes molles. Envie d'engueuler tout le monde. Surtout moi. Vraiment, vraiment, vraiment, qu'est-ce que je pouvais bien en avoir à foutre, de ces gens ?... Au pied de l'escalier, ils étaient trois à balayer. Une Noire avec des gestes énervés. Deux types à têtes de Mexicains. Une blonde en pantalon vert, l'air morose. Un vieux Noir, tignasse blanche en O-Cedar, cigarette au bec et sandales, avait l'air de surveiller tout ça. Ils s'activaient tous comme des forcenés avec des balais géants à longs poils. A ce train-là, ils allaient finir par balayer la plage... Soudain, je m'aperçus que le vieux m'observait, entre ses paupières plissées. Et aussi la Noire. Et aussi les autres. Ça me colla un malaise affreux. Je me sentis comme un touriste de zoo, plantée devant la cage aux singes. Mais, là, le singe, c'était moi... La rouquine de la plage surgit en haut des marches. En short. Un seau à la main. Elle me vit. Son visage changea. La panique me tomba dessus. Et la honte. Je me barrai en courant.

Sur la Promenade, je dépassai un banc, deux bancs, trois bancs. Coudes au corps. Cœur chamboulé. Complètement con de courir comme ça. Mais, enfin, pourquoi ? Parce qu'ils sont peut-être derrière moi, à vouloir me rattraper. Te rattraper ? Pourquoi ? Sais pas. Peut-être qu'ils m'en veulent. T'en veulent ? De quoi ? Sais pas. Ces gens me fichent la trouille. Mais pourquoi ? Sais pas. Si c'est comme ça, laisse tomber. Là, tout de suite, oui. Mais pas envie de laisser tomber... A la fin, je ralentis quand même. Le soleil commençait à taper ferme. Je continuais, au pas... Sur un banc, une vieille juive, sous un chapeau de toile bleue, crochetait à toute vitesse une poupée qui se déroulait comme un cache-nez. Une spécialiste, la vieille. A ses pieds, sur un drap, une dizaine d'autres poupées multicolores s'étalaient en hécatombe... « Vous allez me dire qu'elle n'en finit pas, ma poupée, hein ? dit-elle guillerette, sans lever la tête... Bah, elle finira bien par finir un jour... Tout finit par finir un jour... Qu'est-ce que vous voulez, cette année, les gens les aiment comme ça... » Puis elle me demanda si j'étais française. Et, oui, j'étais française. Elle me regarda. Ses yeux sombres se posèrent sur mon nez juif. Interrogateurs. Elle perdait son temps, la vieille. Ce matin, je n'étais pas d'humeur à faire partie de la grande famille souffreteuse, arrogante et sublime... Là-bas, devant la baraque, je regardais les troupes qui se repliaient. Ils rentrèrent à la queue leu leu. Leurs balais sur l'épaule comme de grosses fleurs... La vieille se mit à raconter que ses parents avaient débarqué de Tchécoslovaquie dans les années vingt. Et que l'Amérique, c'était comme partout, il y avait du bon et du mauvais. Quand elle n'eut plus rien à raconter, elle s'arrêta. Et, moi, je demandai : « La baraque rouge, là-bas, c'est quoi ? — Un centre de réhabilitation pour drogués, à ce qu'ils disent... » répondit-elle. Quoi ? Quoi ? Quoi ? Le ciel de Californie me dégringola sur la tête. Me mis à rigoler à gorge déployée. Trop drôle. Trop dingue. Trop con... Alors, la rouquine et ses copains, et les autres, les balayeurs, des camés, hein ? Enfin, des camés qui n'en étaient plus. Des camés qui étaient retournés dans le droit chemin, comme auraient dit les gens. Pas étonnant que ma tête ne leur soit pas revenue. Ma tête à pilules. Trop con. Trouvai rien d'autre à me dire. Mais, plus je me le disais, plus ma colère montait. Une colère énorme. Une colère comme un océan en colère. Une colère à submerger Venice, sa place, son ghetto, ses habitants, l'Amérique. Et il fallait que ça m'arrive ici, justement. Pour gâcher mes belles vacances. Car, du coup, cette saleté de baraque, là-bas, avait vraiment l'air de me narguer... Des camés. Avais pensé à tout sauf à ça. Comment est-ce que j'aurais pu y penser ? En plus, la blague de l'année, c'était qu'une baraque pour les camés qui se réhabilitaient, quel mot, se trouve là, en plein quartier de la came... « Qu'est-ce qui vous fait rire comme ça ? demanda la vieille d'un air affectueux. — C'est de penser qu'on a ouvert un établissement comme ça à Venice... C'est maso... » Elle coupa un fil rouge. La poupée alla rejoindre ses sœurs poignardées sur le drap... « Je ne crois pas... J'ai entendu dire que, justement, ça fait partie de leur philosophie ! — Oh la la... parce qu'ils ont une philosophie ? Voyez-vous ça... Et, c'est quoi, leur philosophie ? — Je ne sais pas. Il faudrait demander... » répondit-elle. Placide... D'abord, moi, que je dis, rien que le mot « réhabilitation », ça me donnait envie de dégueuler. Et c'était vrai. D'un coup, j'avais envie de dégueuler... « Vous savez ce que c'est, la réhabilitation, vous, madame ? — Pas exactement... » souffla-t-elle. Et, cette fois, son crochet se mit à gigoter dans du bleu... Moi je savais, que je dis. En plus de l'envie de dégueuler, me venait celle de parler. Sans doute un trop-plein de petites chéries... Moi, donc, je savais... Se réhabiliter, c'était devenir bon et tout. Après avoir été mauvais et tout. Enfin ça, c'est ce que racontait la société. Foutaises. Etre bon, c'était se faire plaisir. La came, ça faisait plaisir. Et mal à personne. Empêcher les gens de se camer, c'était une atteinte à la liberté. Moi, le jour où je déciderai de m'arrêter, je m'arrêterai. Toute seule. En France, dans mon beau pays. Pas besoin d'une baraque de briques, à Venice, Amérique. D'ailleurs, des baraques comme ça, ça n'existerait pas chez moi. Un pays libre, madame. Et qui respecte la liberté des autres. On ne peut pas en dire autant du vôtre... Vous avez vu ces pauvres chéris, tout à l'heure, sur les marches de cette saleté de baraque ? Des vrais larbins avec leurs balais. Des vrais prisonniers aussi, vous savez qu'ils n'ont pas le droit de parler ?... Dégueulasse, l'Amérique, ah, si j'avais su. Maintenant, je savais. Des plages bourrées de flics, on ne pouvait même pas apprécier en paix les beautés de la nature. Des bonnes femmes qui se baladaient dans les rues en bigoudis. Des gigolos qui vendaient leurs fesses pour dix dollars à n'importe quelle touriste sur Hollywood Boulevard. Et maintenant, des baraques pour les camés. Ça, c'était purement politique. Juste pour les récupérer, ça je n'étais pas sûre de ce que ça voulait dire exactement. Mais j'étais sûre que c'était ça. Les récupérer, oui. Et les relancer sur le marché. Tout neufs. Avec le job de neuf à cinq. Et la Toyota de la télé... La vieille leva son crochet : « Ça n'a pas l'air de vous plaire, ce que je vous ai dit de cette maison ? dit-elle gentiment. — Pas du tout ! Mais alors pas du tout ! Si vous voulez mon opinion, il faut être secoué pour aller là-dedans ! » D'un coup, le mal au cœur me submergea. J'eus juste le temps de m'arracher au banc. De foncer, côté plage. Sang martelant mes tempes. Suant à grosses gouttes. Jambes en coton... L'ennui, c'est qu'une plage, ça n'a ni arbres, ni coins, ni rien. Je tombai à genoux. La plage chavira furieusement. Devint le ciel. Avec ses camés, ses pédés, ses paumés, allongés, et qui se mirent brusquement à me regarder d'en haut. Le ciel chavira furieusement. Devint la plage. Comme un matelas bleu et mou. Et je me mis à dégueuler. Comme ça. Dans le joli sable de mes vacances.

« Ça ne va pas ? » qu'il demanda. Il était toujours le même. Même Levi's poisseux. Même bouche de lapin... « Ça se voit, non ? » bredouillai-je. Toujours à quatre pattes. Tremblant comme une folle. Rimmel dégoulinant. Cheveu collé... « ... Des vrais saletés, tes pilules ! Trois jours que j'en prends et, déjà, elles ne me font plus rien ! Sauf me rendre malade !... » Il resta debout. Mains dans les poches. Œil cligné dans le soleil... « J'en ai d'autres..., chuchota-t-il mystérieusement. Des nouvelles qu'on m'a filées cette nuit ! Fabrication mexicaine ! Les meilleures que j'ai jamais eues... » Je repris mon souffle. Me relevai péniblement. L'estomac en marmelade. L'angoisse toujours là, au creux du ventre. Le regardai. Vrai, il avait l'air heureux, le petit mec. Détendu. Quasi angélique... « File-m'en vite, que je me défonce vraiment... » dis-je.

Après, j'étais retournée dans mon motel. Un tube de petites chéries mexicaines dans mon sac. Pour une défonce, ça avait été une défonce. Une mauvaise. Avais recommencé à dégueuler, affalée sur mon lit. Après ça, avais essayé de me lever. Peux pas. Merde. Mes jambes. Merde. Plus de jambes. Merde. Où sont mes jambes ? Panique. Essaye encore. Me casse la gueule. Infirme. Horreur. Crie. Chiale. M'endors d'un coup. Matraquée sur le tapis. Réveillée. Par la fenêtre, tiens, la nuit est là. Mes jambes aussi. Ouf. Non, pas ouf. Ceux qui sont là, aussi, ce sont les serpents. Gros comme le bras. Avec des langues rouges. Grouillant partout dans cette saleté de chambre. Rampant vers moi. Je hurle. J'agrippe le téléphone : « Au secours ! » Le manager, un petit gros, dans l'encadrement de la porte : « Ecoutez, madame, je ne vois pas... » Mon scandale. Grandiose... « Ma note, monsieur, ma note... Je ne savais pas qu'aux Etats-Unis, il y avait des serpents dans les motels !... » La valise. Le dehors. La nuit de Venice, avec son odeur de hasch, ses chiens maigres qui me frôlent, ses congos qui font bang-bang. La Promenade qui valdingue sous mes pieds comme le pont d'un bateau ivre. Et moi. Butant dans les gens sans les voir. Et hurlant à la lune américaine, là-haut, dis donc, salope, est-ce qu'ils vont continuer à me suivre comme ça longtemps, ces saletés de serpents ?

« Où est-ce que tu as passé la nuit ? » demanda le Noir, assis en face de moi. Ses gros pieds étaient nus dans des sandales. Son estomac débordait de son pantalon. A son cou, la chaîne d'or brillait toujours. Comme la première fois, sur la plage... « Dans une espèce de trou, sous la jetée... » répondis-je... Au rez-de-chaussée de la baraque rouge, le bureau était jaune. Avec deux pots de fougères pendant du plafond. Une table. Un aquarium vide sur une planche. Une baie vitrée. Et de l'autre côté, le matin. Et un océan morne... En plus du Noir, ils étaient quatre. Celui qu'ils appelaient Don. Un petit blond énervé. Mal fringué dans une espèce de tunique hippie. Les yeux comme deux pierres bleues. Un beau brun, bouche molle et bottes pointues. Une Noire toute jeune, avec une sale cicatrice sur la joue et une robe à fleurs. Un barbu roux, anneau d'or à l'oreille... Me voir débarquer, on aurait dit qu'ils n'attendaient que ça. Tout s'était passé à toute vitesse... La main qui m'avait désigné le divan à carreaux. La porte claquée. Les chaises plantées en cercle. Leurs yeux sur moi... « Et après ? » questionna

Don. Celui-là, rien que de le regarder, mon cœur grelottait d'angoisse... Après, je m'étais réveillée, trempée, puante, la tête vide. Avais repris une dose de petites chéries. Une petite dose. Juste histoire de pouvoir m'extirper de mon trou et me remettre en marche. Droit vers la baraque. Ça s'était fait comme ça. Comme si mes jambes avaient su quelque chose que je ne savais pas. Et m'avaient amenée au seul endroit où je devais aller... J'avais grimpé les marches. Poussé la porte vitrée... Raconté je ne savais plus quoi, à une blonde, assise au pied d'un grand escalier d'acajou. Et dix minutes plus tard, on m'avait poussée dans ce bureau... « Il y a longtemps que tu te cames ? questionna le beau brun. — A peu près quinze ans... » Il y eut un silence suffoqué... Le barbu s'alluma une cigarette d'un air appliqué... La petite Noire se mit à contempler le tapis. Puis elle releva la tête... « Tu as quel âge ? — Trente-six ans... — Quel âge ? demanda le barbu. — Trente-six ans... — Quel âge ? demanda Don. — Ecoutez..., dis-je, je vous ai répondu deux fois ! Vous n'avez pas entendu ou quoi ? — Oh, si..., susurra le beau mec. Nous, on a entendu !... — Ça veut dire quoi ? » Le gros Noir me regarda. Ses doigts se mirent à se gratter furieusement, côté braguette... « Ça veut dire que c'est peut-être toi qui n'as pas entendu ! » expliqua-t-il prudemment... Don se pencha. Tellement tendu, le type, on aurait dit qu'il allait dégringoler de sa chaise. « Tu es venue ici pour quoi ?... » Sur moi, les cinq regards s'allumèrent comme cinq projecteurs. Je me mis à suer. Je ne savais pas, que je dis... « Mais si, tu sais... » dit le beau mec. Froid. Mais non. Enfin, pas vraiment. Je savais que j'avais eu envie de leur parler, c'était tout... Le Noir se balança des claques sur les cuisses... « Envie de nous parler ! C'est trop gentil ! La dame sait qu'on a du temps à perdre ! Elle est venue nous faire la causette ! Peut-être qu'on devrait lui offrir une tasse de thé ! Qu'est-ce que vous en pensez, les gars ? » Il se mit à rigoler. Les autres, pas... « Tu es venue ici, pour quoi ? » demanda la petite Noire... « Tu es venue ici pour quoi ? » répéta Don... « Tu es venue ici pour quoi ? » demanda le barbu... C'était comme un cauchemar. On me poussait contre un mur. Qu'est-ce qui allait craquer ? Le mur ? Ou moi ?... Je ne savais pas, savais pas, savais pas, que je me mis à crier. C'était con. A un moment ou à un autre, il faudrait bien dire la vérité. Rien que d'y penser, je me mis à trembloter... Ils se turent. Un briquet claqua... « Qu'est-ce que tu sais ? demanda la fille en douceur. — Que je suis fatiguée... » Naturellement, quelqu'un dit : « De quoi ? » Et voilà. Le mur resta mur. C'est moi qui craquais. Une énorme envie de chialer me tomba dessus. Affreux. Une Française ne chiale pas... Je me mis à regarder l'océan, par la fenêtre. Je lui dis : « Je suis fatiguée de me camer... Je voudrais m'arrêter... », et ça, sans doute que je le savais depuis le premier jour, sur la plage... Ça eut l'air de leur plaire. Un grand vent de détente souffla dans le bureau... « On l'accepte ! » lança Don... Ils se mirent à m'expliquer à toute pompe les règles de la maison. Pas de drogue. Pas de violence. Pas de contacts avec l'extérieur. Pas d'obligation de donner de l'argent... Don ajouta : « Et, si tu as envie de baiser, ici, c'est autorisé ! Il y a vingt-six types dans la baraque ! Ils te demanderont ! Tu es libre de leur dire oui ou non !... » Pour la première fois, il rit. Un rire pas gai. Un rire grelottant de petit vieux... Ils continuèrent à me parler... Mais je n'écoutais plus. Ce que j'écoutais, c'était cette voix, en moi. Qui disait : mais tu perds complètement la boule, ou quoi ? Qui disait : non, mais tu t'imagines, dans une heure ? Avec le manque. Le manque, c'est bien ça qui te fait le plus peur au monde, non ? Qui disait : mais enfin, tu sais bien que, sans tes petites chéries, tu as peur, tu as froid, tu es seule. Qui disait : mais voyons, tu sais bien que tu ne peux pas vivre sans. Qui disait : mais oui, peut-être un jour, vous séparer en douceur. Mais pas aujourd'hui. Mais pas ici. Cette baraque te fiche une trouille bleue. Ces gens te fichent une trouille bleue. L'Amérique te fiche une trouille bleue... La voix du beau brun dit : « Et pas de coups de téléphone, pas de lettres, pendant six mois !... » La petite Noire se leva. Rafla mon sac. Le fouilla vite fait. Tendit mon tube de petites chéries à Don qui les empocha. Là, ce fut horrible. Comme s'ils venaient de me condamner à mort. J'ouvris la bouche pour crier. Mais rien ne sortit... Ils se levèrent dans un grand brouhaha de chaises. Moi aussi. Pour dire que, tout compte fait, excusez-moi de vous avoir fait perdre votre temps, mais je ne voulais pas rester, rendez-moi mes pilules, s'il vous plaît... Ils ne dirent rien. Ils me regardèrent un bon coup. Ils sortirent. Sauf Don. Il referma la porte. Resta là. Accoté contre le panneau de bois. Son « Pourquoi ? » m'arriva comme une paire de baffes dans la gueule... Je me sentis minable. Affolée. Coincée. Derrière moi, l'océan par la fenêtre. Devant, ce mec. Et son regard furieux qui attendait... Je me mis à bafouiller : « Voyez-vous... tout bien réfléchi... Je ne pense pas que ma situation me permette... Je suis française et journaliste, et... » et ce que je voulais sans doute dire c'était qu'une personne de cette importance avait le droit de changer d'avis toutes les cinq minutes, non ?... Il ricana : « Française et journaliste ? Qu'est-ce qu'on en a à foutre ? » C'est sûr, il n'en avait rien à foutre. Ni de ça. Ni du reste. Ma mère. Mon travail encore. Mes amis... « Tout ça, ça sera toujours là, à la sortie, non ? » cria-t-il, et là, évidemment, qu'est-ce que je pouvais répondre à ça ? Au fait, la sortie, pour ceux qui restaient, c'était quand ? Au fait, ça leur prenait combien de temps, pour se réhabiliter, quel mot, à ceux qui restaient. Je n'eus pas le courage de demander... « Le vrai problème, c'est que je ne suis pas tout à fait sûre que votre établissement soit pour moi... » lâcha encore ma voix épuisée, et, après ça, je ne voyais vraiment plus ce que je pourrais bien lui raconter... « Au fond, vous ne me connaissez pas... Vous ne m'avez pas demandé grand-chose et... » Il ricana encore : « On te connaît !... Les pilules, l'héro, l'alcool, c'est pareil !... Quinze ans de pilules, tu as dit ?... On te connaît ! » D'un coup, je me dis que c'était vrai. Dans ses yeux bleus, je me reflétais en tout petit. Plantée là, avec mon air français, mes grands voyages, mes petits articles, mes trente-six ans, mes bobards, ma came. Plantée là, avec ma tête à avoir dormi sous la jetée, mes fringues fripées et ma peur de rester. Plantée là, paumée... Dans mon cœur, quelque chose creva doucement. Je ne trouvai plus rien à dire... « Tu sais, ici, la porte est toujours ouverte... » ajouta-t-il. Il avait parlé normalement pour la première fois... Je le regardai. Ses cheveux mal coupés. Son air dévorant. Ses yeux bleus qui me disaient de rester. Pas pour lui... Je demandai : « Elle est ouverte, même la nuit ? — Mais oui... qu'il dit. Même la nuit ! »

Devant moi, la brune de la plage qui s'appelait Linda et me conduisait dieu sait où cavalait à toute vitesse, ses fesses remuant dans un short noir. De chaque côté du couloir, des portes bâillaient en grand sur les murs de couleur, les plantes, des pans de meubles bien briqués. Ça aurait pu être plus moche. Mais, moche ou pas, je me dis que, ce soir, je dormirai derrière une de ces portes. Et un grand coup de désespoir me tomba dessus. Au milieu, une équipe de nettoyage s'affairait. Queue de cheval et tricot bleu, un mec passait l'aspirateur. Un peu plus loin, une Noire au beau cul essuyait des plinthes, foulard sur la tête. Elle leva sur moi des yeux ombragés de faux cils, formant ombrelle, et me sourit. Deux blonds lavaient les murs en discutant. Grimpé sur un escabeau, un petit mec en casquette rouge vissait un globe électrique. Je me dis machinalement : « Tiens, des camés ! » Mais c'était des camés sans came. Et, brusquement, j'eus honte. Comme si, d'être là, j'avais trahi pour toujours le reste, dehors : la plage, le ciel, la liberté, la came, justement... Au deuxième étage, ça continuait... Des flopées de gens qui briquaient partout. Tendus. Jamais de ma vie je n'avais vu des gens aussi tendus. Comme si c'était une question de vie ou de mort qu'ils la nettoient au quart de poil, leur baraque. Je criai à Linda : « Vous êtes combien dans la maison ? — Soixante-deux ! » me lança-t-elle par-dessus son épaule. Et mon angoisse grandit encore... Il y avait des jeunes Noirs avec des hanches qui bougeaient et des bonnets de laine de couleur. Des vieux Noirs à cheveux blancs, l'air morose. Des Mexicains au visage plat. Des Mexicaines avec des figures peintes de poupées pour touristes. Des Blanches sexy avec des seins qui pointaient sous les tricots. Des Blanches à sales gueules, grosses fesses péniblement logées dans des Levi's. Des mal foutus jeunes. Des mal foutus pas jeunes... Au bout du couloir, un air de rock explosa d'un transistor invisible. Quelqu'un se mit à chanter. Au fond, ça aurait pu être des gens en vacances, nettoyant une grande maison. Pas vraiment. Ici, ils avaient les yeux tristes. Des torses avec des tatouages qui s'enroulaient. Des bras blêmes d'avoir été piqués si souvent... Pas possible qu'il y ait tant de camés en Amérique. Pas possible non plus que passer l'aspirateur, ça les aide à ne plus se camer. Alors, quoi ?... Qu'est-ce qui les faisait rester ?... C'est sûr, il y avait un secret, dans cette baraque... Et, ce secret, c'était quoi ?... Au dernier étage, on se mit à cavaler entre des pots de peinture. Des portes jaunes viraient au marron. Un petit Noir qui passait, balançant un seau, cria : « Tiens, une nouvelle ! » L'imbécile. Il aurait pu penser que j'étais une visiteuse. Ou alors, est-ce que, moi aussi, j'avais les yeux tristes ?

« Pourquoi est-ce que la rouquine n'avait pas le droit de me parler, l'autre jour sur la plage ? » demandai-je à Linda en plongeant dans l'eau tiède du bain... La salle de bains de la chambre 207 était rose. Avec une petite fenêtre donnant sur un coin brillant d'océan... Elle rafla une serviette. S'assit sur la cuvette des W.-C. Frange noire impeccable, maquillage impeccable, blouse jaune impeccable. Une vraie réclame pour la maison... « On n'a pas le droit de parler aux gens de l'extérieur ! C'est la règle ! Tu aurais pu essayer de lui filer de la came pour un de nos pensionnaires !... Des histoires comme ça, ça nous est arrivé plus d'une fois ! » répondit-elle. De me dire qu'elle m'avait classée dans les camées au premier coup d'œil, ça me vexa horriblement... « Tu ne pensais quand même pas que tu me verrais débarquer ici le surlendemain ? » insistai-je, et ce qu'elle allait répondre me parut, brusquement, terriblement important... Elle me balança un sourire éblouissant et froid : « Tout est toujours possible... » articula-t-elle mystérieusement. Ça aussi, ça me vexa... « Mets ton pied sur le tabouret ! » ordonna-t-elle à la sortie du bain. Pour quoi faire ? Enfin, bon. Quand même. Pour quoi faire ? Au moment où j'ouvrais la bouche pour demander, flac, ses doigts s'enfoncèrent, par-derrière, dans mon vagin... Je hurlai : « Mais qu'est-ce que tu fabriques ? » Sautai sur mes pieds. Me réfugiai dans l'encoignure rose et glacée du mur. Grelottant d'humiliation, de trouille, de colère. La dingue, car enfin, c'était une dingue, s'accota contre la porte... « C'est une bonne planque pour la came ! Nous sommes obligés de vérifier ! C'est la règle aussi ! » expliqua-t-elle. Son sourire n'avait pas bougé d'un cran. D'un coup je me souvins d'un bouquin racontant que, oui, on faisait ça aux bonnes femmes en prison... « C'est une prison, ici, ou quoi ? continuai-je à hurler. Et d'abord, je ne planque rien !... Jamais de ma vie on ne m'a traitée comme ça !... » Sa main aux ongles corail me tendit la serviette : « On te traite comme on traite les autres ! » répondit-elle simplement. Mon cœur se serra. L'horreur, c'était ça. Pas tellement les doigts de cette bonne femme dans mon machin. Mais de voir que, déjà, on me traitait comme les autres. Ça, dieu sait pourquoi, c'était toujours le pire coup qu'on puisse me faire... L'envie de me barrer me revint au galop. Je ne le dis pas. Sans doute que ma figure le dit. Linda fronça les sourcils : « Tu devrais quand même essayer de rester un peu !... Qu'est-ce que tu as à perdre ? » demanda-t-elle. C'était con. Est-ce que c'était si con que ça ? J'essayai d'imaginer ce que j'avais à perdre. Mais rien ne vint. Et rien ne viendrait. Puisque je n'avais rien. Et ça, la bonne femme, elle l'avait su avant moi... « Allez ! Remets ton pied sur le tabouret ! Ça prend vraiment deux secondes ! » dit-elle encore. Avec son sourire.

Dès que je fus rhabillée, Don resurgit comme une bombe. A nouveau, ce fut le couloir, l'escalier en quatrième vitesse. Pourquoi est-ce que tout le monde cavalait comme ça, dans cette baraque ?... Au dernier étage, il poussa une porte. Me poussa... Une pièce géante et blanche. Soleil cru. Cinq fenêtres et, derrière, toujours l'océan... Là, je me mis à paniquer. Vraiment. En voyant le mec. Assis derrière un bureau recouvert d'un tapis chamarré. Et dévorant un plat de riz... Un Bouddha trois fois gros comme Bouddha. Noir. Ou hindou. Ou les deux. Crâne rasé, tunique de soie noire, chaînes d'or autour d'un cou de taureau... Sur sa droite, une banquette rouge. Avec un jeune Noir et un vieux Blanc, l'air de types qui sont venus discuter d'affaires sérieuses... Partout, sur des étagères, des dieux africains, des lions de pierre, des danseuses de bois. Et aussi des lampes avec des abat-jour à franges. Des tapisseries abominables avec des couchers de soleil sanglants et tout le bataclan. Un aquarium, mais, celui-là, bourré de poissons... J'eus l'impression d'être balancée dans un mauvais film. Avec un Bouddha qui était fabricant d'armes, et ses lieutenants. Ou un Bouddha qui était fabricant de prostituées, avec ses rabatteurs. Ou un Bouddha qui était fabricant de drogue, ça c'était subtil, avec ses agents... Mon cœur se mit à taper comme un fou. Et si, tout ça, c'était le décor de ma fin ? Je me vis là, face à l'océan. Matraquée par le soleil violent. Poignante et encore belle. Et qui ne reverrai jamais ni ma mère ni mon pays. Quelle idée, de penser des choses comme ça. Je savais bien que ça n'arriverait pas. Enfin, sans doute que ça n'arriverait pas. Et si, quand même, ça arrivait ?... Fou ce qu'il faisait froid, d'un coup, dans ce bureau... Don s'était planté à côté de moi. Pas le Don de tout à l'heure. Celui-là avait l'air d'un type qui se trouve balancé devant le bon dieu et en pisse, de trac, dans son Levi's. Il me désigna du doigt : « C'est la nouvelle ! Elle est française ! » Le Bouddha ne leva pas la tête. Mais il parla. Sa voix était, comme je m'y attendais, métallique... « Française ou chinoise, qu'est-ce que ça change ? Une camée, c'est toujours une camée !... Dis donc, petit con, je croyais t'avoir dit de ne jamais m'amener de nouveaux pendant que je mange !... » Toujours sans lever la tête, il me demanda : « Qu'est-ce que tu as, comme argent ? », et, je l'avais bien dit, tout ce qu'ils voulaient c'était le pognon des touristes pour alimenter leur organisation... « Deux mille cinq cents francs..., bafouillai-je. — Ça fait combien, en dollars ? — A peu près cinq cents dollars !... — Donne-les à Don ! Il les mettra dans la marmite ! — Mais c'est que j'en ai besoin... » criai-je, j'étais folle ou quoi de lui tenir tête ?... Il y eut un petit silence... Les gros doigts safranés arrêtèrent de tripoter les baguettes. Il me regarda. Vraiment, je n'avais jamais vu les yeux de personne avant d'avoir vu ceux des gens de cette baraque. D'abord ceux de Don. Maintenant, ceux de celui-là. Des yeux qui vous radiographiaient d'un coup. Des yeux de mec qui en avait tant et tant vu que personne ne lui apprendrait plus jamais rien. Des yeux vieux comme le monde. Des yeux jeunes comme le monde. Des yeux qui l'avaient fait et refait, le monde. Des yeux qui me dirent aussi qu'avec mes suppositions de trafics en tout genre, vraiment, j'allais trop au cinéma... Il se pencha : « Besoin pour quoi ? » gueula-t-il... Brusquement, toutes les choses qui s'achètent, les robes, les tickets d'autobus, les légumes du marché, les savons, les journaux, les livres, les billets d'avion, les timbres, les chaussures, tout ça s'entassa sur une barque, dans ma tête. Et la barque largua les amarres. Je me sentis toute vide. Je me dis que j'étais là, dans une baraque rouge, à Venice, Amérique. Et qu'après tout, peut-être que je n'avais plus besoin de rien.

« C'est qui ? » demandai-je à Don, quand on se retrouva sur le palier. « C'est le patron : Isaac ! — Qu'est-ce qu'il faisait, avant ? — Il se camait ! Ça a occupé quinze ans de sa vie ! Après sa dernière sortie du pénitencier, il y a six ans, il a ouvert la maison ! — Pourquoi à Venice ? — Pour qu'on puisse lorgner la came et les camés de nos fenêtres toute la journée !... C'est bien ça qu'on retrouvera à la sortie, non ? Alors, autant apprendre tout de suite à résister à la tentation ! » articula-t-il, et je la trouvai complètement idiote, son explication... « Et toi ? demandai-je encore, tu es quoi, ici ? — Directeur adjoint !... Ils m'appellent le Nazi ! » dit-il. Tout compte fait, je le préférais encore quand il ne se marrait pas.

« Je ne peux pas... Je ne peux vraiment pas faire pipi, si tu restes là, à me regarder... » dis-je à Linda. Encore elle. Encore moi, les fesses à l'air. Encore une salle de bains, mais bleue, celle-là. Avec un rideau à fleurs qui cachait la fenêtre... « Essaye encore... » répondit-elle. Cul sur le rebord de la baignoire. Et sourire qui disait qu'elle avait tout son temps... « Au moins, tourne-toi ! — Non ! — Tu vas me coller aux fesses comme ça pendant longtemps ? — Une semaine... Moi ou une autre... » Mon estomac se roula en boule. Je me vis dans la baraque dans une semaine. Je ne me vis pas, mais alors pas du tout, dans la baraque dans une semaine... « Pourquoi une semaine ?... — C'est la règle... — En dehors d'Isaac, qui est-ce qui la fait, la règle ?... — Personne. Isaac, ça nous suffit ! » Dans ses yeux noirs, une petite flamme s'alluma. Qui dit que, pour le Bouddha, elle était prête à sauter illico dans l'océan. Et les autres aussi. Et que si je trouvais ça complètement con, la conne, naturellement, c'était moi... « Les gens s'attendent toujours à trouver ici des toubibs, des psychiatres, ou les deux... Nous ne sommes ni un hôpital, ni un centre de désintoxication, ni une clinique psychiatrique... » expliqua-t-elle, et elle se mit à avoir l'air d'un guide pour touristes, démarrant la visite de son musée... « Juste une grande famille où nous sommes tous responsables les uns pour les autres... » continua-t-elle... Je me dis que ça commençait bien. Des boy-scouts. Des illuminés de la fraternité. Je voyais ça d'ici. Aujourd'hui, vous étiez leur petite sœur en réhabilitation. Demain, leur bonne. Après-demain, quoi ?... « Ça veut dire quoi exactement ? » demandai-je. Comme je commençai à faire pipi, elle était bien obligée de continuer la conversation... Ça voulait dire que, d'après Isaac, c'était seulement un camé qui pouvait aider un autre camé à s'en sortir, vu qu'il savait de quoi l'autre parlait. Et que l'autre savait qu'il le savait, est-ce qu'on pouvait en dire autant d'un toubib, même calé et honnête et tout ?... D'entendre ça, ça me rassura un peu. Rien que de penser à la cohorte des toubibs consultés tout au long de ma vie, ça me collait un cafard effrayant... Les psychanalystes freudiens, avec pipe ou sans pipe. Les psychiatres en blouse blanche, l'air pressé. Les psychiatres sans blouse, l'air ensommeillé. Ceux que j'avais eu envie de baiser et que je n'avais pas pu baiser. Ceux que je n'avais pas eu envie de baiser. Mais qui m'avaient baisée, eux. Au creux de leur divan libérateur. Ou dans le lit de leur femme en vacances avec les enfants, évidemment, j'aurais pu dire non, pourquoi est-ce que je n'avais pas dit non ?... Oh, certains, brillants et tout. Mais pas un qui ait jamais pu m'expliquer pourquoi je me camais. Il faut croire qu'ils ne savaient pas. Et comme ça les embêtait que je sache qu'ils ne savaient pas, parfois, ils me les renouvelaient à perpète, mes ordonnances de petites chéries. Un bon truc pour me garder la cervelle embrumée. Et sans questions... Mais, au fond, qu'est-ce que j'avais bien pu en attendre ? C'était vrai qu'ils étaient dans leur monde. Et moi, dans un autre. Et quand je leur racontais mes bascules, mes trous, mes vols planés, mes défonces, et quand je leur racontais mes petits nuages, mes tunnels, mes océans, mes feux d'artifice, mes soleils, et quand je leur racontais la tendresse de la came, le frisson de la came, l'angoisse de la came, la joie de la came, comment est-ce qu'ils auraient pu savoir, les toubibs, hein, de quoi je parlais ?

Des pas se mirent à cavaler furieusement dans le couloir. Une voix d'homme hurla : « Midi moins cinq ! Séminaire dans cinq minutes ! » Il y eut un brouhaha affolé. Des portes qui claquèrent. Des éclats de voix. Des pieds qui galopaient... « Tu as fini ? Allez viens ! dit Linda. — Qu'est-ce que c'est que ce séminaire ? demandai-je en me reculottant fébrilement. — On se réunit par groupes de trois, et chacun raconte sa vie aux autres ! — Mais je n'ai rien à raconter ! » C'était vrai. Enfin rien de ce que racontent les gens d'habitude : des histoires d'amour, de famille, de boulot. Enfin, rien d'intéressant. Puisque, en dehors de la came, rien de vraiment intéressant ne m'était jamais arrivé... Elle ouvrit la porte. « On a toujours quelque chose à raconter », affirma-t-elle. Qu'est-ce qu'elle voulait dire ? D'inquiétude, mon cœur se serra... On sortit de la salle de bains. On traversa une chambre, bleue aussi. Avec des pochettes de disques punaisées partout...

« Mais ce séminaire..., que je dis, ... au fond, ça sert à quoi ? » Elle me poussa. Tapota sa frange avant de passer la porte : « Il va falloir apprendre à faire ce qu'on te dit de faire sans poser de questions ! » Sans son sourire, elle avait vraiment l'air vache.

C'est là, dans le couloir, que je la vis. Qui sortait du 302, comme je sortais, moi, du 304... D'abord, je me dis : pas vrai. Pas elle. Une hallucination. Un... Non. C'était bien elle. Ma blouse. Ma plus jolie blouse. Ma seule jolie blouse, d'ailleurs. Ma blouse rouge à fleurs noires, qui cavalait sur le dos d'une petite brune, qui cavalait, elle, devant nous... Je stoppai net... « Qu'est-ce qu'il y a ? » demanda Linda. Je dis : mais enfin, de quel droit, mais c'est à moi, mais c'est la mienne, mais pourquoi ?... « Oh, ta blouse ? dit-elle d'un air compréhensif. C'est encore une de nos règles de fouiller les valises, pour la came ! Et puis de distribuer les habits !... Ne t'inquiète pas ! On t'en donnera d'autres tout à l'heure !... » Je criai : « Vos habits, je m'en fous ! Ce que je veux, c'est ma blouse !... » Autour de nous, les gens se bousculaient vers l'escalier. Une grosse Noire s'avança. Petits yeux, grande bouche, cheveux ras. « Qu'est-ce qui se passe ?... » Linda expliqua... Ses petits yeux me jaugèrent... « Qu'est-ce qu'elle a de spécial, cette blouse ? » demanda-t-elle, mais, à son air, ce qu'elle me demandait vraiment, c'était ce que je croyais avoir de spécial, moi. Elle, en tout cas, elle ne voyait pas... « Rien de spécial..., dis-je, ... mais c'est ma b... — Alors si elle n'a rien de spécial, pourquoi est-ce que tu nous fais tout ce cirque ?... » Derrière nous, une voix furieuse gueula. « Qu'est-ce que vous foutez là ? C'est l'appel pour le séminaire ! » Et on repartit au pas de course dans le couloir. Derrière ma blouse.

C'est sur l'escalier que ça se passait. Ils étaient déjà tous installés là. Tassés sur les marches en grappes serrées. Depuis le palier du premier étage jusqu'au vestibule... Je m'incrustai à côté de Linda, tout en haut, sur la dernière marche... La foule, c'était la même, vue d'avion. Têtes à bonnets, têtes sans bonnets, têtes de Noirs avec des flopées de petites tresses, têtes américaines couleur de pop-corn, têtes de filles en bigoudis. Mains avec ou sans cigarettes. Jambes en Levi's... Des yeux se levèrent. Regardèrent la nouvelle. Dirent : ah, c'est ça, la Française, pas terrible. Dirent : et pas tellement jeune non plus. Dirent : en plus, elle est verte, c'est parce qu'elle commence à descendre. Dirent : tout à l'heure, quand elle va être en manque, on va bien rigoler. Dirent : à mon avis, elle aurait plutôt une tête à se barrer avant... Ça finit par me coller un tel malaise, tous ces yeux sur moi, que je fermai les miens... « Ça ne va pas ? » demanda la voix de Linda... Dire : « Mais si ! » ça m'avancerait à quoi ?... Dire : « Mais non ! » ça m'avancerait à quoi ?... Don surgit au pied des marches. Et, avec lui, le silence... Il se planta devant la porte de verre, avec l'océan, toujours lui, qui clignotait derrière. Balaya la foule d'un œil excédé. Ricana comme s'il leur préparait un mauvais coup. Tira enfin un papier de sa poche. Commença à faire l'appel des noms, expédiant les camés sans came, par groupes de trois, comme avait dit Linda, dans les chambres ou sur la plage. Quand il arriva à moi, il leva la tête... « Quel nom à coucher dehors. Tu débarques de quelle planète, toi ? » A nouveau, tous les yeux sur moi. Je me levai. Mes jambes tremblaient... « De France ! » articulai-je péniblement. Je me rassis, le rouge au front, comme si, par ma bouche, cinquante millions de Français venaient d'avouer à la face de l'Amérique qu'ils se camaient... L'appel se terminait. Un petit boutonneux en T-shirt rouge marqué « Coca-Cola » me bouscula dans la descente. Cria : « Salut ! » en français. Ajouta, en anglais : « ... C'est tout ce que je sais ! » J'attrapai Linda par le coude : « A quoi est-ce qu'il joue, Don ? Il le sait bien que je suis française ! Pourquoi est-ce qu'il m'a posé la question ? » Sous la paupière bleue, son œil se marra : « A ton avis ? — Juste pour m'enquiquiner en m'obligeant à parler devant tout le monde ! — Tu vois que tu sais les dégotter toute seule, les réponses ! » susurra-t-elle... Et puis elle appela les deux que j'allais accompagner sur la plage.

« On t'a dit que si quelqu'un essaie de te parler, tu n'as pas le droit de répondre ? » demanda Salomon. C'était un jeune frisé en chemise à carreaux. Très grand. L'œil juif et long, clignotant derrière des lunettes de fer. Je dis que, mais oui, on m'avait dit... A travers la couverture, le sable brûlait. La plage était à peu près déserte. Pas pour longtemps. Celui qui allait se pointer et essayer de me parler, c'était le petit mec aux pilules, ça, j'en étais sûre. Et il resterait planté là. A tirailler sur ses mèches sales. En posant sur moi des yeux comme des soucoupes... « Quoi ? Pas le droit de me parler ? Tu rigoles ? » Et là, je crèverai de honte. « C'est dur au début, toutes ces règles qu'on ne comprend pas, hein ? » dit Susan. Une blonde aux cheveux courts dans la quarantaine. Avec une figure agitée. Une minijupe qui montrait ses cuisses, vraiment, côté mode, elles retardaient, les Américaines. Et un bras coudé, sans doute qu'il était paralysé. Salomon ajouta : « Ne crois pas qu'on les comprend après ! Mais l'important, c'est de croire qu'on les comprendra un jour !... » Ils pouffèrent. Sur notre gauche, je voyais la Promenade et ses maisons claires, les rentiers juifs sur leurs bancs, les palmiers maigres, Venice. Tout ça, tout petit, très loin, comme un monde interdit. De me dire ça, ça me déprima terriblement. Mais enfin, qu'est-ce que j'avais fait pour ne plus y avoir droit ? Sûrement quelque chose d'abominable. Mais quoi ?... Susan commença. Sa voix légèrement exaltée nous débita l'histoire de ses trois mariages catastrophiques. De sa carrière d'infirmière dans un hôpital de l'Orégon. De l'habitude qu'elle avait prise de vider de ses pilules l'armoire à pharmacie : « Je me faisais croire que j'en avais besoin pour me calmer les nerfs ! Si on m'avait dit à ce moment-là que j'étais en train de devenir une vraie camée, je ne l'aurais pas cru ! » dit-elle. Maintenant, elle le croyait. Avec son bras paralysé, oui, après sa dernière overdose. Et son cerveau endommagé. « ... A 3 % ! » chuchota-t-elle d'un air important et, soudain, ça me gêna de la regarder. Pauvre Susan. Vraiment les petites chéries, ça pouvait vous esquinter drôlement les gens. Mais est-ce que c'était réellement ça ? Ou quelque chose qui, dans sa cervelle, déjà avant, ne tournait plus rond ? Toujours est-il que, d'après elle, Isaac lui avait sauvé la peau. Comme il allait sauver la mienne et... Elle commençait à m'emmerder. C'est vrai, de quoi est-ce qu'elle se mêlait, la blonde ? Moi, je n'avais pas besoin qu'on me sauve la peau. Parce que ma peau à moi n'était pas en danger. Enfin, pas vraiment. Mais alors, bon dieu, j'étais là pour quoi ? Dans ma tête, ça s'embrouillait de plus en plus. Et si c'était une blague dingue ? Un malentendu dingue ? Un cauchemar dingue ? Dans ce cas, ça allait s'arrêter. Mais quand ?... Dans le ciel, un cerf-volant rouge se pointa. Comme le premier jour de mes vacances. Vacances ? Ha, ha. Ma gorge se serra. Par-dessus le marché, ma descente commençait. Avec l'angoisse, comme un crabe, qui dépliait ses pattes dans mon estomac... Une qui devait vraiment avoir besoin qu'on l'aide à sauver sa peau, c'était la fille de Susan, Dora, qui se piquait à l'héro, quelque part dans Venice. « Oh, mon dieu ! » se mit à gueuler sa maman, et se payait des overdoses sans arrêt, « Oh, mon dieu ! », et, à vingt ans, avait déjà été bouclée trois fois à la prison des femmes : « Oh, mon dieu, ma Dora, ma chérie, mon oiseau, ma blonde, ma blondinette, ma petite fille ! » « Susan ! Ne commence pas à emmerder la nouvelle avec ton cinéma ! » articula sèchement

Salomon. Elle s'arrêta net. Et ma voix s'éleva. Tremblotante et qui disait : « Je ne me sens pas bien... Je commence à descendre... Je me demande si je vais pouvoir tenir... » Leurs figures se fermèrent comme deux portes... « Tu tiendras si tu veux tenir ! grogna Salomon. — Et, si tu ne veux pas, tu te trouveras toujours une bonne excuse pour te barrer ! » ajouta-t-elle. Je me sentis seule et paumée. J'espérai qu'ils allaient dire autre chose. Mais, tout ce qu'ils dirent, ce fut : déjà midi et demi, et qu'il fallait se grouiller... Salomon prit la relève. En nous racontant sa jeunesse mouvementée, comme il dit, dans une super villa blanche de Beverly Hills. Ça m'étonna. Est-ce que tous les camés à l'héro ne sortaient pas du ghetto ? Il fallait croire que non. La preuve, le papa de Salomon était producteur de cinéma. Un bon papa. A chaque fois que son fiston se faisait coincer pour usage et revente d'héroïne, il balançait des milliers de dollars pour le faire relâcher. Et, généralement, il lui offrait une Jaguar pour le remettre sur le droit chemin. Pourtant, la dernière fois, le juge avait été plus fort que les dollars de papa. Et il avait placé Salomon dans la baraque. « Sur parole », pour un an... « Six mois déjà... Comme le temps passe... » A sa voix, c'était difficile de savoir ce qu'il pensait vraiment... Après ça, personne ne dit plus rien. La plage s'était peuplée. Près de l'océan, des gens se mirent à pousser des cris en riant. Le silence entre nous trois continua. Et là, je sus ce qui allait se passer. Et je me souhaitai la crise, l'overdose dans le sable gris, n'importe quoi pour que ça ne se passe pas. Ce qui se passa, c'est que Salomon demanda : « Et toi ? » Je vis ses yeux sombres immobiles derrière ses lunettes. Je vis les yeux de Susan, son regard marron clair, un peu déglingué et qui attendait. La panique me prit. Moi, quoi ? Je cherchai désespérément quelque chose à raconter. Mais rien ne vint. Je finis quand même par bafouiller : « Je suis née en France. Mon père était polonais, juif et médecin... Ma mère était la femme de mon père... A dix-huit, dix-neuf ans, j'ai commencé à me camer... Un peu plus tard, j'ai fait du journalisme... Et puis j'ai eu des bonshommes, et... — Quel genre de bonshommes ? » demandèrent-ils en chœur. Quel genre de bonshommes ? Un Suédois alcoolique. Un marié honteux. Un cinéaste sans cinéma. Un... Salomon ricana : « Tous des minables, hein ?... — Mais non ! Pas tous ! » ripostai-je, vexée. Et j'essayai fébrilement de me souvenir de ceux qui ne l'étaient pas. Mais, prise de court, comme ça, naturellement, je ne trouvai pas, et je le dis. « ... Ecoutez, maintenant, vous savez tout ! Qu'est-ce que vous voulez que je vous dise d'autre ? » Susan se pencha. De près, je vis les racines noires de ses cheveux... « Qu'est-ce que tu veux nous dire d'autre ? — Mais rien ! Je n'ai vraiment rien d'autre à dire ! » et, ah, quand même, j'avais oublié la guerre. Mais, un truc dont on ne se souvient pas, autant dire que ça compte pour des prunes, non ? Le bras esquinté se tendit vers moi. Elle attrapa ma main. La serra. « Ça viendra ! » sourit-elle. Là, j'eus vraiment envie de la mordre.

« Non, pas mes bagues ! Là, tu exagères ! Pas mes bagues ! » dis-je à Don. Ça, c'était en rentrant du « séminaire ». Il m'avait fait appeler dans le bureau du rez-de-chaussée. Et il se tenait là. Devant un placard grand ouvert, à gauche de l'aquarium. Un gros trousseau de clés à la main, comme un geôlier. L'air pressé... « Enfin, ça rime à quoi ? » criai-je, au bord des larmes, et merde pour l'interdiction de poser des questions. J'avais passé ma vie à en poser. Et j'en poserai encore et encore jusqu'à ce que je crève. Il lâcha un soupir excédé : « Et tes bagues, elles riment à quoi ? — Elles me rappellent des choses ! » Là, tout de suite, je ne savais plus quoi non plus. Mais des choses. « Justement ! s'exclama-t-il,... ces choses, tu vas les oublier pour un petit bout de temps... Donne-moi aussi ta montre ! Ne t'en fais pas ! Tout ça, on te le rendra à la sortie ! — Non ! Pas ma montre ! Ça j'en ai besoin ! — Besoin pour quoi ? » qu'il demanda. Comme le Bouddha. Et là, peut-être que je n'avais pas compris ce qu'ils avaient essayé de me faire comprendre. Ou peut-être que j'en avais marre. Mais leurs histoires de besoin de rien, d'un coup, j'en eus par-dessus la tête... « Pour savoir l'heure ! » hurlai-je encore. En plus du reste, ça me collait un complexe d'infériorité terrible de me trouver comme ça devant lui. Suant comme une folle. En pleine descente... « L'heure, elle te sert à quoi ? — A savoir quand j'ai des choses à faire ! » Il ricana : « Fais-moi confiance ! Nous, on le saura quand tu auras des choses à faire ! » Mes jambes flageolaient. Il ne m'avait pas dit de m'asseoir, mais je me posai au bord d'une chaise. « Ecoute, je me sens vraiment mal..., dis-je. Je commence à descendre... J'ai peur d'avoir une crise... — Une crise ? » Sur moi, ses yeux devinrent deux points bleus. Il resta comme ça sans rien dire. Puis il alluma une cigarette. Ses mains étaient moches. Courtes. Avec deux étoiles tatouées sur le dessus... De grosses gouttes de sueur commencèrent à se détacher de mon front et à tomber en pluie sur mes genoux, quelle horreur... « Les crises, dans la maison, on a l'habitude..., dit-il. Tu as parlé à Susan ? Elle s'en payait deux par jour quand elle est arrivée ! — Je ne crois pas que je vais tenir..., dis-je encore. Je ne crois vraiment pas que je vais tenir ! » Sa figure se ferma, comme celles des deux autres, sur la plage. Il fit un pas : « Ça, c'est ton problème ! En attendant, donne-moi tes bagues et ta montre, et va déjeuner ! »

C'est dans la cuisine que ça me tomba dessus. Coincée dans la file des camés sans came piétinant autour d'une table géante et remplissant leur assiette de haricots et de salade... Derrière moi, il y avait

Linda. Devant, Jackie, la petite Noire du matin, avec un peigne en plastique rose planté dans la tête... Brusquement, je me trouvai devant la marmite qui fumait. J'essayai d'étendre le bras, mais rien à faire. Une lumière rouge s'alluma dans ma tête. Je me dis : la crise. Les cons. Leur faute. Je me dis : la crise, la crise... Sous mes pieds, le sol se craquela. Je tombai à toute vitesse dans un trou. Je me dis : mes petites chéries, mon dieu, mes petites chéries. « Mais avance donc ! » cria Linda. C'était horrible, sa voix énervée. Et moi. Clouée. « Elle ne peut pas ! » dit quelqu'un. J'essayai d'expliquer. Je sentis mes lèvres qui bougeaient. Mais rien ne sortit. D'un coup, autour de la table, un silence de mort. Une grande fille me désigna de sa cuillère, d'un air horrifié. C'est la dernière chose que je vis. Dans mon crâne, le tonnerre explosa. Des éclairs se mirent à zigzaguer devant mes yeux. Et puis plus rien.

« Tu as eu une crise ! On t'a fait une piqûre ! Maintenant, tout va bien » dit la voix au-dessus de moi. Au-dessus de la voix il y avait un sourire. Au-dessus du sourire, une bonne femme. Derrière elle, des murs jaunes, deux autres lits, des étagères, la photo d'un gosse noir, moche comme tout, dans un cadre doré, une plante sur une commode. Elle se pencha. Le sourire m'arriva en gros plan. Me dis : ah, oui, c'est Linda. Et tout me revint d'un coup. La baraque rouge. Les camés sans came. L'Amérique. La crise. Merde. La crise. La honte me tomba dessus en premier. Et puis l'angoisse tordit mes tripes. Le manque était là... J'agrippai son bras. Je hurlai : « Je veux m'en aller ! Rendez-moi mes pilules que je puisse m'en aller ! Je veux m'en aller ! Rendez-moi les pilules que vous m'avez volées ! Si je reste, je vais crever ! Je ne veux pas crever en Amérique ! Je ne veux pas crever en Amérique ! Je ne veux pas crever !... » Elle s'assit à côté de moi : « Mais non, tu ne vas pas crever ! » Elle se mit à raconter des choses d'un air réconfortant. Qu'ils étaient soixante-deux dans la baraque et tous passés par là. Que ça allait passer, question de temps. Que... J'enfonçai mes ongles dans le tissu jaune. Je hurlai : « Ta gueule ! » Je hurlai : mes pilules, salope. Mes pilules, salauds. Ou je fous le feu à la baraque. Ça vous apprendra à me garder prisonnière. Privée de mes droits. De mon droit. Du seul droit que je revendique. Le droit au bonheur. Le droit à la came. Mes pilules, ou je vous jure que vous ne l'emporterez pas au paradis, ah, vous ne savez pas à qui vous avez affaire. Le consul de France sera prévenu. Et mon avocat, un avocat bien connu. La presse française fera un scandale. Et la baraque, pfft, fermée pour toujours. Et les camés sans came en prison. Et le Bouddha en prison... « Va le chercher ! Tout de suite ! Je veux lui parler ! — Il est occupé !... Lui parler pour lui dire quoi ? — Qu'il n'a pas le droit de me garder ! » Ses yeux noirs devinrent tout plats « Mais personne ne te garde ! » J'essayai de me lever. L'angoisse me submergea comme une vague. Suffoquai. Ne trouvai plus mon souffle, ni ma tête, ni mes jambes, ni rien. Je n'allais pas crever. J'allais devenir dingue. De me dire que la porte d'entrée était à cinq minutes quelque part. Et moi, clouée au fond de mes draps. C'était ça, le manque. La vie était là, et j'avais perdu le mode d'emploi... Je retombai, toute molle, dans mon oreiller. Linda se leva. Marcha vers la fenêtre grande ouverte. Tira les rideaux. Le ciel disparut. Et, avec lui, le monde où mes petites chéries m'attendaient. L'angoisse devint violente et folle. La chambre se rétrécit à toute vitesse. Le plafond se rapprocha pour m'écrabouiller. Les murs se rapprochèrent pour m'écrabouiller... Hurlai : mes pilules. Elle m'empoigna par les épaules. Hurlai : mes pilules, mes pilules. Et puis me mis à faire des choses vraiment horribles. Lui embrassai les mains et lui proposai de foutre le camp avec moi. Lui promis la France, Paris, mon appartement à fleurs, de l'argent, des jules. Lui promis Amsterdam et Londres et l'Europe tout entière, et les vacances. Lui promis n'importe quoi. Lui jurai n'importe quoi. Et elle, elle disait : « Calme-toi ! », avec son sourire à la con... Soudain, je ne sais pas ce qui se passa. Mais je me vis qui faisait tout ça. Et je recommençai à hurler. Pas de penser qu'on ne me rendait pas mes pilules. Mais de penser que, sans mes pilules, j'en étais là.

Après, je m'endormis d'un coup. Quand je me réveillai, il y avait un poste de télé au pied de mon lit. Un fauteuil vert et moche installé devant. Un géant noir installé dedans. Il sourit, montrant une dent cassée... « Hé, mamma, je suis ton garde du corps ! » Il dit qu'il s'appelait Louis. Il avait de gros muscles dans un maillot de corps blanc. Les yeux doux. L'air calme... Le manque me retomba dessus aussi sec. L'angoisse. Et puis mille aiguilles qui s'enfonçaient dans les muscles de mes bras et de mes jambes. Je me mis à crier de douleur. Il s'assit sur le lit. Ses grosses mains commencèrent à masser mes jambes par-dessus le couvre-pieds... « Respire à fond, mamma... Respire à fond... — Toi, tu vas m'aider..., que je dis. Tu vas aller leur parler ! Tu vas leur dire de me rendre mes pilules, que je puisse me barrer !... Je ferai ce que tu voudras ! Je coucherai avec toi ! » Il sourit. Jeta un coup d'œil vers la porte. Sourit plus grand. Sa main glissa sous le drap, sous ma jupe, sous mon slip. Ses doigts s'enfoncèrent en moi. Commencèrent à m'explorer en douceur. Et, brusquement, ce fut comme si le manque suspendait son souffle. Mes muscles se détendirent. L'angoisse décolla... Ses doigts me trouvèrent. Je sentis ma bouche qui s'ouvrait en « Oh... ». Sa voix chuchota : « Vas-y, mamma... Baise ma main, mamma... Baise-la bien, mamma... » Ça me fit drôle, cette grosse figure comme une lune sombre, penchée sur moi. Un peu peur aussi... Je jouis d'un coup... Il reprit sa main.

L'essuya sur le couvre-pieds... Puis il me regarda : « Tu crois vraiment qu'on va te les rendre, tes pilules ? » demanda-t-il gentiment. Et je sus que c'était foutu. Dans mon cœur, quelque chose se déchira. Comme quand un mec se barrait. Quand un mec se barrait, le monde se barrait, c'était idiot, parce que, les mecs, je m'en fichais toujours un peu. Mais pas qu'on me laisse. Là, c'était encore pire. Un mec, ça se retrouve. Mais mes petites chéries ? Est-ce que je les retrouverais jamais, mes chères petites chéries ?... Oui, là, c'était encore pire. Pire que pas de mec, la douleur physique, la séparation, la mort. Là, c'était la solitude... L'angoisse recommença à me grignoter... Il se pencha : « Pourquoi crois-tu qu'on ne veut pas te les rendre, tes pilules ?... — Je ne sais pas... Je voudrais crever... » dis-je. Sa grosse main fourragea dans mes cheveux : « Ça te passera... » Le lit bougea quand il se leva. Il alluma la télé. Sur l'écran les images noires et blanches d'un match de base-ball se mirent à sautiller. Je tirai mon oreiller sur ma tête. Je me mis à chialer.

Chialer, je ne fis que ça. Et suer. Et vomir. Et grelotter. Et gueuler aussi. Matraquée par la trouille. Paralysée par la trouille. Bouffée par la trouille. La trouille de quoi ? La trouille de crever ? La trouille de ne pas crever et de rester comme ça, à vie ? La trouille d'avoir la trouille ? Bien sûr, ça ne tenait pas debout. Mais ça me servait à quoi, de le savoir, si je ne savais pas comment l'arrêter ? Tout ce que je savais, c'était que j'étais là, au fond de l'Amérique, au fond d'une chambre jaune, avec les rideaux tirés et le bruit de l'océan derrière. Ça aussi, ça me rendait dingue. Comme si j'étais coincée sur une île. Toute seule, avec le cauchemar du monde sans came... Ça avait commencé quand ? Et pourquoi ? Ça finirait quand ? Mais est-ce que ça finirait ? Et, si ça finissait, qu'est-ce qui ferait que ça finirait ? Tout ça ne voulait plus rien dire.

Le temps ne voulait plus rien dire. Don l'avait enfermé avec ma montre dans le placard du bureau. Oui, c'était là qu'il était, le temps.

Il y eut les deux nénettes qui vivaient dans ma chambre. Quand je les vis débarquer, le premier soir, mon cœur se serra. L'une, c'était Cindy, la rouquine de la plage, rien que d'y repenser, à la plage, ça me collait un malaise effrayant. L'autre, c'était Sarah, la grosse Noire qui ne pouvait pas me sentir. Avec ses petits yeux en colère et sa bouche morose. Juste comme ceux du môme, dans son cadre doré, au mur... Je fis semblant de dormir. Entre mes paupières baissées, je les vis qui s'affalaient sur leurs lits respectifs. Cindy se mit à lorgner le plafond d'un air épuisé. Sarah fit voler ses chaussures. Commença à se masser les orteils furieusement... « Si j'ai bien compris, à cause de cette conne, je ne pourrai pas baiser, ce soir ! » dit-elle, d'une voix hargneuse. La rouquine dressa une tête de poupée pas fraîche. Tira sur sa blouse à fleurs. Alluma une cigarette... « Il fallait bien qu'on la mette quelque part ! Pourquoi est-ce que tu ne baises pas dans sa chambre à lui ?... » Mais, d'après la suite, sa chambre à lui était retenue depuis une semaine, par son copain de chambre à lui, et tout ça, naturellement, la grosse, elle ne me le pardonnerait jamais, quelle horreur... Après ça, elles ne dirent plus rien... Sous mes draps, l'angoisse était comme une grosse bête emprisonnée avec moi... Un peu plus tard, Sarah tourna le bouton de la radio. Une chanson explosa. Ma tête aussi... Cindy dit encore : « Alors, elle est française ! Je ne savais pas qu'ils se camaient, là bas aussi ! — Pourquoi pas ? Les gens apprécient les bonnes choses partout !... » Elles se marrèrent... « Ça m'étonnerait qu'elle reste ! chuchota la rouquine. — Ça, c'est son problème ! Elle est responsable de sa peau ! Pas toi !... N'empêche qu'à son âge, elle a plutôt intérêt à rester ! » ricana l'autre. Ça me fit mal. D'accord, j'étais vieille. Sans doute encore plus vieille que je ne pensais. Mais alors, si j'étais si vieille que ça, de toute façon, rester, ça servirait à quoi ?

Il y eut les mains de Susan qui me massèrent quand mes muscles me faisaient crier de douleur. Et puis d'autres mains. Des mains noires. Des mains blanches. Qui me faisaient bouffer. Me fourraient un oreiller dans le dos. M'emmenaient pisser, car mes jambes se cassaient la gueule dès que j'essayais de les faire fonctionner. Et, parfois, le coup de la chambre qui se rétrécissait à toute vitesse pour m'écraser recommençait. Là, je hurlais si fort, je me disais que ma bouche ne se refermerait plus jamais. Je resterais comme ça à vie. Comme une grenouille malade essayant de gober le ciel. Il y avait toujours quelqu'un qui se trouvait là pour m'empoigner. Un jour, ce fut le petit blond de la plage. Tellement blond, de près, il en était presque blanc. Avec, sur le bras, un tatouage qui disait : « Né pour perdre ». Il m'attrapa par les poignets. Me secoua comme un prunier... « Ça va passer ! » gueula-t-il, décidément, c'était tout ce qu'ils savaient dire. « Quand ? criai-je. — Quand tu décideras que ça doit passer... » répondit-il. Froid. « Comme si ça dépendait de moi !... » Ses yeux m'examinèrent derrière les cils trop pâles : « De qui d'autre ? » Puis il me renfonça dans mon oreiller. Et se mit à se curer les dents... Je restai là à me demander : « De qui d'autre ? »... Un peu plus tard, je trouvai. Ça ne dépendait de personne puisque j'étais malade. Une grande malade. C'était tout. Dans un sens, ça me soulagea d'avoir trouvé. Dans l'autre, ça me déprima horriblement.

Il y eut ces moments où la chambre était quand même une vraie chambre. Avec Cindy et Sarah, assises sur leurs lits, cigarette entre les doigts. Discutant des mecs et encore des mecs, et de qui avait baisé avec qui, à croire que c'était l'essentiel de la réhabilitation, merci bien... Ou se repassaient des blouses. Ou me racontaient des trucs... « Ça se pourrait bien que tu ne puisses plus jamais marcher ! » prédisait Sarah, sortant de la douche. Ses gros seins exhalant le Miss Dior. Quel Miss Dior ? Mon Miss Dior, salope... « Ça me fait plaisir de te voir là ! » disait Cindy. Et, sous sa crinière rouge, sa figure pas gaie se fendait quand même d'un sourire... « Tu sais, tu avais vraiment l'air à moitié morte, sur cette plage ! Je suis contente que tu te donnes une chance d'essayer la baraque ! », mais qu'est-ce qui lui disait que je me donnais une chance d'essayer ? Mais qu'est-ce qui me disait que je me donnerai une chance d'essayer ?... Ce que je me donnais, pour l'instant, et au kilo, c'était du cinéma dans ma tête... Je m'imaginais, filant en douce, tenaillée par le manque. Mes jambes grelottantes me conduisaient jusqu'au ponton. Et, naturellement, il était là, planté dans le soleil, mon petit soleil à moi. Avec son Levi's sale et sa mèche dans l'œil... « Ah, voilà la Française ! Justement, j'ai de nouvelles pilules ! Des turques ! » s'écriait-il. Sa main versait dans la mienne une pluie de petites chéries rouges et bleues. J'avalais le tout. Et, ah, le monde était bon et beau à nouveau. Vive l'Amérique. Vive la France... Et je passais encore trois semaines de vacances du tonnerre sur la plage grise. Et, un matin, un avion glorieux me ramenait enfin dans mon beau pays. Et je racontais à la tour Eiffel : « C'est fabuleux l'Amérique ! Vraiment, ils sont en avance sur tout ! A Venice, une plage charmante, près de Los Angeles, j'ai visité un centre de réhabilitation pour drogués ! C'est absolument concluant ! Et ils s'en sortent sans un toubib ! » Moi, comme je n'avais pas jugé bon de me réhabiliter, naturellement, je ne m'en sortais pas. Mais, ô miracle, je vivais cent cinquante ans quand même... Quelquefois, ça commençait pareil. Mais, à peine mes pilules avalées, je tombais, foudroyée par une overdose. Mon petit copain se barrait à toute allure. Un escadron de flics noirs et blancs, comme des oiseaux de proie, se pointait dans le ciel. Et ils emportaient mon corps, roulé dans un drap... Quelquefois, c'était la France qui défilait, comme un bout de carte géographique et brune vue d'avion. En surimpression, la tête de ma mère aux yeux bleus : « Un centre de réhabilitation ? Mais tu es folle ! Mais pour quoi faire ! Mais, voyons, tu n'es pas une droguée ! Mais qu'est-ce que tu as à voir avec ces gens ? Et pourquoi en Amérique ? Tu m'abandonnes ou quoi ? » gémissait-elle... Après ça, c'était celle du patron à moustache d'un magazine auquel j'avais balancé, avant mon départ, quelques suggestions d'articles aux U.S. : « Une " série " sur la came ? Merci bien ! C'est trop triste !... Avec la crise politique que nous traversons, les Français ont besoin de sujets dynamiques !... Et votre idée des " grands scandales d'Hollywood " ?... » Heureusement, parfois, c'était le contraire. Ils posaient sur moi des yeux réjouis : « Bravo ! Excellente décision, cette baraque ! On le savait que tu avais de l'estomac !... Ah, on en avait marre de te voir te détruire ! Reste aussi longtemps qu'il le faudra ! Sauve ta peau, ma chérie ! Sauve ta peau !... » Là, je me demandais anxieusement combien de temps ça me prendrait pour sauver ma peau. Un mois ? Rigolade... Six mois ? Jamais. Six mois, dans cette baraque, jamais... Quelquefois, je me voyais dehors. En Amérique ou ailleurs. Après. Sans pilules. Ma vie était comme une rue grise. Je m'y traînais comme une ombre. Je ne savais plus ni parler, ni sourire, ni écrire, ni baiser, ni rien... Quelquefois, je restais clouée dans la baraque à vie. Trop angoissée pour pouvoir retourner dans le monde des gens normaux. Et j'étais là, dans le couloir. Au milieu des camés sans came. Poussant l'aspirateur pour l'éternité.

Il y eut tous ceux, toutes celles qui se relayaient dans ma chambre, quand Cindy et Sarah n'y étaient pas. Ils débarquaient, comme une flopée de rois mages noirs et blancs, les mains pleines de tasses de café et de cigarettes. Des rois mages en Levi's. Des rois mages à la con... Moi, je faisais une drôle de petite Jésus. Clouée au fond de mon lit dans cette saleté de chemise de nuit trop grande pour moi, après ça, ils ne croiraient plus jamais que j'étais une vraie journaliste qui avaient vraiment sautillé comme un kangourou un peu partout sur le globe, et vraiment pris le thé avec les grands de ce monde. A moins que, de toute façon, comme avait dit l'autre, qu'est-ce qu'ils en avaient à foutre ?... Et ils carraient leurs fesses dans le fauteuil vert. Et ils disaient : « Alors, Frenchie, comment ça va, la dérouille ? » Ma dérouille, elle allait trop mal pour que je puisse leur parler vraiment. Et puis ils m'emmerdaient avec leurs sourires réhabilités. Disant, ha, ha, qu'ils avaient eu ce qu'ils voulaient. Moi, à moitié crevée d'angoisse au fond de ce lit moite. Mais sans pilules. Que ça soit pour mon bien ou pas, je m'en foutais. Mais pas qu'ils aient été les plus forts. Et ça, que je reste une semaine ou un siècle dans cette maison, jamais je ne leur pardonnerais. C'était dégueulasse. Mais c'était comme ça. De toute façon, visiblement aussi, ils n'en avaient rien à foutre non plus que je leur parle ou pas. Et ils restaient là quand même. Le temps de fumer une cigarette. En me racontant leurs boniments.

« La baraque, je m'en suis barré trois fois ! Quand je me suis retrouvé dehors et que je me suis repiqué, ça n'était plus pareil ! Ça me faisait moins plaisir parce que j'avais honte ! Isaac lui-même le dit ! Il n'arrive pas toujours à nous faire arrêter la came ! Mais, au moins, il arrive à faire de nous de mauvais camés ! » me disait Leon. Un Noir pas jeune. L'œil rusé sous le bonnet de laine bleue. Et une balafre qui lui entaillait le cou d'une oreille à l'autre. Ça, c'était Saint-Quentin. Quand il disait Saint-Quentin, il y avait la mort dans ses yeux. A cause de la drogue, il avait tout perdu. Sa bonne femme, sa gosse, son chien, sa maison, à Watts, son boulot de chauffeur de taxi. Il disait aussi : « Je vais te dire, Frenchie... », puisque, décidément, c'était le surnom qu'ils me donnaient tous, je le savais bien que c'étaient des racistes... « Le truc, pour tenir le coup, ici, c'est de vivre au jour le jour ! Ce que tu as fait hier, tu t'en fiches ! Ce que tu feras, demain, tu t'en fiches ! La seule chose dont tu ne dois pas te ficher, c'est ce que tu as fait aujourd'hui !... » Mais qu'est-ce que j'avais fait, aujourd'hui ? Chialer deux bonnes heures dans mon oreiller, aller pisser trois fois, bouffer le hot-dog de mon déjeuner... autant dire... rien ! « Rien ? qu'il gueulait. Tout ça, tu l'as fait sans came, non ? Alors ? Tu appelles ça rien ? » Sans doute qu'il avait raison. Ça n'était pas rien. C'était beaucoup. C'était énormément. Mais alors, pourquoi est-ce que ça n'arrivait pas à me faire plaisir ?

« Tout le monde t'aime déjà dans la maison ! Tu es une femme exceptionnelle, on l'a vu tout de suite ! » susurrait Prue. Un vrai petit cochon, avec sa peau rose et son nez en l'air, mais au moins, celle-là, quand elle m'emmenait pisser, elle se tournait nez au mur pour ne pas me gêner. N'empêche, elle aurait pu m'épargner son baratin. Exceptionnelle, tu parles. Je venais d'arriver, comment est-ce qu'ils auraient pu savoir ? Mais, après tout, quand on était aussi exceptionnelle, peut-être que ça se voyait tout de suite. Tu parles. Enfin, mettons que, quelquefois, ça me faisait plaisir de me faire croire que j'y croyais.

Brian, le T-shirt rouge marqué « Coca-Cola » qui m'avait crié : « Salut ! » en français, lui, en dehors de la came, sa marotte, c'était les gangs... « Depuis que j'ai douze ans ! Depuis le ventre de ma mère ! Depuis avant le ventre de ma mère ! » s'écriait-il. C'était un petit brun d'une vingtaine d'années, avec des dents pourries. Quand il se marrait, dans sa figure, ça faisait un trou noir... Les gangs, il pouvait en parler deux jours et deux nuits sans s'arrêter. Ou en s'arrêtant le temps d'aller me chercher une cuvette quand l'angoisse me faisait dégueuler. Ça n'avait pas l'air de le frapper. Il allait la vider. Et puis il redémarrait... Les gangs, c'était ceux de Los Angeles-Est — comment tu ne sais pas ? Ceux qui tabassaient les vieilles dames aux arrêts d'autobus. Les petites filles aux sorties des écoles. Et aussi les mecs, les bonnes femmes, les infirmes, les flics, les chiens, à la sortie ou à l'entrée de n'importe quoi. Souvent, pour les dollars. Mais, souvent, pour rien. Comme il me l'expliqua en grattant ses boutons : « Fric ou pas fric, l'important, c'est qu'un gang fonctionne pour la cause commune ! » Le principe du gang, c'était ça. Faire sans arrêt des choses ensemble. Etre responsable les uns pour les autres. Partager le bon, mais la merde aussi. Ne pas se trahir. S'aimer pour la vie... Ce qu'il me décrivait, dans un sens, c'était la Famille. Mais sans doute qu'il ne le savait pas. Ou peut-être vaguement quand même. Puisqu'il ajoutait : « Moi, c'est la télé qui a fait mon éducation ! » Il voulait dire les gangs, les cavales, la came. Mais évidemment pas comment échapper aux flics, aux juges, aux centres de réhabilitation qu'il appelait des « programmes ». A force de les fréquenter, il en connaissait des tas, et précisait : « ... et je connais même ceux que je ne connais pas !... » Ceux du Texas, ceux du Kentucky, ceux de l'Ohio, ceux de la Californie. Ceux où on travaillait dehors, à cueillir le maïs ou autre chose sous le ciel des verts pâturages américains. Ceux où on ne travaillait pas, mais où il fallait écouter des conférences sur la came et les camés toute la journée, c'était du travail quand même, non ? Ceux qui avaient des télés couleurs dans les chambres. Ceux où il fallait se laisser faire des choses par les thérapistes si on voulait des permissions de sortie. Ceux où on vous obligeait à faire le tour de la salle à manger, à quatre pattes et à poil devant les autres. Une balayette à W.-C. plantée dans le derrière. En criant : « Je suis un con de camé ! » Ceux où on devait faire sa prière deux fois par jour. Ceux où on pouvait se procurer de la came si on était malin. Ceux où on pouvait se procurer de la came, même si on n'était pas malin. Ceux où on n'avait pas le droit de baiser, et, naturellement, ça faisait des histoires. Ceux où on avait le droit de baiser et, naturellement, ça faisait des histoires aussi... « Je parie que tu ne savais pas tout ça non plus ! » disait-il, et, sur son torse de coton rouge, le « Coca-Cola » se gondolait de joie... Dans un sens, j'aurais préféré ne pas le savoir. Car, du coup, c'était comme si l'Amérique m'avait joué un tour de cochon. Comme si l'Amérique n'avait pas de villes à gratte-ciel, pas de supermarchés, pas de vrai Hollywood avec des villas blasées de grandes stars, pas de campus avec des milliers d'étudiants en chaussettes blanches, pas d'Américains bien tranquilles, léchant leur ice-cream du dimanche dans les allées à verdure de parcs géants, pas du tout ce que je comptais bien trouver à la sortie. Mais seulement des « programmes ». Des millions de « programmes ». Avec des camés. Des millions de camés. A se demander si, comme Brian, ils passaient leur vie à se balader d'un « programme » à l'autre, car, dans ce cas, qu'est-ce qui clochait ? Les « programmes » ? Ou eux ? Mettons que ça ne soit pas les « programmes ». Comment savoir si, moi, je clochais aussi. Mettons que ça soit les « programmes ». Alors là, c'était foutu d'avance. Et qu'est-ce que je fichais là ?... « Et, en France, ils en ont aussi, des programmes ? » demanda-t-il un jour, et il fit glisser sa langue autour de son palais d'un air précautionneux comme pour voir si ses dents avaient repoussé ou quelque chose comme ça... « Je ne sais pas.

Je n'en ai jamais entendu parler... — Mais alors, les drogués, ils en font quoi ? — Je ne sais pas... — Peut-être qu'ils préfèrent les oublier parce qu'ils en ont honte ! — Ou peut-être qu'ils savent que les programmes, ça ne sert à rien... » dis-je, vraiment, il commençait à m'agacer. « Ça sert quand on veut que ça serve ! articula-t-il d'un air important. Dans l'ensemble, ils sont plutôt chouettes, ces programmes ! Celui d'ici, tiens, il est formidable ! Dans un sens, c'est dommage qu'on n'ait pas le droit d'y rester à perpète ! » soupira-t-il. Ça m'étonna et je le dis. Moi, j'aurais plutôt cru qu'Isaac voulait se les approprier à vie, les petits camés, histoire d'avoir une main-d'œuvre gratuite pour sa vie à lui. « Mais non ! s'esclaffa-t-il. Tout ce qu'il veut, Isaac, c'est apprendre aux gens à fonctionner sans came ! Après ça, il les renvoie dehors avec un grand coup de pied dans le derrière, et c'est à eux de décider ce qu'ils veulent faire de leur vie... » expliqua-t-il, et brusquement, je me demandai ce que je voulais faire de ma vie. Et mon angoisse se repointa... En bas, la cloche du déjeuner sonna. Il sauta sur ses pieds. « Tu sais, c'est la deuxième fois que je viens ici ! La première, après un mois, j'ai fait une connerie, alors ils m'ont foutu dehors ! » Et là, ça avait été la déprime tout de suite. Sous le soleil blanc de Los Angeles-Est. A se chercher les copains du gang. Quel gang ? La moitié des gars étaient sous les verrous. Quel gang ?... « Alors je me suis débrouillé pour me faire reprendre ici tout de suite... Je me suis repiqué aussi sec ! Alors les flics m'ont repiqué ! Alors le juge m'a repiqué ! Et il a téléphoné à Isaac ! Et voilà... » Il cligna son œil noir sur le pas de la porte : « C'est qu'on était en décembre ! Je n'allais quand même pas le passer tout seul, mon Noël ! »

Linda, quand elle venait caser ses jolies fesses dans le fauteuil vert, en plus de son sourire, elle apportait toujours sa bouteille de vernis. Et elle se mettait à balancer sur ses ongles des petits coups de corail en soupirant : « Nous, les camés, on est tous les mêmes ! On se came parce qu'on ne veut pas apprendre à s'aimer ! » Un qui n'avait vraiment pas su, c'était son mari. Claqué d'une overdose, à côté d'elle, sur le tapis blanc de leur appartement, à New York, il y avait sept ans. Quand elle me raconta ça, et puis la suite, la piquouze deux fois par jour au lieu d'une, l'aiguille qu'elle s'enfonçait dans le pubis, parce qu'il n'y avait plus de place ailleurs à cause des abcès, le motel à dix dollars où elle couchait, pour l'héro, avec les revendeurs d'héro, la prison des femmes, l'auto-stop pour la Californie, la rue à Los Angeles, le même cirque encore, la prison des femmes encore, et puis enfin, la baraque où elle était maintenant, depuis cinq ans, quand elle me raconta tout ça, pour la première fois, elle arrêta de m'énerver. Sans doute que, comme on dit, si elle souriait tout le temps, c'était faute de chialer. Et moi, dans son cas, sûr que je n'aurais pas choisi le sourire... Toujours est-il que, repensant à ce qu'elle m'avait dit, je me demandai si, moi, je m'étais jamais aimée. Mais s'aimer, au fond, c'était quoi ? C'était ça l'effrayant avec les gens de cette baraque. Toutes ces questions que je ne m'étais jamais posées. C'était ça le déprimant. Car les réponses, elles étaient où ?... Et je m'imaginais un jour. Dehors et sans pilules. Attendant mon avion pour la France, à l'aéroport de Los Angeles. Avec toutes ces questions posées autour de moi, comme des valises supplémentaires. Rien que pour ça, j'avais intérêt à filer d'ici sans tarder. Avant d'en avoir trop, des valises. Un matin, alors que je clapotais dans mon bain, l'eau devint un océan d'encre, roulant des vagues géantes, et je hurlai : « Au secours, Linda ! Je me noie ! » Elle me sauva la vie et me refourra au lit. Puis, sans doute histoire de me changer les idées, m'expliqua comment fonctionnait la maison. D'abord, on travaillait par équipes : « équipe du nettoyage »,

« équipe du bricolage », « équipe secrétariat », « équipe du service médical », « équipe cuisine ». Et il y avait trois stades. Le premier, on vivait et on travaillait dans la baraque. Le deuxième, on vivait dehors, mais on continuait à travailler dedans. Le troisième, on vivait dehors et on travaillait dehors, mais on revenait plusieurs fois par semaine pour participer à ce qui se passait dans la maison... « Moi, comme je suis bonne cuisinière, on m'a mise à bosser dans le bureau comme secrétaire... » Je dis : « Quoi ?... — Isaac dit qu'on n'est pas là pour faire ce qu'on sait faire ni ce qu'on a envie de faire... » expliqua-t-elle, sereine, et, naturellement, ça n'aurait servi à rien de demander pourquoi. Le désespoir me prit. Pour moi qui ne savait qu'écrire, ça allait être quoi ?

Les autres, c'était Susan, avec ses minijupes dévoilant ses cuisses trop blanches et son air agité. Et la vie sans pilules, qu'elle disait, j'allais voir, c'était mille fois plus chouette que l'autre, et un jour, on aurait une permission de sortie et elle m'emmènerait à Disneyland que sa Dora aimait tant, sa chérie, sa blondinette, sa petite fille, son oiseau, ah, si seulement elle voulait essayer la baraque pour sauver sa vie qui était en danger, mais est-ce qu'elle ne l'aurait pas été bien davantage, ici, pensais-je, avec une mère comme ça ? Toujours est-il qu'à un moment ou à un autre, sa figure se défaisait comme un puzzle et elle commençait à sangloter bruyamment. Et je sentais mon angoisse qui montait. Grâce au ciel, quelqu'un s'amenait toujours pour la virer... Et aussi Justin, qui s'occupait de la bibliothèque, quelle bibliothèque ? Un mec maigre et blafard avec des cheveux à la Beatles et des lunettes roses. Et une voix sévère qui disait : « Si tu es capable de tenir le coup dans cette maison, tu seras capable d'affronter n'importe quoi, plus tard, dans la vie... Un mois... Si tu restes seulement un mois, je te garantis que tu ne seras plus jamais la même! » D'entendre ça, ça me paniquait. Je me voyais balancée dans la salle d'opération d'un film d'horreur : ronde d'instruments cliquetants et sang pissant en gros plan sur le carrelage blanc. Une main caoutchoutée m'infligeait une opération diabolique. Et, après, j'ouvrais les yeux devant un miroir. Et je hurlais à la mort : j'étais devenue un monstre. Evidemment, ça pouvait être le contraire. Et j'ouvrais les yeux : et je souriais aux anges. J'étais belle et pure et neuve. Le monstre, c'était moi, avant. Maintenant. Mais, comment savoir? Et, évidemment, après, ça serait trop tard... Et puis Ruth, avec ses faux cils de théâtre, mais qu'est-ce qu'elle avait à toujours cacher son crâne sous un foulard?... Et elle soupirait : « Un jour, je te raconterai ma vie! C'est dur d'être ici, pour une femme comme moi! » Connasse. Et pour une femme comme moi?... Et aussi Vic, qui avait fait le Viêt-nam, un blond avec une figure grêlée. Et un cauchemar, toujours le même, qui le réveillait en sueur toutes les nuits. Gosses transformés en torches vivantes, dans des villages de paillottes qui brûlaient, avions chiant la mort dans le ciel rouge, mecs qui en canardaient d'autres, quel pot j'avais, vraiment, de ne pas me souvenir de ma guerre à moi... « Si seulement on avait compris pourquoi on devait les canarder! marmonnait-il. Le pire, c'est que je finissais par aimer ça!... C'est pas là-bas que j'ai commencé à me camer! C'est en rentrant! Quand tout le monde m'est tombé dessus en gueulant : " Assassin! Tu en as flingué combien? "... » Et puis Maria, la Mexicaine, avec ses boucles empilées et sa blouse à volants. Celle-là, elle avait une cuvette dans la tête. Avec, dedans, ce môme qu'elle avait pondu à la prison des femmes. Ce môme arrivé en petits bouts car elle se piquait pendant qu'elle l'attendait. Un jour, elle se mit à décrire le petit bras bleui, flottant dans la cuvette, tout seul, comme une algue. Le mal au cœur me prit. J'ouvris la bouche pour lui demander de la boucler. Mais sa voix gagna la mienne de vitesse : « Tu es gentille de m'écouter comme ça ! Ça me fait du bien ! chuchota-t-elle. C'est ça qui est sympa, ici, d'avoir toujours quelqu'un sous la main à qui on peut parler !... » Et celui qui ne me dit pas son nom. Un Noir interminable, pas jeune, avec un œil qui me fit froid dans le dos, derrière des lunettes rafistolées au sparadrap. Il se casa dans le fauteuil d'un air méfiant. Croisa ses jambes maigres dans le Levi's qui godaillait. Grommela : « On m'a dit de venir te tenir compagnie, mais je ne suis pas bavard ! », en extirpant un paquet de cigarettes de sa chaussette, c'était le grand genre chez les types de la baraque. Et resta là, à fumer en fixant le mur jaune. Avec une tête de bois... « C'est qui, ce croque-mort ? demandai-je à Cindy, le soir. — Elton ! Il vient de tirer six ans à Saint-Quentin ! Il est arrivé huit jours avant toi !... » Et Julie, la belle plante de dix-huit ans, cheveux d'or et peau d'or... Et Leroy, sa barbe rousse, son passé dans la construction... Et Willy, encore un Noir, et son sourire de loup disait qu'ici ou ailleurs, à Chino ou sur les trottoirs de Watts que des filles arpentaient pour lui plaire, le caïd, c'était lui... Leurs vies à eux aussi, c'était toujours des histoires de ghettos ou, parfois, de villas à Beverly Hills, comme celle de Salomon, et puis de juge dur à cuire, de Soledad, de bonne femme qui se piquait aussi, de copain qui vous avait donné, de quatre ans sans avoir vu son gosse, de prison des femmes, de jules qui se piquaient aussi, d'abcès, de douze ans sans avoir vu sa mère, d'autres « programmes », de Chino, de vols à la tire, d'overdoses, de Saint-Quentin, de copain qui ne vous avait pas donné, de casses, de cavales, de putes, de bars, de flics, de solitude. C'était comme un film, dix films, vingt films, projetés sur le mur jaune de ma chambre. Et une seule histoire. Celle de leur amour pour la came. Et moi, d'accord, les vols à la tire, les flics, la cavale, je ne connaissais pas, ni la prison des femmes. Mais ce que je connaissais, comme eux, c'était le goût du vrai bonheur. Et la déprime du paradis perdu. Pour ça que, dans un sens, oui, on était de la même famille... N'empêche, des bonshommes et des bonnes femmes comme ça, je n'avais jamais vu ça. Sauf au cinéma ou dans des bouquins. Et, par moments, c'était plus fort que ma dérouille, plus fort que ma colère d'être là, plus fort que tout. De les voir là, en vrai. Avec leurs balafres, leurs doigts qui manquaient, leurs tatouages, leurs peaux trouées par les vieux abcès, pour ça que la plupart des nénettes planquaient leurs jambes dans des pantalons... Et, à les écouter, dans mon cœur, tout se mélangeait. L'envie qu'ils se barrent parce qu'ils me paniquaient. L'envie qu'ils restent parce que, enfin, ils étaient quand même drôlement excitants. L'envie de les insulter. L'envie de crier « Bravo ! ». L'envie de dégueuler. L'envie de baiser les mecs, là tout de suite. L'envie de me marrer. L'envie de chialer... Et je me demandais s'ils étaient de vrais salauds, salauds et salopes, des rebuts de la société, comme auraient dit les gens. Ou des héros dans leur genre. Je ne savais pas. Ce que je savais, c'est qu'ils étaient là. Après tout ça. Vivants. Et qu'on pouvait dire ce qu'on voulait. Mais ces gens, à leur manière, c'étaient de vrais miracles.

Il y eut les verres d'orangeade, sur ma table de nuit, le paquet de Gauloises, oui, de Gauloises, la petite bouteille d'eau de Cologne, dans un papier rouge, la grande carte, avec un chien hilare, aboyant dans un nuage et qui disait : « Retape-toi vite ! » Je disais : « Merci ! » Mais ça m'emmerdait. Pourquoi est-ce qu'ils faisaient tout ça ? Et le Bouddha, là-haut, qui ne m'avait même pas regardée vraiment, ni parlé vraiment, pourquoi est-ce qu'il faisait tout ça ? Peut-être que c'était un homme qui croyait au bon Dieu, au rachat des âmes et à des choses comme ça. Peut-être que, simplement, il avait un grand cœur, grand et rouge comme la baraque. Mais grand au point de donner une chambre, un lit, des plateaux avec de la bouffe, des masseuses, des infirmières, des gardes du corps, bref, toute une belle réhabilitation à une camée qui avait débarqué un jour, d'une terre étrangère, ça me paraissait trop beau pour être vrai. Pas possible qu'il n'y ait pas quelque chose derrière. Pas possible qu'un jour, il ne me demande pas quelque chose en échange de tout ça. Mais quoi ? Sûrement pas mon cul, des culs, il y en avait plein la baraque. Plus jeunes et plus beaux. Moins doués, aussi, probablement. Mais plus jeunes et plus beaux. Sûrement pas mon argent, puisqu'il l'avait déjà. Alors quoi ?

Il y eut les bruits de la baraque. Les bruits d'eau dans les salles de bains, la cloche, trois fois par jour, pour les repas, les grandes voix noires crachées par les radios, le soir. Et puis les bruits des gens. Hurlant. Rigolant. S'interpellant. Et aussi cavalant dans le couloir. Dégringolant l'escalier. Regrimpant l'escalier. Recavalant dans le couloir. Tout ça, répondant à des ordres que des voix invisibles criaient sans arrêt... « Arrêtez le boulot tout de suite ! Réunion de famille ! Tout le monde sur l'escalier !... » « Equipe du service médical dans le bureau d'Isaac ! Et en vitesse !... » Tout ça, ventre à terre. Comme si quelque chose était là, dans l'air, qui pouvait exploser d'une minute à l'autre. La guerre. Ou la fin du monde... Comme Prue m'avait dit un jour en secouant ses cheveux raides : « Il se passe davantage de choses en une journée ici, qu'en une semaine dehors ! » Maintenant, je comprenais ce qu'elle avait voulu dire. Mais pas pourquoi c'était comme ça... Ça commençait le matin. Avec, dans le couloir, les pas et la gueulante du réveil de six heures... Cindy et Sarah s'extirpaient de leurs lits comme deux somnambules, une Noire, une Blanche. Tiraient leurs draps en vitesse. Fonçaient à tour de rôle dans la salle de bains. Filaient, yeux bouffis, vers l'odeur du bacon qui montait d'en bas. Une demi-heure plus tard, c'était la réunion du matin, comme ils disaient... Ma chambre était juste au coin de l'escalier. De mon lit, j'entendais le bruit de la foule qui s'entassait sur l'escalier, le long du bras d'acajou, les craquements d'allumettes, les toux matinales, les frottements de pieds. Puis le silence. Des voix s'élevaient à tour de rôle. Suivies de rires ou de protestations, ou de bravos. L'une d'elles aboyait toujours plus fort que les autres. De me dire que c'était celle de Don, mon estomac, de peur, se mettait à m'élancer violemment... Un matin, je crus reconnaître celle de Louis. Impossible : il était parti, m'avait dit Cindy. Malgré tout, de penser à sa main, ça me fit chaud partout, ma vieille. Quelle vieille ? La copine que je gardais bien au chaud dans ma tête. Myriam. Ou Perrine. Ou une autre qui existerait peut-être un jour. Et, souvent, je lui parlais des types, de quoi d'autre est-ce qu'on parle avec une copine ? Ah la la, tous les mêmes, ma vieille. Et le Louis, un beau salaud qui avait profité d'une malheureuse camée en pleine dérouille. A y bien réfléchir, c'était évidemment difficile de savoir lequel des deux avait profité de l'autre. Quand même, pourquoi est-ce qu'il n'était jamais revenu me voir ? Peut-être qu'il avait honte. Ou qu'il pensait que, moi, j'avais honte. Est-ce que j'avais honte ?... Quand la réunion était finie, ça faisait un grand bruit de foule qui s'ébroue. Comme si la baraque tout entière secouait ses puces. Dans le couloir, les fantassins se ramenaient au pas de charge. L' « équipe du nettoyage » commençait son boulot... Ces bruits-là me donnaient vaguement mauvaise conscience. Comme si le mugissement de l'aspirateur me reprochait d'être au lit, à ne rien faire... Mais qu'est-ce que j'aurais pu faire ? Je dérouillais toujours, criais toujours, grelottais toujours, pleurais toujours, n'arrivais toujours pas à faire trois pas sans me casser la figure sur le tapis, matraquée par l'angoisse... Je priais le ciel que ça s'arrête. Je priais le ciel que ça ne s'arrête pas.

Naturellement, dans un cas comme dans l'autre, ça serait l'horreur. L'horreur de devoir participer vraiment à la vie de la baraque. Ou l'horreur de dérouiller à perpétuité. Alors ? Alors, je priais le ciel de me dire quoi prier.

Un soir, juste après le dîner, une voix s'éleva dans le couloir : « Sept heures et quart ! Groupes dans une demi-heure ! » D'un coup, tout s'éteignit. Les radios. Les rires. Les voix. Par la porte ouverte, car en plus, on n'avait pas le droit de la fermer, cette saleté de porte, je vis des types passer, trimballant des chaises... Cindy et Sarah se mirent à tournicoter comme deux chattes anxieuses... « Ces " groupes ", qu'est-ce que c'est ? » demandai-je. Sarah, qui enduisait ses gros bras de lotion, répondit, goguenarde : « C'est ce qui te fera reprendre l'avion pour la France !... — Qu'est-ce que tu veux dire ? » Mais Cindy lui lança un regard violent. Et personne ne dit plus rien. Et je restai là, à imaginer le pire... Le bras rouge du Mickey à la con qui gambadait sur le cadran du réveil de Cindy marquait huit heures moins cinq. Elles filèrent... Ça recommença. L'appel des noms sur l'escalier. Les pas défilant dans le couloir. Mais, cette fois, dans un silence de mort... Tout de suite après, des portes claquèrent. Des gueulantes s'élevèrent. Des gueulantes comme je n'en avais jamais entendues de ma vie. Des gueulantes à faire s'écrouler la baraque. Des gueulantes de gens qui vont se tabasser vraiment, s'étriper vraiment, s'égorger vraiment... Pour une fois, le fauteuil vert était vide. Pour une fois, je me dis : que quelqu'un vienne, bon dieu, que quelqu'un vienne... Une porte s'ouvrit quelque part. Une voix de femme hurla : « Va te faire enculer, sale con !... — Espèce de pute, tu es tellement pourrie que... » cracha un mec en retour. Les voix continuèrent à se fracasser les unes contre les autres. Pas possible que ce soit celles de ceux que je connaissais : Leon,

Prue, Willy, Linda... Il y eut un silence. Et puis la voix de femme toute seule. Enfin, juste le cri. Celui d'un animal qui hurle à la mort... Mon cœur se mit à taper comme un dératé. J'essayai de m'arracher à mon lit. Mais la dérouille me dit : tu rigoles ou quoi ? Le désespoir me prit. Je restai là, jambes pendantes, haletante comme un petit chien... Du dehors, du crépuscule rose de Venice, de l'immeuble d'en face, une voix d'homme, furieuse, brailla : « Vous allez la boucler, là-dedans, bande de cinglés ?... » Sur ma gauche, de l'autre côté du mur, une fenêtre se ferma brutalement. Dans le couloir, quelqu'un se mit à courir. Des pas le rattrapèrent. Une voix d'homme, étouffée, dit : « Tu sais bien que tu n'as pas le droit de quitter un groupe !... » Ma porte s'ouvrit. Salomon entra. Nonchalant, en pantalon blanc et chemise bleue. Je hurlai : « Mais qu'est-ce qui se passe ? Mais qu'est-ce qui leur prend ? Ils deviennent dingues ou quoi ? Je croyais que la violence était interdite dans cette baraque ! » Il se laissa tomber dans le fauteuil. Son œil juif m'enveloppa, étonné. « Elle l'est ! Si on n'avait pas les groupes, les gens se tabasseraient à longueur de journée !... Ils s'engueulent, c'est tout ! C'est le meilleur moyen de se libérer de la violence !... Faire un groupe, c'est un peu comme se mettre à poil ! C'est pour ça qu'on appelle ça " le strip-tease de l'âme " ! » Il se marra. Sa main pâle fourragea dans sa crinière frisée. Puis il endossa une tête de jeune psychologue dynamique, et ajouta que les « groupes », c'était l' « arme thérapeutique » numéro un de la maison, la seule façon de modifier le comportement négatif des camés en leur apprenant à se confronter, à se projeter, à s'identifier les uns avec les autres, et là, j'en eus marre de ne rien comprendre à ce charabia et je le dis... « Bah, tu verras bien ! » répondit-il d'un air impatient... Ce que je vis, ce fut, vers minuit, la tête de Cindy quand elle revint avec Sarah. Une tête qui avait tellement chialé qu'on ne lui voyait plus les yeux. Ça m'horrifia. Qu'est-ce qu'ils lui avaient fait ? Qu'est-ce qu'ils allaient me faire à moi ? S'ils me traitaient comme ça, cette fois, salut les copains. Je m'en foutais complètement s'ils pensaient que j'étais une lavette. Mais est-ce que je m'en foutrais de le penser, moi ? Et d'abord, est-ce que j'étais une lavette ?... Cindy s'assit sur son lit. Sa petite main aux ongles rongés s'alluma une cigarette. Et elle resta là. A fixer le mur d'un air vague. Je demandai : « Ça ne va pas, Cindy ?... — Ça ira ! » répondit-elle sans bouger. Quand on sort d'un groupe et que ça ne va pas, c'est que c'était un bon groupe !... » Sarah sortit de la salle de bains dans une chemise de nylon noir et, du coup, noir sur noir comme ça, on ne savait plus où elle commençait ni où elle finissait. Elle aussi, elle alluma une cigarette. Puis elle éteignit la lumière. Et elles se mirent à discuter du « groupe ». Et d'un nouveau qui était en train de se barrer, même qu'il était en bas, dans le bureau, et qu'on ne retrouvait pas sa valise... « Ce groupe, c'était trop dur pour lui... Il n'était pas préparé..., soupira Cindy. — Non. C'est triste... Dix-neuf ans... Il va retourner se piquer aussi sec ! » ajouta Sarah. Elle se mit à raconter l'histoire d'une fille dans un autre « programme » où elle avait passé six mois, en Arizona. Une fille qui avait sauté par la fenêtre, justement, après un « groupe »... « Elle est morte ? demanda Cindy. — Ça valait mieux ! La moitié de sa cervelle était sur le trottoir... » Elles se turent... « Les groupes, ça n'est pas pour tout le monde..., souffla encore Cindy. — Parce que la vérité n'est pas pour tout le monde ! » répondit gravement l'autre. Après ça, elles s'endormirent. Le bras du con de Mickey hoqueta discrètement en passant la demi-heure. La demi-heure de quoi ?... Quelque part, dans une chambre, un mec se mit à gratter de la guitare. Une voix cria : « Est-ce qu'on pourrait roupiller tranquille ? » La guitare se tut... Je restai là, œil au plafond, cœur chamboulé. Vraiment, il fallait être maso ou détraqué pour rester dans cette baraque. Et, moi qui naturellement, n'étais ni l'un ni l'autre, j'étais là... Qu'est-ce qui m'était arrivé ? Peut-être que le désespoir, c'était ça. Ne plus savoir ce qui vous était arrivé... La vérité, qu'elle avait dit, la grosse. La vérité, c'était quoi ? Des trucs que je savais, mais que je ne savais pas que je savais ? Ou des trucs que je savais mais que je ne voulais pas savoir que je savais ? Des trucs qu'ils sauraient bien dégotter, en tout cas. Et qui allaient me faire un mal effrayant quand ils me tabasseraient avec, dans leurs « groupes »... Et comme j'étais trop vieille pour changer vraiment, tout ce qui me resterait, après ça, ça serait de sauter par la fenêtre comme la fille de l'Arizona... Je l'imaginai soudain, à califourchon sur la barre d'appui d'une fenêtre, regardant le trou d'ombre. Son visage devint mon visage. Je sautai. Mon corps s'aplatit sans bruit sur le trottoir poisseux de Venice, Amérique. Avec la tache claire de ma cervelle, un peu plus loin, comme un bout de nuage. Dans la baraque, ils me cherchaient partout. A la fin, Don entra dans le bureau du Bouddha où s'entassaient les autres : Linda, Brian, Leon, Ruth, Prue, même l'Elton, avec sa tête de bois... Il annonçait : « Elle s'est balancée ! » Et là, rien que pour l'horreur qui se peignait sur leurs visages à tous, la dévorante culpabilité qui se peignait sur leurs visages à tous, l'amour qui se peignait sur leurs visages à tous, j'aurais presque failli sauter tout de suite.

La torche électrique me balança son jet cru dans les yeux. Je me réveillai, affolée. Vraiment, je ne m'y ferais jamais à ce cirque, toutes les heures de toutes les nuits... Un bonnet de laine se pencha sur moi. Cette fois, les deux veilleurs de nuit c'étaient Leon, et puis un petit mec que je distinguais mal et qui resta debout dans l'embrasure de la porte. Leon, lui, s'assit au pied de mon lit, et commença à griffonner sur une espèce de bloc. Je marmonnai : « Mais qu'est-ce que tu peux bien trouver à écrire ?... — Que tu dormais et qu'on t'a réveillée, par exemple !... Au fait, comment ça va, Frenchie ?... — Je ne sais pas. Je me demande tout le temps ce que je fiche ici ! » Il rigola à petits coups. Sous son bonnet, ses yeux un peu étirés luisaient, dans l'ombre... « Il ne faut pas se demander ! Il faut juste être là !... — Leon, quand on ressort et qu'on ne se came plus, qu'est-ce qu'on fait ?... — On vit ! C'est ça le plus dur ! Pas d'arrêter la came ! De recommencer, sans !... — Mais toi, quand tu es parti d'ici, tu t'es repiqué !... — Oui ! Parce que je suis un enfoiré !... » Il alluma une cigarette. « Tu as un petit ami, en France ?... — Non !... — Tu es frigide ? demanda-t-il gentiment. — Mais non ! Qu'est-ce qui te fait penser ça ?... — C'est rare qu'on n'ait pas quelqu'un ! répondit-il. Moi, j'ai une femme dehors et une femme dans la baraque !... — Moi, j'ai des maris un peu partout, et c'est très bien comme ça ! » répondis-je, et ce genre de conversation commença à m'en rappeler une autre, mais avec qui ?... « Si c'était très bien comme ça, tu ne te camerais pas ! » qu'il dit. Quoi ? Quel rapport ? Qu'est-ce que ça pouvait bien vouloir dire, une crétinerie comme ça ?... L'autre type fit un pas : « Tu viens, Leon ?... » Ils s'en allèrent. Qu'est-ce que ça pouvait bien vouloir dire, une crétinerie comme ça ? Un petit coup de cafard me tomba dessus. Sur ma droite, Cindy se retourna dans son lit en gémissant. La chambre vira au blanc à cause de la lune... Je me demandai de quelle couleur était l'océan, de l'autre côté de la fenêtre. De quelle couleur était la Seine, à Paris, de l'autre côté de ma fenêtre, de l'autre côté de l'océan, de l'autre côté de l'Amérique. De quelle couleur était Paris. Je me mis à chercher quelqu'un à qui j'aurais pu penser. En dehors de ma mère, je ne trouvai personne. Mon petit coup de cafard devint un gros coup de cafard. Et si Leon avait raison ? Enfin, pas entièrement raison. Mais plus ou moins raison. Avoir quelqu'un, comme il avait dit, de toute façon, pas de danger que ça m'arrive dans cette baraque pourrie. Et j'en sortirai quand ? Pour l'instant, je ne pouvais même pas sortir de mon lit. En fin de compte, ça valait mieux. D'accord, c'était l'horreur de la dérouille. Mais c'était aussi la planque. Pas d' « équipe du nettoyage ». Pas de « réunions de famille ». Pas de « séminaires ». Pas de « groupes », rien que d'y penser, aux « groupes », je me souhaitais de rester clouée au lit, à vie... Un peu plus tard, Cindy se leva pour aller pisser. Quand elle revint de la salle de bains, je demandai : « Tu as des allumettes ? » Juste pour qu'elle me parle. La boîte atterrit sur mon couvre-pieds. La voix de la rouquine chuchota : « Il est quatre heures ! Tu devrais essayer de dormir, sinon tu ne tiendras jamais le coup, demain !... — Qu'est-ce qui se passe, demain ?... — Sarah ne t'a pas dit ? Demain, tu commences à travailler... » répondit-elle.

L'éponge dans le seau. L'éponge sur le mur. Ma main sur l'éponge. Ma main sur le mur... Le mur, il est couleur crème. C'est celui du troisième étage. Celui du Bouddha... Un peu plus loin, à la hauteur de la cage d'escalier, il y a un grand miroir. Je me suis vue tout à l'heure, en passant avec mon seau. Blafarde. Les yeux comme deux trous d'encre. Noyée dans un Levi's et un pull-over trop grands pour moi. L'air d'un Charlot tuberculeux. Ou d'une amnésique d'hôpital psychiatrique. Ou d'une rescapée d'un camp de l'horreur. Me suis dit : c'est pas moi. Mais si. Moi. Même que je suis née en France, vous savez, la France, avec Versailles et Louis XIV, et le musée du Louvre, et les grands couturiers, et Saint-Germain-des-Prés, et l'esprit français et Claude Roy. Même que je suis aussi « correspondante de presse », comme dit mon passeport, avec des flopées d'articles intelligents et tout, publiés depuis des années. Même que je suis aussi, paraît-il, une jolie femme avec un appartement dans l'île Saint-Louis et une mère aux yeux bleus dans la campagne verte. Même que... Mais non. Bobards. Tout ça, c'était moi, hier. La vérité, c'est moi aujourd'hui. Frenchie. Née au pays de la came. Et laveuse de murs dans un centre de réhabilitation, à Venice, Amérique. Et dernière-née d'une famille nombreuse, soixante-deux petits frères et sœurs, s'il vous plaît. Et moche comme tout... La vérité c'est qu'en deux semaines de chambre jaune, de plateaux, de mains masseuses, de sourires réhabilités, l'Amérique m'a fait dégueuler mon identité. L'Amérique m'a tout pris. En échange, elle m'a donné cette éponge, et ce seau, et ce mur... Au fait, il est propre, le mur... Le frotter, pourquoi ? Je ne sais pas. Mais on m'a dit de frotter. Je frotte... Quelle heure est-il ? Pas que ça m'intéresse tellement, l'heure, c'est pour les gens du dehors qui ont des choses à faire. Mais ici, dedans, il paraît qu'à onze heures, il y a une pause-café. Ce couloir est gâté. Ils sont bien une dizaine de petits frères et sœurs à le briquer, plus loin... Du même côté que moi, Elton le Croque-mort frotte aussi. Je vois son bras maigre et kaki qui bouge en cadence, et son profil noir écrasé de déprime, il regrette Saint-Quentin ou quoi ? Tout à l'heure, en lui empruntant le seau, j'ai renversé de l'eau sur ses pieds... « Oh, excuse-moi... » ai-je bafouillé. De très haut, de derrière les lunettes déglinguées, son œil s'est posé sur moi. Un œil qui se demandait : est-ce que la salope l'a fait exprès ?... « Tu devrais faire attention à ce que tu fais ! » a-t-il articulé d'un air froid. Sûr que je vais faire attention. Attention, surtout, à ne pas le rencontrer au détour des couloirs. Ce type, décidément, il me fout les jetons... Là-bas, sur le tapis marron, Cindy avance au ralenti, poussant un aspirateur grand comme elle, une vraie tour montée sur des roulettes... Ruth et un blond inconnu lavent des portes. Tout à l'heure, j'ai vu sur la porte du Bouddha une pancarte : « Ne pas déranger — réunion en cours ». Pourvu qu'ils parlent de moi. Pourvu qu'ils ne parlent pas de moi. Si on parle de moi, c'est qu'on me critique. Si on ne parle pas de moi, c'est qu'on m'oublie... Je frotte. Est-ce que c'est une Spontex ? Est-ce qu'ils ont des Spontex, en Amérique ?... Au rez-de-chaussée, la voix de Don hurle un ordre bref. Quelqu'un se met à courir. Un téléphone sonne. Brusquement, mon patron débouche dans le couloir. C'est le vieil Oscar qui dirige l' « équipe du nettoyage ». Il s'amène droit sur moi, l'air flemmard, une tasse de café à la main, avec sa tête de vieux Mongol sous sa crinière blanche. Une petite angoisse me pince l'estomac. Est-ce qu'il vient m'engueuler parce que je frotte mal ? Non... « La vie est belle, Frenchie ? » qu'il demande. Et il reste là, à tirer sur sa cigarette... « La vie est belle ! » que je dis. Je souris. Maintenant, je souris tout le temps, histoire de les amadouer... « Mets moins d'eau sur l'éponge ! Sinon, ça mouille trop le mur ! Ça le fait pourrir ! » jette-t-il. Et il s'éloigne... Je mets moins d'eau sur l'éponge. Je frotte... A huit heures ce matin, quand je me suis retrouvée devant ce mur, ça a été affreux. D'un coup, comme je levais le bras, il s'est mis à se pencher comme la tour de Pise, à se pencher à toute vitesse, pour me tomber dessus et m'écrabouiller... J'ai crié. Prue est arrivée, ses gros seins tressautant dans son chandail marron. Puis Linda. Elles m'ont serrée contre elle. Elles m'ont secouée. Et comme d'habitude, elles ont dit : « Ça ira ! » Et, au bout d'un petit moment, j'ai arrêté de trembloter... Depuis, je frotte. La dérouille s'est barrée. Jusqu'à quand ? Ça, je ne sais pas. Mais pour l'instant, elle s'est barrée. Le mur est calme. Comme ma tête. Comme si une pendule, dans ma tête, avait arrêté son tic-tac. Je n'ai plus envie de pleurer. Ni de trembloter. Ni de gueuler. Ni de dégueuler. Ni de rien. Je suis là, en Amérique. Je suis foutue. Quand on est foutue, on n'a envie de rien. Je suis foutue. Je frotte.

« Tu avais quel âge, quand c'était la guerre, en France ? » demande Né-pour-perdre. Sa voix est aussi incolore que sa peau, que ses yeux... Autour de moi, ils sont six. Le jet cru de deux grosses lampes me les balancent dans la figure comme les morceaux d'un puzzle... La toison à l'afro de Willy, un vrai pompon géant. Les gros doigts du gros Ben, le Noir de la plage et, comme toujours, ils errent autour de sa braguette. La cicatrice qui étoile la joue de Jackie. L'œil brun de Susan et ses cils qui battent comme ceux d'une poupée énervée. La crinière moutonnante et sombre sous laquelle s'engloutit la figure pâle d'une nouvelle... En face de moi, sur le mur, il y a un poster de Joan Baez, l'air d'une sainte Bernadette pour hippies. La chambre, c'est le 204. En trois mois de baraque, en trois mois de « groupes », j'ai fait le tour de toutes les chambres de la maison. Ce que je n'ai pas fait, c'est le tour de ma peur... Quand le « groupe » démarre. Que l'œil d'un ancien se balade sur chaque visage, s'arrête presque... repart. Et que nos cœurs braillent ensemble : « Pas moi, bon dieu ! Pas moi ! » Je dis : « A peu près dix ans ! Mais je ne me souviens de rien de toute façon !... — Alors, comment tu le sais que c'était la guerre ? » lance Willy. Dans sa figure de pain d'épice, ses yeux ricanent... Où sont ses yeux de ce matin ? Où sont les yeux de Willy qui, bon prince, me filait un paquet de cigarettes supplémentaire, ce matin ? L'horreur des « groupes », c'est ça. De savoir que les copains du jour seront les nazis de la nuit. De savoir que, derrière les bonnes paroles à gogo, les sourires à gogo du jour, se planquent les ricanements, les coups bas de la nuit. De savoir que, comme Dr. Jekyll et Mr. Hyde, les camés sans came changent de peau quand le crépuscule tombe. L'horreur des « groupes », c'est de se réveiller, le matin, en se demandant : « Qu'est-ce qu'ils vont me faire ce soir ?... » « On me l'a dit, tiens !... Et puis, je me souviens quand même de ce que je sentais ! » Ça me fait drôle d'avoir dit ça. Peut-être que je ne me souvenais pas que je m'en souvenais. L'air se suspend comme une haleine. Sentir, qu'elle a dit.

Sentir, c'est le grand mot des « groupes ». Sentir, c'est ce qui se passe dans vos tripes. C'est ce qu'ils essayent de m'apprendre, depuis trois mois, à écouter mes tripes... Ben tend le cou : « Tu sentais quoi ? » Je sentais quoi ? Quelle idée d'avoir dit ça ? Je sentais quoi ?... Par la fenêtre ouverte, la voix d'un type, s'échappant d'un « groupe », à l'étage d'en dessous, hurle : « Or-duuure ! », comme s'il venait d'inventer le mot... Jackie s'agite sur sa chaise : « Tu sentais quoi ? » J'allume une cigarette. Six regards se jettent sur ma main. Elle tremble ou pas ? Elle tremble. Je sentais quoi ?... Ma tête fouille. Ça fait mal. Comme d'essayer de vomir quand on a l'estomac vide. L'estomac de ma tête est vide... « C'est comme si j'avais eu tout le temps peur de perdre quelque chose ! » lâche enfin ma voix. Je me sens con. Pas con. Fragile. C'est pas con, d'être fragile ? D'autant plus que, soudain je me pose une question que je ne me suis jamais posée : est-ce que cette peur-là m'a jamais quittée ? Les yeux de Susan clignotent. Sous la lumière de la lampe, les racines de ses cheveux ressortent. Ça lui fait une bizarre tête rayée, jaune et noire... « De perdre quoi ?... — Peut-être mon papa et ma maman ! » Je rigole. Je ne sais pas pourquoi. Mais je rigole. Eux pas. « Quoi d'autre ? » demande Né-pour-perdre. Sévère... « Je ne sais pas !... — Peut-être ta peau, connasse ! suggère Ben en douceur. — Peut-être ! Je n'ai jamais pensé à ça ! » Sa grosse bouche se marre : « Tu n'as jamais pensé à grand-chose, dans ta putain de vie, hein ? Sauf à te taper des pilules... » Willy glousse, pêchant dans sa poche un briquet d'or, où est-ce qu'il a déniché ça ? « Un bon truc pour ne pas t'en souvenir de ta guerre !... » Mon cœur s'immobilise comme un petit chien qui va pisser, patte levée. Est-ce que ça serait une minute historique, bobonne ? « Je n'ai jamais pensé à ça non plus ! » dis-je. Et si ces Américains merveilleux étaient en train de me faire découvrir que j'étais une espèce d'héroïne au fond ?... Ben hausse les épaules :

« Bah ! Ça ou autre chose ! Pour se dégotter des excuses, on est des chefs de toute façon ! » grogne-t-il, ah bon ?... Pour Né-pour-perdre, c'était parce que ses parents préféraient son frère, joli garçon, lui, et doué pour l'école, et tout. Pour Jackie, parce que les beaux Noirs de Watts se barraient, le samedi soir, dans leurs Cadillacs défoncées, pour aller peloter les Blanches des beaux quartiers. Pour Ben, parce que sa femme et ses gosses l'avaient quitté. Pour Willy, parce que ses parents, connaît pas. Pour Susan, parce qu'elle était cocue... Elle me décoche un sourire rose : « Imagine quand même qu'elle te revienne un jour, ta guerre... qu'est-ce que tu feras ? » me demande la salope, qu'est-ce que vous voulez que je réponde à ça ?... Willy hoche son pompon d'un air lugubre : « Sans doute qu'elle se recamera !... — Ou pas ! Peut-être qu'elle en aura marre, des excuses ! » s'écrie Né-pour-perdre, mais c'est qu'il devient affectueux, celui-là... « Peut-être qu'elle aura appris quelque chose, dans cette baraque !... — A supposer qu'elle y reste ! » susurre Jackie. Sur sa joue, sa cicatrice danse de joie... « Au fait, Frenchie, ça te fait quoi d'être ici depuis trois mois ?... — Ça m'emmerde ! » Susan glousse : « Madame pensait qu'elle se sortirait de quinze ans de came avec un petit séjour de trois semaines !... — Sans vouloir être indiscret..., questionne Ben, si Madame n'était pas parmi nous, elle serait où ?... — Dans son pays, tiens ! braille Willy. — A jouer les amnésiques de guerre en se tapant des pilules ! Et puis des chouettes crises comme celle qu'elle s'est payée ici ! Les quatre fers en l'air, les yeux tout blancs et le pipi par terre ! Et puis des overdoses tous les deux mois ! Et puis à pondre des articles dégueulasses parce qu'elle a le cerveau en capilotade ! Et puis à s'envoyer des types sans même pouvoir se rappeler comment ils s'appellent !... — Et puis à faire chier sa mère ! ajoute Jackie. Moi, ce qui m'étonne c'est qu'elle ne se soit pas déjà flinguée, sa mère ! Et puis... » Et puis, là, vos gueules, vos gueules que je hurle. Et je leur balance tous les mots que je les entends balancer depuis trois mois : enculés, fils de pute, trous du cul, débiles, camés. Et, d'accord, j'ai été ça. Mais pas seulement ça... « Quoi d'autre ? » qu'ils demandent... Des cigarettes goguenardes jaillissent au bout de leurs doigts... Quoi d'autre ?... Je cherche. Horrible. Je ne trouve pas. Pourtant, je suis sûre que j'ai été autre chose. Sûre. Mais quoi ? « Quoi d'autre ? Alors, ça vient ? » qu'ils demandent. « Non ! Ça ne vient pas ! Oh, allez tous vous faire foutre !... » Silence... L'œil de la nouvelle, barré par une mèche noire, me fixe, terrorisé... Je chiale. Je les hais tellement que j'en chiale. Je les hais tellement que, dans ma tête, je les flingue tous, et qu'ils s'abattent sur le tapis, dans chaque ventre, un petit trou noir et qui fume... Je me hais aussi d'être là, comme une Jeanne d'Arc devant ses juges, qu'est-ce que j'attends, qu'ils finissent par me brûler ou quoi ? Et d'abord, ils se prennent pour qui ces sadiques, ces camés, ces Amerloques qui s'occupent de ma mère, de ma guerre, de ma came ?... Je me hais tellement d'être là, oui, que j'en chiale... Quelqu'un se lève. Glisse vers la salle de bains. Revient. Une petite main noire se tend vers moi. Approche de mon nez qui coule le baume suprême des « groupes » où l'on chiale : un rouleau bleuté de papier W.-C.

« En parlant de foutre, depuis trois mois que tu es là, tu baises qui ? » demande Ben gentiment, mais, bon dieu, quand est-ce qu'ils vont le décoller de ma peau, ce « groupe » ? Tout ça, je le sais bien, c'est à cause d'une histoire compliquée d'aspirateur que je n'ai pas rendu quand j'aurais dû, ce matin. L'horreur des « groupes », c'est aussi qu'ils vous font payer, le soir, les conneries du jour... Ils attendent... Il fait de plus en plus chaud... La grosse figure de Ben reluit comme une lune sombre... Ses yeux rigolent... Dans la chambre, l'atmosphère a changé. D'un coup, c'est détendu comme tout, et rouge, et moite, et sexy... Sur moi, six paires d'yeux s'apprêtent à se payer du bon temps. Je dis : « Je ne baise personne, tu le sais bien ! Je ne baise personne parce que je n'ai pas la tête à ça !... » Je ne chiale plus. Je ne les engueule plus. Je suis là, le cul sur ma chaise. Vidée. A me demander si je suis ce qu'ils ont dit que je suis. Et peut-être qu'au fond, je le suis. Et qu'alors, tout est dans l'ordre : la baraque, mon seau et mon éponge pour le jour, mes nazis pour les nuits... Susan s'esclaffe : « Pas la tête à ça ! Pauvre chérie ! Dis plutôt qu'aucun mec n'est assez bien pour toi !... — Ou peut-être qu'aucun mec ne la trouve assez bien pour lui ! insinue Jackie. — Alors là, tu te goures ! » que je m'écrie. J'ouvre la bouche pour lui balancer la liste de tous ceux qui essayent de me filer des rendez-vous entre deux portes. Mais Willy me gagne de vitesse, en « groupe », si on n'est pas rapide, on est mort, qu'ils disent... « Ça se voit, tu sais, que tu ne baises pas ! souffle-t-il d'un air apitoyé. Tu t'es vue marcher ? Tu as les cuisses tellement serrées, on dirait que tu as peur d'exploser !... — Pauvre Willy ! Ça t'embête tant que ça que je ne veuille pas coucher avec toi ? » Et vlan. Non. Pas vlan. Il sourit. Un sourire de miel sur dents de loup : « Mais non ! Parce que je sais bien qu'au fond, tu en crèves d'envie, mamma ! Alors je continuerai à te demander jusqu'à ce que tu finisses peut-être par dire oui !... » Ses yeux me gênent. Je regarde ailleurs... « Ecoutez ! Trois mois que vous m'enquiquinez avec ça !... Je fais tout ce que vous voulez que je fasse ! Je lave les murs ! Je vais aux " réunions de famille ", aux " séminaires ", aux " groupes " ! Qu'est-ce que ça peut bien vous faire que je baise ou pas ? » dis-je, et je commence à me sentir comme une espèce de mouche engluée dans dieu sait quoi, et qui gigote et qui s'essouffle. Ça leur fait, qu'ils répondent. Ça leur fait énormément. Ça leur fait que la maison soit, dans un sens, une maison comme les autres, avec des hommes et des femmes qui baisent comme baisent les hommes et les femmes comme les autres, là-bas, dehors. Ça leur fait, parce que, justement, dans une maison comme ici, avec les dix heures de boulot des muscles, comme ils disent, et puis les centaines d'heures de boulot de l'âme, comme ils disent, si les hommes et les femmes ne baisent pas, le résultat, c'est que, naturellement, ils deviennent frustrés. Ils ont les nerfs en boule, pas d'appétit, des insomnies, des angoisses qui leur bouffent l'estomac. Et, du coup, comme ils n'arrivent pas à se concentrer sur le « programme », le « programme » ne peut pas grand-chose pour eux. Par contre, s'ils baisent, ils dorment bien, ils bouffent bien, ils travaillent bien, bref, ils sont détendus, efficaces, intelligents et, avec un peu de chance, le « programme », ils l'assimileront au quart de poil... « Regarde Susan ! dit Ben. A chaque fois qu'elle se tape son gigolo... » (quel gigolo ?...) « ça lui remonte si bien le moral que, pendant un jour ou deux, elle en oublie qu'elle a le cerveau amoché et nous aussi ! » Oh, merde. Les salauds. Mon cœur se serre. Pauvre Susan quand même. Mais non. Elle se marre. Je rêve ? Non. Elle se marre. C'est horriblement déprimant. Dans ma tête, tout s'embrouille. Les nous, c'est eux ? Ou moi ?... Né-pour-perdre gratte sa tête sans couleur. « Bah ! Le baisage, tu y viendras un jour, Frenchie !... Comme les autres !... — Et tu verras la différence ! affirme Willy, paternel, ... du moment que tu n'oublies pas la règle de la maison ! Tu la connais, au moins ?... — Mais oui..., dit ma voix épuisée, ... " tire ton coup, rhabille-toi, barre-toi "... C'est ce que j'ai fait toute ma vie ! » Silence. « Ah, bon ? dit Jackie. — Ah, bon ? dit Susan. — Ah, bon ? dit Né-pour-perdre. — Ah, bon ? » dit Ben. Il se penche. Un gros flic noir et américain, comme on en voit dans les films américains, se penche vers moi. Me décoche un sourire huileux et un coup d'œil si froid que mon cœur se trémousse d'inquiétude tandis que sa voix chuchote : « Mais alors, dis donc, Frenchie, si c'est ce que tu as fait toute ta vie, pourquoi est-ce que tu ne baises pas comme ça I-CI ? »

Je ne baise pas, eh bien, premièrement, parce que tout le monde baise. Et que je ne suis pas comme tout le monde... Tout le monde baise. Même Isaac. C'est Don qui me l'a dit. Figurez-vous que, maintenant, il me parle. Il aboie moins. Il me parle. Il arrive même que, pour me parler, il débarque dans ma chambre avant la cloche du dîner... A cette heure-là, c'est une vraie hécatombe. Avec nos trois corps gisant sur nos lits. Poignardés de fatigue après les dix heures de lavage de murs, de lavages de carreaux, de lavage de plinthes, de lavage de portes, de lavage de tout ce qui peut se laver dans une baraque de trois étages... « Toujours vivante ? » qu'il me demande. Et il me balance son trémolo d'agonisant, c'est à se demander s'il a jamais su rire normalement... Vivante ? Mon corps me dit que je le suis, avec mes muscles qui crient de douleur, mes mains brûlées par le « Bleach », c'est comme ça qu'ils appellent l'eau de Javel, en Amérique, mes jambes qui pèsent des tonnes. Vivante ? Ma tête, elle, ne sait plus. Elle est comme une vieille boîte à chaussures vide, ma tête. Et, quelquefois, j'ai envie de lui dire : « Vivante ? Ici, ça sert à quoi ? » Mais il répondrait : « Et claquée dehors, d'une bonne overdose, ça servirait à quoi ? » Alors je la boucle. J'ai du mal. Parce que, d'accord, peut-être que je me la serais tapée un jour, l'overdose. Mais peut-être pas. Et quand je commence à penser que peut-être pas, la colère me prend. Une colère à me rouler par terre, à cracher mes tripes sur le tapis, à grimper aux murs. Car alors là, si la baraque ne s'est pas trouvée là pour sauver ma peau, car alors là, la formidable punition de la baraque, ça sert à quoi ?... Pour en revenir à Don, oui, parfois, il vient se poser au pied de mon lit. Œil battu, joue creuse et blême, une vraie tête de petit crevé. Et il hausse ses épaules maigres, toujours serrées dans des espèces de tuniques hindoues... Et il dit : « Naturellement qu'Isaac baise ! Quand une fille lui plaît, il la fait appeler ! Si elle n'est pas d'accord, tant pis pour lui ! Elle ne se fera pas foutre dehors pour autant !... Si elle est d'accord, tant mieux pour lui ! Mais ça n'est pas pour ça qu'elle aura une meilleure chambre ou moins de boulot !... Qu'est-ce qu'il y a ? Tu en fais une tête ! Un patron, c'est un homme comme les autres, non ?... — Oui. Mais ça me choque qu'il fasse ça dans la baraque !... — Pourquoi... ? La baraque, c'est comme dehors ! » C'est vrai. J'oublie toujours. Il paraît que la baraque, c'est comme dehors... Don baise. Une nénette par semaine à peu près. Quand la semaine est finie, il la jette, la nénette. Ça fait des cœurs qui saignent, le soir, dans les « groupes »... « Je n'arrive pas à l'oublier !... Dans ses yeux, j'ai vu l'océan... » dit Peggy, la blonde à tête de mouton qui dirige le « service médical », et son regard à elle, décoloré par l'héro, vacille de tristesse. « J'ai baisé Willy ! J'ai baisé Ben ! Mais Don, je n'arrive pas à l'oublier ! Il a quelque chose que les autres n'ont pas ! » Et Maria, la Mexicaine, chuchote : « Je donnerais n'importe quoi pour qu'il recouche avec moi ! Il m'en a appris davantage sur mon corps en une nuit, que mon mari en dix ans !... » Courrier du cœur chez les camées sans came. Mais les réponses ne sont pas celles du courrier du cœur : « Tu aurais intérêt à l'oublier ! Qu'est-ce que tu as cru ? Qu'il allait t'épouser ?... Tu l'aimes ? Tu rigoles ! Aimer, les camés ne savent pas ce que c'est !... Au fait, ton chéri, il a rendez-vous ce soir, avec Jackie ! Tu étais au courant ? — Tu crois qu'il n'a que ça à faire, baiser tes grosses fesses ?... Tu crois qu'il est là pour ça ? Et toi, tu crois que tu es là pour ça ? Continue comme ça et ça te fera une bonne excuse pour te barrer... » Un soir, Don, je lui ai dit : « Quand même, tu es dégueulasse de les faire souffrir comme ça, ces pauvres femmes... » Son œil a viré au noir... « Dégueulasse ? Pourquoi ça ? Au lit, je suis responsable d'elles ! Après, c'est leur affaire !... Pourquoi est-ce que les bonnes femmes pensent toujours qu'un mec qui les a baisées leur doit quelque chose ? » Pourquoi, je ne sais pas. Ce que je sais c'est que, oui, j'ai toujours pensé qu'après, les mecs, ils me devaient quelque chose. Quoi ? Mais leur vie à perpète, tiens... « Quand tu n'auras plus la trouille, tu baiseras... Peut-être même avec moi ! a-t-il ajouté. — La trouille ? Ha, ha ! La trouille de quoi ? » Il a rigolé : « De toi ! De qui d'autre ?... — C'est complètement idiot ! Pourquoi est-ce que j'aurais la trouille de moi ?... — Tu devrais te poser la question ! » Mais sans doute que j'ai la trouille, aussi, de me poser la question... Sunny baise. Sunny, c'est le sous-directeur. Comme Isaac, il vit à l'extérieur. Et éclate comme un orage dans la baraque trois fois par semaine. C'est un Noir plutôt jeune. Fracassant, génial, agité. Avec une belle gueule et des jambes comme celles de Fred Astaire. Des colliers d'or qui scintillent sur des chemises de soie. De grands rires redoutés. Des décisions redoutées. Des diagnostics redoutés... « Toi, tu as une vraie tête de baiseuse ! Si jamais tu as envie de faire ça avec moi, ne te fatigue pas à chercher un prétexte ! Je suis là, lundi, mercredi, vendredi ! » m'avait-il dit, à la fin de la première semaine, dans son bureau du premier étage, sûr que le canapé géant, tendu de velours crème et planté devant la fenêtre, était là pour ça... Je m'étais sentie virer à l'écarlate... « Je n'ai pas l'intention de faire l'amour dans votre baraque pourrie ! Ni avec vous ni avec personne !... — Toi, ta spécialité, c'est de ne pas faire comme les autres, hein ? » avait-il hoqueté, et sa bouche ouverte avait dévoilé un palais rose. Son index sombre et endiamanté s'était pointé sur moi... « Pourtant, moi, je te le dis ! Tu vas baiser ! Je ne te donne pas trois semaines ! » avait-il ajouté. Et ce qui avait passé dans sa voix m'avait collé une vraie panique... Les camés sans came, naturellement, baisent. Eux, c'est mardi, jeudi, samedi. De dix heures à minuit. Et ayez la politesse de retenir votre chambre à l'avance. Et pas deux fois de suite, vous êtes trois, dans cette chambre, il faut bien que les autres vivent aussi... Dès sept heures, la baraque commence à bander. Des mains fébriles vissent des ampoules rouges sur les lampes. Piquent des bâtonnets d'encens dans les verres à dents. Installent des disques de musique frotti-frotta sur les électrophones. Vers huit heures, les salles de bains sont bloquées à double tour, lâchant de grands bruits d'eau et des bouffées de parfum à gogo. Jamais je n'ai vu tant de gens s'apprêter à baiser en même temps. Ça me choque un peu. Sans doute qu'on m'a élevée dans l'idée que le sexe, ça se préparait dans l'intimité. Ça me colle le cafard aussi en me rappelant mes préparatifs à moi, aux folles nuits d'autrefois. Les séances d'épilation à la cire, main gauche étreignant la casserole, main droite balançant sur mes jambes la bouillie puante et marron, « s'il-voit-ça-il-va-débander-aussi-sec-mon-dieu-faites-qu'il-arrive-en-retard », pour le cinéaste de l'avenir. L'aller et retour en taxi aux Galeries Lafayette, pour l'achat, hystérique, d'une combinaison de dentelle noire, « je-parie-que-sa-conne-de-femme-n'en-a-pas-une-comme-ça », pour le marié honteux. Le disque d'Aznavour sur mon électrophone à moi, pour le Suédois : « J'aime quand c'est triste ! » qu'il disait, roulant son œil vert. Et, de joie, il s'en ouvrait une sixième canette de bière... Ça m'apprend des trucs, aussi, de regarder les camés sans came circuler, enfin prêts, sur le coup de neuf heures et demie. Culs cabriolant de joie anticipée. Arcs-en-ciel dans l'œil. Fringues du dimanche. A croire qu'ils ont laissé sous la douche leur vieille peau trouée par les piquouzes, bleuie par les tatouages, pâlie par l'ombre de Chino, usée par le « Bleach » de la prison des femmes... Ce que je découvre, c'est que le sexe rend les gens beaux. Et égaux. Comme si baiser, c'était redevenir, pour deux heures, des hommes et des femmes comme les autres. Grâce à ce coup de paradis autorisé puisque celui de la came ne l'est plus. Justement. Si je ne baise pas c'est, deuxièmement, parce que, ce paradis-là, moi, qu'est-ce que j'en ai à faire ? Où est l'autre, celui dont j'ai à faire ? Où est la montgolfière barbiturée qui décollait si vite et si bien vers le ciel rouge des belles défonces ? Barrée sans moi, là-haut, dehors. Barrée chaque heure un peu plus haut, chaque jour un peu plus haut, dans le ciel blanc d'Amérique. Barrée avec le petit copain et les camés de la plage. Barrée sans moi à force d'en avoir marre de m'attendre. Ce qui me reste, c'est un cafard à me cogner la tête dans les murs. A tripoter l'image de mes petites chéries comme une veuve tripote la photo de son jules disparu. Quand je tripote trop longtemps, la douleur me prend. La douleur dingue de l'amputé qui hurle que sa jambe lui fait mal. La douleur conne de tous ceux qui se retrouvent ici ou ailleurs. Fesses sur un dessus-de-lit. Œil au mur. A ne plus savoir ce qui leur manque, tellement ça leur manque... A dix heures moins le quart, tout est prêt. Enfin, presque. Ce qu'on attend encore c'est, par les fenêtres ouvertes, ce coup de froid dans l'haleine de l'océan, ce coup de sombre dans le ciel, disant que la nuit est vraiment là. C'est, sur les cadrans des réveils, le saut de l'aiguille sur l'heure d'après. Sur la furieuse et silencieuse gueulante de l'heure d'après : « Un, deux, trois... Baisez ! »... Dix heures. C'est parti. Des ombres se croisent au pas de course dans les couloirs. Des portes claquent un peu partout. Moi, comme dans ma chambre, il y en a toujours une sur les deux qui baise, je descends rejoindre, dans le living bleu, le petit troupeau de ceux qui ne baisent pas, naturellement, qu'il y en a quelques-uns quand même... Ceux qui ne baisent pas, ce sont ceux qui ne peuvent pas se servir de leur chambre parce que quelqu'un d'autre s'en sert. Ceux qui n'ont pas encore leur « bon à baiser », comme ils disent, délivré, après le « test Wassermann », par la petite clinique de Venice... Ah, l'horrible petite clinique de Venice, à la fin de ma deuxième semaine, après la balade surprise dans la camionnette blanche de la baraque, Linda à mes côtés, Ben au volant... « Mais enfin, pourquoi est-ce que vous me conduisez dans une clinique ?... — Pour un petit test de rien du tout ! Juste une mesure de sécurité ! C'est la règle !... » Ah, l'horrible rouquine d'infirmière, retroussant ma manche. Et mon saut de carpe : « Mais puisque je vous dis que je n'ai pas la syphilis ! » Ah, l'horrible sourire de Linda, ripoliné comme les murs, son sourire... « Peut-être que tu l'as et que tu ne le sais pas ! Peut-être que tu l'as, et que tu le sais, et que tu racontes des blagues !... Et, un de ces jours, tu vas baiser et c'est toute la baraque qui peut l'avoir ! » Et, huit jours plus tard, les mecs me coinçant au détour des couloirs. Et me chuchotant dans le cou : « Maintenant que tu l'as, ton " bon à baiser ", Frenchie, qu'est-ce que tu dirais si on s'envoyait en l'air, toi et moi, ce soir ?... » Ceux qui ne baisent pas, ce sont aussi ceux qui n'ont trouvé personne. Mini-Paco, un tout petit Mexicain avec une grosse moustache de Mexicain. Et une voix qui grommelle : « Les filles de la maison, elles sont trop gourdes pour moi, de toute façon !... » Janet, une blonde pas vraiment moche, mais quand elle commence à parler de sa copine qui lui a claqué entre les mains pendant qu'elle lui filait sa première piqûre d'héro, ça les fait fuir, les mecs, ça se comprend... Né-pour-perdre, parce qu'il porte un corset à cause de sa colonne vertébrale esquintée, et il paraît que ça affecte son zizi aussi. Ça, c'est depuis qu'il s'est ramassé en moto, sur l'autoroute de San Diego. Une nuit qu'il était camé à mort. Quand même, quelque chose m'intrigue. Son tatouage, il l'avait, avant ? Ou il l'a fait faire, après ?... Jesse, le petit Noir avec un sourire au beau fixe. Et une jambe plus courte que l'autre. Drôlement plus courte... Elton, et, lui ça n'étonne pas non plus, avec la touche qu'il a, sa tête de Noir en colère, ses lunettes estropiées, sa silhouette de chat efflanqué. Vraiment, on ne l'imagine pas en train de faire l'amour, Elton. Ni, d'ailleurs, en train de faire quoi que ce soit avec quelqu'un d'autre. Même pas parler... Quand, par hasard, ça lui arrive, il y a toujours quelqu'un dans la baraque, plus tard, qui se met à crier : « Vous savez la nouvelle ? Elton a parlé ! » Hier soir, en « groupe », ils lui sont tombés dessus à bras raccourcis, parce qu'il vit un bouquin à la main... « Tes conneries de bouquins, c'est la bonne planque, hein ? Un bon truc pour ne pas communiquer avec les autres ! Un bon truc pour ne pas participer à ce qui se passe ici ! » Je m'étais attendue à ce qu'il leur dise d'aller se faire foutre, quoique les vulgarités, ça n'avait pas l'air d'être son genre à lui. Mais il s'était contenté de les regarder comme s'ils avaient parlé chinois... « Communiquer ? Participer ? » avait-il répété d'une voix polie. Son regard avait fait le tour du « groupe ». Lentement. Il avait dit fermement : « Je viens de tirer six ans à Saint-Quentin ! », ça, on le savait déjà, quel rapport ? Il faut croire qu'il y en avait un. « ... Six ans ! » avait-il encore répété. Et il était resté là. Ses grandes mains noires ouvertes au creux de ses genoux. Ses yeux allant et venant toujours sur eux. Et ce qu'ils disaient, ses yeux, c'était qu'après six ans là-bas, communiquer, participer, il ne savait même plus ce que ça voulait dire. Et qu'il ne saurait peut-être plus jamais. Et qu'ils étaient bien placés pour savoir de quoi il parlait. Là, il y avait eu un silence de plomb. Comme toujours quand on mentionnait une taule quelconque, la haine avait passé sur leurs figures. A croire que ce que Saint-Quentin leur avait fait était aussi atroce que ce qu'ils avaient fait, eux, à la société. Et si c'était à ça qu'elles servaient, les taules, à les rendre encore plus hargneux, après, quel jeu de cons, car enfin, qui est-ce qui gagnait quoi ?... Le silence, ça avait eu l'air de lui plaire, à Elton. Il en avait presque souri en s'allumant une cigarette. Et puis, brusquement, il nous avait tous mis sur le cul, en se mettant à parler comme aucun type de la baraque n'avait jamais parlé. De conditionnement des prisonniers, d'ajustement à un nouveau milieu social, de réflexes de protection, de tous ces machins que racontent les sociologues, les psychologues, tous ceux qui savent comment elle fonctionne, la société. Tout ça d'une voix songeuse et lente, comme s'il n'était pas très sûr de ce qu'il racontait. Mais sûr ou pas sûr, c'était incroyable, quand même, qu'il le raconte, non ? Où est-ce qu'il avait trouvé tout ça ? D'un coup, j'avais pigé. Dans des livres. Dans les dizaines, les centaines de livres qu'il avait lus tout au long de ses six ans à Saint-Quentin, et puis, avant, de ses trois ans à Chino, de ses deux ans à Soledad, de ses deux ans aussi dans une « ferme de rééducation » du Kansas, puisque sa vie, qu'il nous avait racontée dans un autre « groupe », la semaine d'avant, ça avait été ça, et naturellement, entre-temps, l'héro et le « Tenderloin » : le ghetto de San Francisco, sa ville natale, l'héro et les casses de magasins, l'héro et les cavales, l'héro qu'il avait commencée, vingt ans plus tôt, au Japon, du temps où il était marine... D'un coup, oui, j'avais pigé qu'en prison, on a le temps de lire. Dans un sens, c'était rigolo. Dans l'autre, c'était triste à crever... Toujours est-il que, là tout de suite, sa conférence sur les taules et les taulards, ça avait commencé à nous enquiquiner horriblement... Willy l'avait coupé net : « Tu te prends pour un prof de l'Université ou quoi ? Ça te sert à quoi de cogiter des histoires comme ça toute la journée ? Tu ferais mieux d'essayer de comprendre ce qui se passe ici ? Mais, le programme, tu t'en fous bien ! Tout ce que tu veux, c'est te la couler douce, logé-nourri, pour un petit bout de temps ! Et puis, quand tu te seras refait une santé, tu te barreras un de ces quatre matins ! Et tu retourneras à fond de train dans ton " Tenderloin " pour te repiquer une aiguille dans le bras !... C'est pas vrai ?... » Elton avait fermé les yeux. Les lunettes mises à part, il s'était mis à ressembler à un masque de roi africain, mort au combat. Deux bonnes minutes avait passé. Enfin, il avait répondu avec un grand sérieux :

« Ça, je ne sais pas encore ! C'est la question que je me pose, justement ! Et comme je ne suis pas rapide, ça me prend du temps de trouver la réponse ! » Ils s'étaient marrés comme des petits fous. Ça devenait pénible. Salomon s'était écrié : « Dis donc, vieil enculé, tu... — Viel enculé ? » avait répété Elton d'une voix plate. Il avait retiré ses lunettes. Dans sa figure noire, ses yeux s'étaient mis à rétrécir à toute vitesse. Etaient devenus deux points qui fixèrent Salomon. Deux points sans reflets, comme les yeux des tueurs de cinéma. Mais, ici, rien n'était du cinéma... Ni ces yeux... Ni la violence tout d'un coup suspendue dans l'air comme un gros nuage. M'étais sentie paniquée. Mais aussi, sans savoir pourquoi, horriblement vivante... Salomon s'était tortillé sur sa chaise en ricanant : « Excuse-moi ! Je ne voulais pas t'insulter, mec ! » Les yeux d'Elton étaient redevenus de vrais yeux. Ça s'était détendu. Ben avait soupiré que, bah, avec Elton, on perdait notre temps. Comme disait Isaac, on pouvait conduire un cheval jusqu'à la rivière, mais on ne pouvait pas l'obliger à boire. Et ils avaient changé de cheval. En plaçant le « groupe » sur quelqu'un d'autre... Après, c'était soir de baisage. Quand j'étais entrée dans le living bleu, Elton était déjà là. Installé sur le canapé. Nez déjà replongé dans un bouquin, c'est pas vrai. Je m'étais assise à côté de lui. C'était parti malgré moi, j'avais dit : « Dis donc, ce qu'ils t'ont dit au sujet de tes lectures, ça n'a pas l'air de te décourager ! », et, en le disant, j'avais repensé au regard qu'il avait balancé à Salomon. Et mon cœur s'était mis à taper... Mais il avait simplement levé les sourcils d'un air surpris : « Pourquoi est-ce que ça me découragerait ? Je crois plutôt que c'est moi qui les décourage ! » avait-il répondu en hochant une tête déprimée. Et soudain, je l'avais vu qui se taillait de la maison. Et, comme ils avaient dit, il se replantait illico une aiguille dans le bras. Et il claquait d'une overdose dans une piaule sans fenêtres du « Tenderloin ». Et là, la voix de Linda s'était levée dans ma mémoire. Le jour de mon premier jour, dans la salle de bains bleue du 207 : « Quand même, tu devrais essayer de rester un peu !... Qu'est-ce que tu as à perdre ? » Et c'est exactement ce que je lui avais dit à Elton... Il avait retiré ses lunettes, décidément chez lui, ça devait être le signe qu'il pensait profond. Et il avait eu l'air moins vieux, avec des yeux marron clair, de la couleur de sa peau. Moins moche aussi, avec une tête où tout allait bien ensemble : les pommettes de félin, le nez plat, les grosses lèvres... « Si tu te mêlais de tes affaires ? » avait-il jeté d'un air furieux. Il avait remis ses lunettes. S'était replongé dans son bouquin. Et, d'un coup, ça avait été comme s'il était tout seul, sur une île... Devant nous, de l'autre côté de la baie vitrée, un grand bateau s'était allumé sur l'océan, là-bas, dans le monde des autres... Au fond, peut-être qu'il avait raison. Comment savoir si, lui, il n'avait pas quelque chose à perdre ? Comment savoir, d'ailleurs, si, moi aussi, je n'avais pas quelque chose à perdre et si, en écoutant Linda, je n'avais pas fait la bourde de ma vie ? Un petit coup de cafard m'avait pris... J'avais été me chercher une tasse de café à la cuisine. Quand j'étais revenue dans le living, Jesse avait mis sur l'électrophone un disque de Stevie Wonder, quel génie ! Le livre d'Elton était toujours là, avec lui derrière. Il devait penser que j'étais une cloche. Moi, j'avais le droit de me traiter de cloche, parce que je savais bien que j'étais tout sauf ça. Lui, pas. Ou alors, la cloche, c'était lui. Quelle importance qu'une cloche me trouve cloche ? Mais est-ce qu'il était vraiment cloche ? J'avais été m'asseoir ailleurs. Comme toujours les soirs de baisage, on s'était tous mis à discuter un peu trop fort, pour montrer que ce qui se passait là-haut, on s'en fichait bien... En haut, la baraque s'envoyait en l'air avec fracas. La baraque poussait des « ha ! ha ! » de joie. La baraque explosait dans un orgasme énorme. La baraque retombait, toute molle, dans l'apaisement épuisé de minuit moins cinq... Les baiseurs avaient surgi sur le seuil du living. Œil bouffi lançant le message : « J'ai fini ! La chambre est libre !... » On s'était rués vers l'escalier... Dans les étages, par les portes ouvertes, la baraque montrait sa tête d'après. Lits refaits à la hâte. Ampoules rouges escamotées jusqu'à la prochaine fois. Relents d'encens flottant encore dans l'air moite. Grands bruits d'eau dans les salles de bains, mais pas les mêmes que ceux d'avant... Derrière moi, dans le couloir du troisième, juste devant ma porte, une voix m'avait stoppée net : « Hé ! » L'Elton était là. Son bouquin sous le bras. Silhouette noire qui touchait presque le plafond. Figure bouffée par l'ombre. J'avais reculé d'un pas... « Merci quand même pour ce que tu m'as dit ! » avait-il lâché à toute vitesse, ah, bon, il ne me prenait pas pour une cloche. Chouette... « Oh, tu sais, je t'ai seulement répété ce que Linda m'avait dit le jour où... » Il m'avait coupée d'une voix impatiente : « C'était pour m'aider, non ?... — Oui, mais... — Ce qui compte, c'est que c'était pour m'aider ! avait-il répété vigoureusement. — Mais peut-être que je me trompais ! Peut-être que tu as quelque chose à perdre !... » Autour de nous, dans le couloir, des ombres allaient et venaient. Il s'était penché pour chuchoter : « Oui ! J'ai la came ! J'ai la came à perdre ! » Mon cœur s'était mis à sauter comme un petit fou, et, oh, merde, j'aurais donné n'importe quoi pour ne pas avoir entendu ça... J'avais riposté : « Ils disent qu'on peut être heureux, sans ! », et je m'étais aperçue avec horreur que je lui posais la question... « Tu es heureuse, sans ?... — Non. Mais peut-être que ça prend du temps... » Pas que je l'ai pensé vraiment. Mais, brusquement, ça m'avait paru drôlement important qu'il pense que je le pensais... « Peut-être... Mais peut-être, aussi, que, le temps qu'on passe ici, à essayer de savoir, c'est du temps perdu... » avait-il répondu, et j'avais commencé à avoir vaguement envie qu'il se barre. « Perdu pour quoi ?... — Pour le bonheur... » avait-il soufflé mystérieusement. Il avait souri. Pour la première fois. Et la joie pure de ce sourire, la complicité de ce sourire, la splendeur de ce sourire, me collèrent un tel malaise, que je fus vraiment soulagée de le voir disparaître d'un coup, comme un grand fauve s'enfonçant dans l'ombre du couloir. Cet homme, il était déprimant. Pas cloche. Pas cloche du tout, même. Différent des autres, c'était sûr. Mais déprimant... Ce que ça m'apprend aussi, de les voir baiser, si j'ose dire, les camés sans came, c'est qu'on ne sait jamais vraiment pourquoi les gens qui baisent ensemble, baisent ensemble... Cindy baise le beau Jo qui ressemble au cow-boy des cigarettes Marlboro, avec son œil couleur de l'Ouest, et ses bottes, et s'occupe du ravitaillement de la baraque. Ce qui m'étonne, c'est que lui la baise. Pas qu'elle soit vraiment moche, Cindy, mais, moi je me serais plutôt attendue à ce que Jo baise Linda, par exemple. Mais Linda baise Albert, le plombier de la baraque, un moustachu à la cervelle grosse comme un petit pois, avec une sirène tatouée sur son torse maigre. Et quand elle nous affirme, en « groupe », en plissant ses lèvres Max Factor, « Albert me satisfait par-fai-te-ment sexuellement ! », je ne sais pas, mais, moi j'ai des doutes... Justin, l'homme de la bibliothèque, un introverti, comme ils disent, qui rase les murs derrière ses lunettes roses, baise Ella la Terreur, quarante-cinq ans bien sonnés. Ella aux narines noires rongées par la cocaïne. Ella dont les glapissements pour un oui, pour un non, font trembler les murs et les cœurs des nouveaux. Ella qu'on verrait plutôt avec un caïd. Mais sans doute qu'elle préfère être le caïd de Justin. Ruth, avec ses allures de sultane enturbannée et ses beaux cheveux qui palpitent de tristesse quand elle raconte sa villa blanche, dans les collines, ses quatre gosses, ses deux voitures et ses dollars à gogo, baise Phil. Un petit marrant à tête de rat qui dit : « Moi, la came, c'est dans la famille ! » vu que c'est sa grand-mère du ghetto qui lui a appris à planter l'aiguille... « D'accord, il est blanc ! Mais il est tellement affectueux ! me glisse Ruth à l'oreille. Ça m'aide à oublier ! », mais à oublier quoi ?... Vic baise Susan : « Cette pauvre femme, il faut bien que quelqu'un la saute ! » s'écrie-t-il, hochant affectueusement sa tête grêlée. Quand même, moi, je trouve ça atroce. Si elle savait qu'il raconte ça, secouée comme elle est, Susan, c'est par la fenêtre qu'elle sauterait. Mais si personne ne la baisait, peut-être qu'elle sauterait aussi, secouée comme elle est... Prue le Petit Cochon baise Salomon. Et puis Willy. Et puis d'autres, toujours dans le genre beaux gars. Et elle dit : « Je suis toujours de bonne humeur ! Le secret, avec les hommes, c'est ça ! » Ah, bon ? Moi, c'était plutôt le contraire. Mon secret, c'était la mauvaise humeur. D'abord, ça me valait des tonnes d'attention (« Qu'est-ce qui ne va pas chérie ? Je suis sûr que tu as un gros secret que tu ne veux pas me dire ? Dis, chérie, qu'est-ce qui ne va pas ? »). Ça suscitait des torrents de culpabilité (« C'est quelque chose que j'ai dit ? Ou pas dit ? Ou fait ? Ou pas fait ? »), un sentiment à vous attacher un mec pour la vie. Quoique, dans la plupart des cas, et pour des raisons qui m'échappaient, ça faisait plutôt l'effet opposé (« Malgré tous mes efforts, je vois bien que je suis incapable de te rendre heureuse ! J'espère que tu rencontreras celui qui saura ! »). La prochaine fois, je ferai comme Prue... Quelle prochaine fois ? Quand, la prochaine fois ? Où, la prochaine fois ?... Rien que de penser à ça, j'ai une grosse boule qui me serre la gorge... Est-ce qu'il y en aura même une, un jour, de prochaine fois ?... Brian baise Azie, Noire aux gros seins, qui répète tout le temps : « Moi, j'étais la pute noire la plus célèbre de New York, en 1961 !... » « D'accord, elle est trop vieille pour moi, mais, qu'est-ce que tu veux, j'ai toujours eu envie de baiser ma mère ! » m'a avoué Brian, en me balançant un sourire placide de sa bouche sans dents. Vous pensez si je savais de quoi il parlait, moi qui avais eu la même envie, mais naturellement, avec mon papa. Mais pourquoi est-ce que, moi, il m'avait fallu payer un psychanalyste pendant trois ans pour découvrir ça ? Carol, dix-huit ans, Carol qui parle toujours de sa jolie maman à elle qui a une boutique à Beverly Hills, Carol et son air de sirène d'Andersen sevrée au pop-corn, Carol qui lave ses cheveux d'or deux fois par jour, rase ses jambes d'or deux fois par jour, douche son cul d'or deux fois par jour, Carol baise avec tout le monde. Et elle est si belle que, là, c'est dans l'ordre... Jackie baise le vieux Leon, encore une qui cherche son papa, passons... Sarah baise Ben, deux peaux de vaches à grosses fesses, comme ça, dans un sens, ils vont bien ensemble... « On s'est connus à San Francisco, il y a dix ans ! » précise-t-elle. Et je les vois d'ici, dans l'ombre du 305. Se chuchotant de vieilles histoires de vieilles et sublimes piquouzes entre deux empoignades... L'autre matin, comme je sortais de la salle de bains, elle m'a dit : « Quand une femme ne baise pas, les muscles de son vagin finissent par rétrécir, et, un beau jour, même si elle veut, elle ne peut plus ! » Le sourire de sa grande bouche disait que, pour moi, après trois mois, c'était déjà trop tard. Comme si j'allais croire à ces sornettes. Mais est-ce que c'était vraiment des sornettes ? Le soir, une fois dans mon lit, je me suis tâtée. Mais, évidemment, c'est difficile de savoir... Quand même, je me demande pourquoi elle ne peut pas me sentir. Sans doute parce qu'elle est moche et noire. Et que je suis blanche et belle. Je me demande pourquoi je ne peux pas la sentir. Peut-être parce que je suis blanche et moche, après tout. Et qu'elle est noire et, à sa manière, belle... C'est la première fois que je vis avec une Noire. Ça me fait drôle. Comme si l'harmonie de la chambre était dérangée. Mais dérangée à cause d'une Noire en trop ? Ou à cause d'une Blanche en trop ?... « C'est exprès qu'on vous a mises ensemble ! m'avait expliqué Susan, du temps de ma dérouille. On met toujours une Noire, une Blanche, et, si possible, une Mexicaine ensemble. C'est pour créer des conflits !... — Pourquoi est-ce qu'il faut créer des conflits ?... — Pour apprendre à les résoudre !... — Comme si j'avais attendu d'être ici pour apprendre à les résoudre, mes conflits ! » Une lueur rigolarde s'était allumée dans son œil marron : « Tu faisais ça comment ? En te tapant trois pilules en plus ?... » Maria la Mexicaine essaie d'oublier Don en baisant Leroy... « Six mois qu'ils sont ensemble ! » grogne Linda, qui, ce soir, est venue repasser son pantalon dans ma chambre... « Isaac devrait en envoyer un au ranch ! Tu ne savais pas qu'on avait un ranch ? Au nord de la Californie ! C'est un millionnaire de Floride, le roi des sardines en boîte ou quelque chose comme ça qui en a fait cadeau à la maison ! On a un élevage de poulets !... Ça fait du pognon pour la maison. Et ça donne du boulot aux résidents !... La plupart sont des camés du coin ! Mais, de temps en temps, on y expédie des gens d'ici ! » dit-elle, et je me vois sur-le-champ mêlée à un troupeau de malheureuses, ventres ceints de grands tabliers, comme les semeuses de Millet. Et balançant des graines à des milliers de poulets hystériques, dans une cour géante, ceinturée de cactus, tout ça, sous l'œil torve de cow-boys à cheval, fouet en main. Et mon estomac se recroqueville d'inquiétude... « Quand on doit séparer un couple, on y envoie l'un des deux ! continue-t-elle. Il faut bien ! Sans ça, un beau matin, ils se taillent ensemble ! Et ils se repiquent ensemble, deux heures plus tard ! » et, si je ne la crois pas, qu'elle dit, elle peut m'emmener voir les statistiques au secrétariat. En six ans, puisque la baraque a six ans, dix-neuf couples se sont barrés d'ici. Douze sont retournés à la came et à la taule. Cinq à la came sans taule. Un type et deux filles sont morts d'overdose... « Leurs histoires d'amour, c'est juste pour se faire croire qu'à deux, ils s'en sortiront ! » ricane-t-elle. Et le fer écrase la toile verte du pantalon à petits coups rageurs. « Mais, dès qu'ils sont dehors, généralement, ils se séparent ! Les camés, c'est ça !... » Ah, oui. C'est vrai qu'on est des camés. Des camés qui ne savent que se camer. Des camés qui ne savent ni aimer ni rien. Des camés qui savent juste bluffer, échafauder des combines, se dégotter des excuses. Des dingues. Des débiles. Des irresponsables. Des parias. Des infantiles. Des petits monstres, tout ça, c'est ce qu'ils nous rabâchent vingt-quatre heures sur vingt-quatre. Et j'en suis. Enfin, il paraît. Quelquefois, je ne me trouve que peu de symptômes. Quelquefois, je m'en trouve des tas. Quand je me les serais trouvés tous, j'aurais une crise psychologique effrayante. Prise de conscience, qu'ils appellent ça. Et alors c'est moi qui sauterai par la fenêtre. Ou je retournerai me camer. Ou je déciderai solennellement de me réhabiliter, ça prendra le temps que ça prendra... « Détruire pour reconstruire... » disent-ils. Est-ce qu'ils ont des statistiques pour les suicides aussi ?... Toujours est-il que, ce soir, ces histoires de couples, en quoi est-ce que ça me concerne ? J'affirme à Linda : « Moi, si je file d'ici, ça ne sera pas avec l'excuse d'avoir un jules !... — Alors, ça sera peut-être avec l'excuse de ne pas en avoir... C'est courant aussi... » répond-elle, c'est pas à hurler ? Et elle s'en va. Son pantalon de camée, pli impeccable, sur son bras... Qu'ils baisent, ou qu'ils ne baisent pas, ils se débrouillent toujours pour me faire savoir qu'ils ont envie de baiser... Ça, c'est parce que mon pays a une réputation du tonnerre. « Coucher avec une Française, ça a toujours été mon rêve ! Si tu retenais ta chambre pour samedi ? Je te ferai tout ce que tu aimes, cochonne ! » me soufflent les lèvres mouillées de Ben dont le gros bras me rafle à chaque détour de couloir... « Tu dois être une " affaire ", puisque tu es française ! Et moi, je suis le meilleur baiseur de la baraque ! Tu n'as pas envie qu'on soit heureux, ensemble ? » me chuchote Willy, et ses mains sombres frôlent les miennes, quand il se rue pour m'aider à trimballer l'aspirateur... « Il paraît que les Françaises, elles en connaissent un rayon ! Si tu me montrais ça un de ces soirs ? » grommelle Vic, pétrissant mes fesses dans l'embrassade collective qui suit la « réunion du matin »... « Tout ça, dans un sens, ça me flatte ! Dans l'autre, ça me choque ! que je dis à Don. — Toi, tout te choque ! Pourquoi ? C'est pas pareil, dehors ?... — Si ! Mais c'est moins apparent ! — Ici, ça l'est ! Ici, c'est la vérité ! Tu n'as pas l'habitude de la vérité !... » La vérité, c'est que je ne baise pas, parce que, troisièmement, je ne sais pas qui baiser. Car, en gros, ils me plaisent tous, et je ne peux quand même pas baiser tout le monde... Ceux qui me plaisent surtout, ce sont les Noirs. Quelle découverte. Plus importante pour moi que pour Christophe Colomb l'Amérique. Les Noirs. Leurs yeux qui bougent. Leurs rires qui bougent. Leurs mains qui bougent. Leurs hanches qui bougent. Leurs fesses qui bougent. Leurs zizis qui bougent, encagés dans les Levi's, et que j'imagine rouges, verts, ou jaunes, comme des oiseaux exotiques... Quand un Blanc me regarde, c'est juste un mec qui a envie de baiser une bonne femme. Quand un Noir me regarde, c'est le premier mec du monde, qui a envie de baiser la première bonne femme du monde. Quand un Blanc me regarde, ce qu'il regarde, c'est mon mascara, mon rouge à lèvres et toutes ces futilités. Quand un Noir me regarde, ce qu'il regarde, c'est moi, derrière. Quand un Blanc me regarde, comme je suis une femme forte, ça lui colle une peur vague. Ça m'embête. Quand un Noir me regarde, comme ça me fait un peu penser à ces histoires d'anthropophages, c'est à moi que ça colle une peur vague. Ça m'excite. Ça me paraît être dans l'ordre, un ordre primitif et tout, mais est-ce que ça n'est pas le seul qui compte ? En plus, les Noirs, c'est beaucoup plus intelligent que les Blancs. Avec les Blancs, je parle. Avec les Noirs, je discute. Comme avec les juifs. Mes petits frères, pas d'erreur, ce sont eux aussi. Je sens ce qu'ils sentent. Ils sentent ce que je sens. Des choses que je ne savais même pas que je sentais. Le complexe du coup de pied au cul qui nous guette. La grande gueule facile. L'art de s'écraser en douceur. L'entourloupette toujours prête. L'intuition au dixième de seconde. L'humour de la survie. La colère... Je ne baise pas, parce que, quatrièmement, leur « tire ton coup, rhabille-toi, barre-toi... », l'appliquer, d'accord. Mais le subir, très peu pour moi. Evidemment, ça me laisse le derrière entre deux chaises. Baisée et plaquée, quelle horreur. Ou pas baisée et frustrée, quelle horreur... Quelquefois, ça me prend. Une vraie fringale de zizi. Un zizi noir ou blanc, gros ou petit, vigoureux ou lymphatique, cosaque ou attentionné, inventif ou pépère. Mais un zizi. Un zizi. Un zizi. Et je reste là, clouée. Un grelot dans le ventre. Ma petite culotte inondée. En plein milieu d'un lavage de carreaux, dans la cuisine. Ou d'un « séminaire » sur la définition du mot « communication »... Quelquefois, ça ne me prend pas. Ma petite culotte est sèche. Mon imagination aussi. Tellement sèche, que je me demande : « Baiser, ça fait quoi, déjà ?... » Je ne baise pas, parce que, cinquièmement, leur baraque, c'est une baraque de verre. Car les parties de jambes en l'air sont enregistrées sur les blocs-notes des veilleurs de nuit. Du coup, on sait qui baise qui. Qui trompe qui. Avec qui. Et on déballe tout ça dans les « groupes »... J'ai vu Willy dire à Prue : « Pourquoi je ne te rebaise pas ? Parce que ton cul a une odeur qui ne me revient pas ! » J'ai vu Jackie dire à Né-pour-perdre : « Si ton dos t'empêche de bander, c'est ton problème ! Mais, moi, qu'est-ce que tu veux, j'ai des besoins... » « Dire la vérité, c'est la liberté ! » qu'ils proclament toujours, qu'est-ce que vous voulez, c'est leur obsession, la vérité... A voir la tête, matraquée par les larmes, que Prue a trimballée pendant une semaine, à voir la déprime de Né-pour-perdre, depuis, je trouve qu'elle a vraiment une sale gueule, leur vérité... Je ne baise pas parce que, sixièmement, le mec qui vous baise ce soir, sera peut-être envolé au matin, ayant décidé, dans l'intervalle, qu'il préfère encore baiser la came. Alors là, qu'est-ce qui vous reste ? Et si c'est vous qui vous envolez, alors là, à lui qu'est-ce qui lui reste ?... Voilà. Je ne baise pas à cause de tout ça. Et puis aussi parce que, septièmement, baiser, je ne suis pas là pour ça.

Alors là pourquoi ? Pour regarder un python engloutir une souris, ce matin, à onze heures dans l'aquarium du bureau du rez-de-chaussée, sans doute qu'ils ont pensé qu'il était vide depuis trop longtemps... « Entrez, bande d'abrutis ! Le spectacle est gratuit ! » crie Don. Tunique fripée et poings sur les hanches. Une tête à avoir batifolé toute la nuit, à croire que ça ne lui a pas réussi... On entre. Enfin, juste ceux de l' « équipe du nettoyage », convoqués en catastrophe. Qu'est-ce qui se passe ? Un « groupe » spécial ? Un changement-de-chambre-changement-de-boulot, et pour qui ? Mais non. Alors quoi ? L'aquarium. Quoi l'aquarium ? Pas vrai. Dégotté où, le python ? Et la souris ? Et par qui ? Et pourquoi ? Ça, on comprend vite. Oh, les têtes. Cindy vire au gris sous ses cheveux rouges. Le vieil Oscar plisse des yeux émoustillés, comme s'il allait assister au match de base-ball de sa vie. Susan glousse comme une petite folle. Mini-Paco en a la moustache qui tombe. Marion, la nouvelle, une garce qui exhibe, dès le matin, des nénés gros comme ça dans des décolletés à vertige, secoue sa crinière noire et s'accroche à mon bras : « Brrrr... Pauvre souris ! Elle ne va quand même pas se laisser bouffer comme ça !... » On se demande ce qu'elle pourrait faire d'autre puisque, de toute façon, on est là pour ça. Et que, comme le répète le Nazi : « Le spectacle est gratuit !... » La souris, c'est une petite boule de poils gris. Recroquevillée contre la paroi de verre. Moustache blanche et flancs qui s'affolent. Lorgnant le python qui, tête rentrée, prend son temps... Silence de plomb... Les salauds, qu'est-ce qu'ils attendent pour s'en aller ? Ou pour, au moins, dire quelque chose ? Protester ?... Je regarde Elton. Accoté au mur, son chiffon passé dans sa ceinture, il bâille, l'air absent. Salaud. Salauds. Et moi, au fait, j'attends quoi pour m'en aller ?... Brusquement, le python lance sa tête en avant. Une langue rose fuse. Oh, merde. Oh, non... « Bouffe-la ! » hurle Susan derrière moi. C'est fait. Enfin, presque. A moitié avalée, la souris fait une boule gigotante dans le cou du python. Il déglutit. C'est fait. Une souris s'envole au paradis des souris. J'ai mal au cœur... « Au boulot ! » crache Don. Sur le pas de la porte, son œil bleu m'attend au tournant. Je crie : « Ça rime à quoi, cette séance ?... » Il hausse ses épaules maigres : « Bah ! Ça vous apprend la vie !... — Vous êtes vraiment une bande de malades !... — Tu ne le savais pas ?... Allez, ne fais pas cette tête-là ! Dis donc, tu as les nerfs drôlement en boule ! Ça te ferait du bien de baiser ! » qu'il répond.

C'est une de ces journées à se coller une crise cardiaque. Après le coup de la souris, un : « Réunion de famille ! Tout de suite ! Tout le monde ! » éclate une heure plus tard, dans le couloir, nous arrachant aux haricots du déjeuner. Cette fois, c'est un résident qu'ils vont donner à bouffer au python ou quoi ? Pas un résident. Tous les résidents. Pas au python. Au Bouddha. Crâne qui brille, tunique jaune compressant ses cent dix kilos, et micro à la main... Planté devant la porte de verre, avec l'océan qui moutonne derrière lui. Et nous devant, empilés, cœur battant, sur l'escalier. Le Bouddha, avec sa tête des mauvais jours, mais est-ce qu'il a une tête des bons jours ? Le Bouddha gueulant qu'il a reçu, ce matin, trois chèques de putains de parents, trois chèques qu'il a fait réexpédier sur-le-champ, manquerait plus que ça qu'il accepte le pognon de ces cons qui n'ont jamais fait qu'aggraver notre problème, et c'est justement de ça qu'il veut parler aujourd'hui, qu'il dit. Des cons de parents qui croient tout faire pour notre bien, et il paraît que c'est juste le contraire. Qui s'imaginent qu'ils doivent nous cajoler à vie, oui-monsieur-drogué-ou-pas-c'est-toujours-mon-bébé-qu'est-ce-que-vous-voulez. Qui, généralement, payent à vie aussi, l'addition de nos imbécillités, et les cautions pour qu'on sorte le petit chéri de taule, vous-voulez-en-faire-un-voyou-de-mon-fils-ou-quoi ? Qui, quoi qu'il arrive, nous gardent une place bien au chaud, dans leur cœur et dans leur maison. Qui filent inlassablement de l'argent en douce : on-ne-laisse-pas-une-gamine-de-cet-âge-seule-et-sans-ressources-dans-une-grande-ville. Qui espèrent que ça s'arrangera, mais pourquoi est-ce que ça s'arrangerait ? Qui pardonnent à perpète. Qui font tout, mais alors, tout, sauf ce qu'ils devraient faire : la porte ouverte et le coup de pied au cul. Tout ça, au nom de leur putain d'amour, c'est pas à se les mordre ? demande le Bouddha. Car, résultat, ils ont fait de nous des espèces d'éternels bébés, complètement dépendants d'eux et tout. Ils nous ont appris l'irresponsabilité au lieu du contraire. Ils nous ont empêché de nous démerder tout seuls. Ils se sont démerdés, eux, oh, subtilement, oh, sublimement, pour qu'on reste à vie des cons de camés. Alors, leurs putains de chèques, vous êtes bien d'accord qu'ils peuvent se torcher le derrière avec, non ?

C'est ce que je me demande en retournant nettoyer la salle de bains du 210. A genoux devant la cuvette des chiottes et mains dans l'eau froide. M'en fous. Au moins ici, je peux penser tranquille. Penser, naturellement, à ma mère. A ma mère qui, entre parenthèses, n'a rien à voir avec ces connes de mères dont le Bouddha parlait. Pour la bonne raison que, la mienne, elle n'a jamais compris que je me camais. Pour la première fois, je me demande : qu'est-ce qu'elle a compris ? Sans doute pas ce qu'il aurait fallu comprendre. Qu'est-ce qu'il aurait fallu comprendre ? Je ne sais pas. Et elle ? Elle, elle devrait. Une mère, ça doit savoir ce qu'on ne sait pas. Qu'est-ce qu'elle a compris ? Que sa petite chérie est une petite anxieuse, comme on dit. Et que, comme lui a balancé un jour le toubib, fournisseur des petites chéries qui ensoleillaient mes visites dans sa province : « On ne laisse pas quelqu'un vivre dans l'anxiété ! » Mais, l'anxiété, docteur, à cause de quoi, l'anxiété ? Ah, l'anxiété, chère madame ! Mais c'est la maladie de notre époque. La maladie des adolescents de notre époque. En plus elle est journaliste. En voilà un métier qui met les nerfs à vif. En plus, célibataire, sans même l'épaule d'un gentil mari pour s'épancher de temps en temps, sans même le salaire d'un gentil mari pour se faire la vie moins dure, vous savez, elles ont beau dire, nos femmes modernes, la liberté, ça se paye. En plus, seule à Paris, mais, chère madame, moi, je n'y vivrais pas, seul à Paris : je tiens à mon équilibre. En plus, un père juif, vous m'en direz tant : l'hérédité a quand même son mot à dire. Et une enfance sous l'Occupation, ça peut suffire à perturber une petite cervelle, vous savez... Qu'est-ce qu'elle a compris ? Que sa petite chérie a besoin de pilules. Mais des bonnes. Avec ordonnances. Pas que ça ait l'air de lui réussir tellement. Mais ça lui réussit encore moins quand elle n'en prend pas. Ça prouve bien qu'il lui en faut... Tout ça pour dire que ma mère n'a rien à voir avec ces connes de mères. Peut-être pas vraiment rien. Car c'est sûr que, comme a dit le Bouddha, sa petite chérie a toujours eu la permission de se pointer dans sa maison n'importe quand, de demander à bouffer n'importe quand, des sous n'importe quand, de faire claquer son chat à coups de barbituriques, de la couvrir d'insultes : « Est-ce que c'est de ma faute, imbécile, si je ne suis pas comme tout le monde ? », de l'envoyer acheter ses petites chéries, trois kilomètres aller et retour, sous la pluie : « Et si tu ne te dépêches pas, je serai claquée quand tu rentreras !... » Elle se dépêchait, sur la route grise qui mène à la ville. Son chignon sous la pluie. Son chignon sous la neige. Son chignon sous la merde. Son chignon sous n'importe quoi, pour sa petite chérie... « Aimer, c'est tout supporter... » qu'elle a toujours dit, ma mère. Dit et pratiqué. La guerre. Son juif de mari. Les cavales. Les planques. Et puis, un jour, plus de guerre. Plus de mari non plus. Juste sa petite chérie. Et les petites chéries de sa petite chérie... « Aimer, c'est tout supporter... » Sans doute qu'elle a souvent pleuré. Mais en dedans... « Aimer, c'est tout supporter... » Une sainte. Mais, ce matin, pour la première fois aussi, je me demande : « Et si elle n'avait pas supporté ?... » La tête d'Oscar, sa tête de vieux Noir futé sous la toison blanche qui part dans tous les sens, s'allonge par la porte ouverte : « Ça vient, cette salle de bains ?... — Ça vient ! Ça vient !... — Tu en fais une bobine ! Qu'est-ce qu'il y a ? — Rien ! Simplement, je pensais à des trucs !... — Hé, hé ! » sourit-il. Et son œil se fait coquin comme tout... « Mais non ! Pas à ce genre de trucs !... — Dommage ! Si tu te mets à y penser, fais-moi signe ! » qu'il dit. Il disparaît... J'attaque la baignoire, tou ce qu'il y a comme surface dans une baignoire... Et si elle n'avait pas supporté ?... D'un coup, je vois la scène. La porte de la maison maternelle s'ouvrant à la volée, sur fond de campagne mouillée. Ma mère, chignon du matin et bras tendu comme dans les mélodrames : « Fiche le camp, droguée ! » La porte claque. Me voilà orpheline. La garce. Elle va voir ce qu'elle va voir. Petit train noir pour rentrer à Paris. Mon appartement. Mon lit. N'en sors plus. Mes petites chéries. N'en sors plus non plus. M'en enfile des dizaines, des centaines, des milliers. Me démarre une défonce qui n'en finit plus. Une super fête foraine, avec toboggans dingues et dégueulis en technicolor, nacelles saoules et suées de glace, autos tamponneuses et tachycardies à se soutenir le cœur à deux mains. M'en enfile des rouges, des bleues, des jaunes, des vertes, des zébrées, des à pois, c'est sûr qu'à l'intérieur, je dois avoir l'air d'un arc-en-ciel. A l'extérieur aussi. Le jour où mon corps s'étale sur un brancard, à la Salpêtrière. Et qu'un médecin attristé se redresse, stéthoscope aux oreilles : « C'est fini ! » Après c'est mon enterrement sobre dans un cimetière de province. Ma mère en chignon inconsolable. Salope. Elle a vu ce que je voulais qu'elle voie. Gagné. Enfin, évidemment, gagné pour qui ?... Ou alors, c'est le contraire qui se passe. Début, pareil. Petit train noir pour rentrer à Paris, pareil. Mais là, d'un coup, mes pilules à la poubelle. La petite chérie se désintoxique et se réhabilite en huit jours. Toute seule. Grâce à une volonté nouvelle. Petit train noir dans l'autre sens : « Maman, je ne me came plus ! Je ne me camerai jamais plus ! Je ne ferai plus jamais rien pour t'emmerder !... » Oooooh... Minute... Qu'est-ce que je raconte ? Est-ce que je me serais camée pour emmerder ma mère ? Mais pourquoi emmerder ma mère ?... « Si tu nous en parlais, de ta mère... » qu'ils m'ont dit, dans un « groupe », un soir que j'étais là, à chialer. La première lettre de Môman fourrée dans mon soutien-gorge. Oh, le timbre de France. Oh, son timbre de France. Oh, la lettre qui halète, se révolte, s'affole... Qu'est-ce qu'elle a compris ?... « Désintoxication ? Mais de quoi ? » qu'elle écrit. « Centre de réhabilitation à Venice, mais pourquoi ?... Et d'abord, Venice, c'est où ?... Tu m'avais dit Los Angeles... Et qu'est-ce que tu veux dire exactement par " réhabilitation " ?... Est-ce qu'il y a des médecins dans cet établissement ?... Méfie-toi des Américains. Ne serait-ce pas tout simplement de la récupération à but politique ?... Mais, enfin, tout ça pourquoi ?... Et combien ?... Et pour combien de temps ?... Mais, et ton travail ?... Mais, et ton appartement ?... Mais es-tu bien sûre de ce que tu fais ?... Si ta décision te rend heureuse, sache qu'elle me rend heureuse aussi... De toute façon, je sais bien que je n'entre pas en considération... Permets-moi de te rappeler quand même que je ne rajeunis pas !... » Parler de ma mère, qu'ils avaient dit. Mais comment donc ! Le conflit freudien classique, vous voyez ce que je veux dire. Ma mère, c'est la salope qui m'a pris mon papa. L'a aimé, embobiné, épousé, bref, tout ce que j'aurais voulu faire, moi. De quoi avoir envie de l'emmerder à vie, ma mère, et si c'était ça ?... Ils se sont mis à pisser de rire... « Tu parles comme un livre à la con ! Qui est-ce qui t'a fourré dans la tête des idées comme ça ?... — Mon psychanalyste !... — Parce que Madame a un psychanalyste ! Il ne t'a jamais dit d'arrêter de te camer, ton psychanalyste ?... — Non !... Mais c'est un homme extrêmement compétent et qui... — Il ne t'a jamais dit d'arrêter de te camer ?... — Non !... Mais je... Mais il... — Il ne t'a jamais dit d'arrêter de te camer ?... » Après ça, c'est moi qui ai arrêté une bonne fois d'en parler, du freudien à la pipe. De ma mère aussi. De toute façon, eux non plus, ils n'en ont pas reparlé. Les histoires de parents, généralement, on ne s'y attarde pas. Les parents, c'était hier. Nous, c'est aujourd'hui. Et, aujourd'hui-c'est-tout-ce-qui-compte, qu'ils disent. Mais est-ce que c'est vraiment tout ce qui compte ?... Je ne sais pas... Tout ce que je sais, c'est qu'aujourd'hui, je suis là. A briquer la baignoire du 210. En me demandant si ma mère a été une conne de mère. Conne ou pas conne, je suis sûre qu'elle a fait de son mieux. Mais, de son mieux... pour qui ? Peut-être que, comme disait le Bouddha, ça lui faisait plaisir, au fond, d'avoir à s'occuper d'une espèce de vieux bébé détraqué. Peut-être qu'elle avait besoin de ça pour penser qu'elle était une vraie mère, qu'elle avait un rôle sur la terre, ou des idioties comme ça. Horrible. Parce que, supposons, je dis bien, supposons, que je ne me came plus. Est-ce qu'elle m'aimera toujours, après ? Rien que de me poser la question, j'ai froid.

« Oscar, c'est un vieux cochon ! Il a essayé de coucher avec la nouvelle qui n'a même pas encore son certificat de la clinique ! Un ancien ! Il devrait avoir honte !... — Il est là depuis combien de temps, Oscar ? — Quatre ans ! Ce vieux, Isaac le garde par charité ! » dit Cindy. Des papillons bleus, l'air camé, gambadent sur sa blouse blanche... Le bras du Mickey marque dix heures. Entre nous deux, sur mon dessus-de-lit jaune, le cendrier est plein. Du living, la musique monte. Ce soir, ils n'ont pas le droit de baiser. Alors, ils dansent. Et nous, on ragote... « Il paraît que Sunny va bientôt envoyer des gens au ranch ! » Nos cœurs tressautent d'inquiétude. Je demande : « Mais enfin, qui est-ce qui sait ce qui s'y passe vraiment, au ranch ?... — Ceux qui y sont ! » Elle pouffe derrière sa main rongée. Arrête de pouffer. « Si jamais il me fait ça à moi, je m'en vais aussi sec ! » Autant pour moi. Mais pourquoi est-ce qu'il nous ferait ça ? L'ennui, avec Sunny, c'est qu'il n'a pas besoin de pourquoi... On ragote... Sunny, au fait, qu'est-ce qu'on sait de lui ? Qu'il s'est réhabilité, quel mot, en compagnie d'Isaac, dans un « programme » de Santa Monica. Quand Isaac est parti pour ouvrir sa propre baraque, cent personnes l'ont suivi... « C'est que c'est un chef, Isaac ! » s'écrie-t-elle. Dans sa figure maigrichonne, vraiment pas fraîche pour ses vingt-six ans, ses yeux gris palpitent de joie... Un chef, l'Isaac, c'est sûr. Quel genre de chef, exactement, ça, je ne sais toujours pas. Mais un chef, ce King Kong qui tient nos vies au creux de ses grosses pattes, et en règle le cours derrière sa porte blanche, ce nazi, encore un, qui fait saigner nos mains contre ses murs et nos cœurs dans ses « groupes », ce papa modèle qui dégotte cinq mille dollars tous les mois, pour subvenir aux besoins de sa petite famille, ce héros des grands casses de Californie, ce goulu qui s'enfilait de l'héro pour deux cents dollars par jour, ce trompe-la-mort : cardiaque, épileptique, diabétique, qui abat ses douze heures de boulot quotidien, attaque son deuxième paquet de Winston à midi, se fait monter en douce des bouffes de Gargantua, ce miraculé que *La Gazette de*

Venice appelle, ce matin, « le père de la communauté thérapeutique la plus réussie des Etats-Unis », même qu'il y a des types qui vont venir de Washington pour l'interviewer... Dans un sens, Isaac et Sunny, ils se complètent bien. Sans doute parce que l'un est le contraire de l'autre. D'accord, noirs tous les deux. D'accord, ex-camés tous les deux. D'accord, tous les deux bardés d'or et de soie. Mais un, tout en largeur, l'autre tout en hauteur... Mais, Isaac, c'est le genre tout-puissant, familier, mais intouchable. Sunny, lui, c'est plutôt un gars qui aurait été votre petit ami dans le temps. Un petit ami diabolique, qui vous connaîtrait au centimètre de peau et d'âme... Mais Isaac a la gueulante puissante et calme. Sunny, la gueulante hystérique... Mais Sunny baise avec fracas, quelquefois c'est Julie, quelquefois c'est Linda, quelquefois c'est Jackie. Baiser, baiser, baiser, ouh la la, il ne parle que de ça. Isaac aussi baise. Mais, lui, il la boucle... Mais Isaac, se fout du fric. Sunny, lui, c'est son péché mignon... En parlant de fric, paraît-il que la baraque n'appartient pas au Bouddha. Il l'achète petit à petit. Et souvent il a du mal à allonger le chèque en fin de mois... « Si un jour il ne peut plus payer, on se retrouve tous sur le trottoir en cinq minutes ! » souffle Cindy. On se regarde. Elle attend que je dise quelque chose. J'attends qu'elle dise quelque chose. Personne ne dit rien. Sans doute qu'on sent pareil. Une petite bouffée de trouille. De soulagement aussi. A nous y imaginer, sur le trottoir. Sans avoir eu à la prendre, la décision... On ragote... Sur la boutique. Une boutique gratuite évidemment. Et installée dans une petite baraque sur le toit de la grande, parce qu'il n'y a pas de place ailleurs. Une boutique avec des fringues absolument fan-tas-ti-ques. Généralement trop grandes ou trop petites. Mais fan-tas-ti-ques. Une boutique et, pour s'y faire envoyer, il y a des nénettes qui ont baisé Sunny, baisé Isaac, baisé Don... « Et... ça a marché ? » que je dis. Son œil pâle se marre : « Pas toujours ! » Une boutique de fringues abandonnées par ceux qui sont partis, ou balancées par le chauffeur d'une Môman de Beverly Hills, ou gracieusement offertes par les patrons de grands magasins de Los Angeles. C'est le boulot de Willy d'aller chaque jour les embobiner. Un beau geste, qu'il leur dit, un beau geste s'il vous plaît, pour aider une poignée de malheureux camés qui essayent de se récupérer, pas seulement pour eux, monsieur, mais aussi pour vous, car enfin, la société, c'est vous. Et ça marche. Les cinquante Levi's pour enfourcher les montures de la Respectabilité. Les cent paires de chaussettes antitranspiration. Les vingt-cinq robes démarquées, arrivées ce matin, même que Cindy les a vues, en jersey de toutes les couleurs et... On en salive. On s'arrête... On ragote... Sur ceux qui vont rester ou pas rester. Ça, c'est le grand sujet de conversation. Ça nous aide à conjurer notre angoisse. Notre angoisse de nous poser les uns aux autres, la question... Né-pour-perdre ne va pas rester. Il a la déprime chronique. Dans un sens, on le comprend. Qu'il se pique ou pas, son corset, il l'aura toujours. Alors autant qu'il se pique pour oublier qu'il l'a... Jackie ne va pas rester. C'est son mec qui l'a fourrée là. Un mec du ghetto. Mais pas camé. Si elle se sauve, il lui coupe la gorge. Mais, comme dit Cindy : « Je crois bien que, rester ici, ça l'embête encore plus que de se faire couper la gorge... » Elton ne va pas rester. Il est toujours là sans y être. Il bosse, il mange, il dort, il dévore ses bouquins à la chaîne, il trimballe dans les couloirs sa silhouette qui n'en finit pas, et sa tête couleur de déprime. Il fait bande à part. Hier, elle était en « groupe » avec lui... « Tu imagines un peu qu'il n'a jamais vécu avec une femme ! Ni une semaine ! Ni un jour ! Tout ce qu'il a fait, dans sa vie, c'est coucher avec une vingtaine de putes ! Il a dit : " Je me piquais ! Je n'avais pas le temps de faire mieux ! " » Elle rigole et, bon dieu, qu'est-ce qu'il y a, dans l'héro, qui leur esquinte les dents comme ça ? Et, d'abord, qu'est-ce qu'il y a de si rigolo ? « Moi..., que je dis, Elton, je le trouve plutôt intéressant !... — Intéressant ? Qu'est-ce que tu lui trouves d'intéressant ?... — Il dit vraiment ce qu'il pense ! Il cherche !... — Qu'est-ce qu'il cherche ? — Peut-être à comprendre qui il est... » que je dis. Enfin, ça, c'est moi qui le dit... D'en bas, de grands rires montent sur fond de rock. On reste un petit moment sans rien dire. Comme deux sœurs de Tchekhov, toujours lui, qui regarderaient passer un train. Un train qui roule sans nous vers les chouettes piquouzes et les défonces à mourir de plaisir. Un train qu'on pourrait prendre en marche, pourquoi est-ce qu'on ne le prend pas en marche ? A la fin, ce silence, c'est pas supportable. Il nous faut sa voix. Ou ma voix. Une voix. On redémarre... Elle se demande si Don ne lui aurait pas escamoté une lettre, dit-elle. Une lettre de son mari, Bobby. Car elle a un mari, l'anémique. C'est à lui qu'elle pense quand elle bouffe ses ongles en lorgnant l'océan par la fenêtre. Pas qu'il soit marin. Mais un homme qui n'est pas là, c'est toujours un peu un marin. Le sien, il était cuisinier au « Palais des hamburgers », où elle était serveuse, à Pasadena. Aujourd'hui, il est en taule. Enfin, elle suppose qu'il est en taule, son Bobby qui se piquait déjà quand elle l'a rencontré... « La première fois qu'il m'a tendu la piquouze, j'ai pas aimé ! La seconde, oui ! » Elle pouffe. Des flopées de trucs circulent dans sa tête embroussaillée. Elle les garde bien au chaud... « Et Jo ? » que je demande enfin... « Jo ? Bcuh... » Elle me regarde : « Et toi ? Au fond, qu'est-ce qui t'empêche de te prendre un petit ami ?... — Ah, la barbe ! D'abord, dans une baraque comme ça, je n'arriverais pas à jouir ! Avec une porte fermée et un veilleur de nuit qui vient vous demander avec qui vous baisez, je suis sûre que je n'y arriverais pas !... » Elle hausse les épaules et ses papillons font un petit bond... « Tu as une bonne chambre ! Tu as un bon lit ! Qu'est-ce qu'il te faut de plus ?... — La liberté ! » que je crie. D'accord, c'est pompeux. Mais c'est parti comme ça. Elle me toise. D'un coup, superbe et rouge comme une image de la sagesse des nations... « La liberté du cul elle est dans ton cul ! Et ton cul, Frenchie, il commence dans ta tête ! » qu'elle me lance, et qu'est-ce que je pourrais bien répondre à quelque chose d'aussi profond ?... Rien de toute façon, car, en bas, la cloche sonne à toute volée. A onze heures... « Encore un ? gémit ma voix. C'est qui, ce soir ?... — C'est Pepe ! Allez, viens ! »

Dans le couloir qui mène à la salle à manger, ils sont déjà là. Surexcités comme quand on attend un roi ou un ministre. Le roi, le ministre, c'est Pepe. Coincé dans sa chambre depuis une heure avec ses gardes du corps. Pepe, et, ce soir, c'est son anniversaire. Enfin, ce qu'ils appellent ici un « anniversaire ». Un an sans came. Un an « propre », comme ils disent. Et pour ceux qui terminent, du même coup, les trois cent soixante-cinq jours dans un « programme de réhabilitation », assignés par le juge, cet anniversaire-là, c'est vachement important. Car, s'ils restent, après ça, c'est qu'ils ont vraiment envie de rester... Cindy et moi, on s'incruste tout au bout de la file. Entre Carol la belle plante. Et Tom, le cuisinier, un petit gros à œil d'épagneul... « Viens ici, ma Frenchie ! » qu'il dit. Fou ce qu'il est gentil, ce mec. Fou ce qu'il est triste, aussi, avec ses huit gosses dehors, ça se comprend. Pourtant, lui, il arrête l'héro de temps en temps. Tout seul. Mais il remplace. En picolant... Oh, la déprime de leurs anniversaires. Comme si, moi, j'allais être là dans neuf mois. Le pire c'est qu'eux, j'en suis sûre, ils le croient. Rien que de penser à ça, j'ai envie de me barrer tout de suite... La foule piaffe. La cloche redingue... Oh, la déprime de leurs anniversaires. D'abord moi, les anniversaires, j'y ai toujours échappé. Avec mes petites chéries : facile... « Ô, Temps, suspend ton vol... » qu'elles lui avaient dit, une bonne fois, au Temps, mes libellules barbiturées. Hélas. Maintenant, le Temps, il me fonce dans les plumes. Il rattrape, si j'ose dire, le temps perdu. En trois mois de baraque, j'ai pris dix ans... Au pied de l'escalier, une voix crie : « Il descend ! » En haut des marches : Pepe. Blême. Son torse costaud serré dans une chemise à fleurs, il part pour Honolulu ou quoi ? Pepe qui travaille dans l' « équipe du bricolage », pas un comme lui pour vous déboucher un lavabo ou vous réparer des plombs sautés. Pepe qui ne parle que pour parler de ses frères. Camés tous les trois. Deux en taule aujourd'hui. Le troisième, mort d'overdose à treize ans... Pepe. Un mec devant. Un mec derrière. Descente de l'escalier au ralenti, sous les hurlements. Quand il me frôle en attaquant le couloir, je vois sa figure ronde qui sue à grosses gouttes... Salle à manger. Il entre. La foule me coince dans l'embrasure de la porte... « Lumière ! » S'éteint. Brouhaha. Dans le noir, une étoile tremblote. La bougie sur le gâteau... « Lumière ! » Revient. Salle à manger des grands jours : nappe rouge et fleurs en papier. Dégueulasse, le gâteau. Deux étages de crème blanche, couronnés de cerises confites. Et l'inscription : « Bon anniversaire, Pepe ! »... Le *Happy Birthday to you !* éclate à pleins poumons. Pepe est aussi blanc que son gâteau... « Discours ! » Oh, la déprime de leurs anniversaires. Ces crétins autour de la table. Leurs têtes qui célèbrent. Quoi ? La mort de la came. Ils jouent à quoi ? Est-ce qu'on célèbre la mort du paradis ? Non, monsieur, on le pleure. Et, ce soir, c'est tout en noir qu'on devrait être, autour du gâteau pierre tombale... « Discours !... » Pepe sue tellement qu'il va fondre. Sous sa toison de mouton, ses petits yeux clignotent, affolés. Ce qu'il finit par dire, c'est qu'il ne sait pas quoi dire : « ... parce que je n'ai jamais eu de gâteau ! Alors, le vôtre, là, je le regarde et je n'arrive pas à y croire ! » lâche-t-il d'une voix éteinte. Silence. La baraque a une grosse boule dans la gorge. Moi aussi. Ça me chagrine que Pepe n'ait jamais eu de gâteau. Tout le monde devrait avoir un gâteau. Comme ça, personne ne pourrait vous faire le coup du gâteau. De l'autre côté de la table, Willy en chemise verte. Paupières baissées. Lèvres pincées. Il a envie de rigoler. Non. Il lève la tête. Il a les larmes aux yeux... A côté, Brian, l'air d'un môme qui fait sa première communion, avec sa pomme d'adam qui monte et qui descend. Et puis Don. Surgi sur ma gauche. Ses yeux bleus sur moi. Ses yeux qui me disent qu'il sait ce que je sens, ce qu'on sent tous. Dans un sens, un coup de joie : bravo, Pepe. Dans l'autre, un coup de rogne, car, s'il l'a tirée, son année, c'est qu'on peut la tirer aussi. Et qui est-ce qui a envie de la tirer ?... La main de Susan s'accroche à mon épaule. Elle renifle bruyamment. Quand même, qu'est-ce qui les chamboule tous à ce point-là ? Sans doute un truc qui n'a pas grand-chose à voir avec la came, la mort de la came, la honte de la came, le grand rêve ou le grand cauchemar de la vie « propre », job de neuf à cinq, et en avant sur les autoroutes, dans la Toyota de l'Américain tranquille... Ce qui les chamboule, c'est ce qui chamboule Pepe. Et il l'a dit. C'est qu'on leur donne, ici, quelque chose qu'on ne leur a jamais donné ailleurs. En fin de compte, les camés, ce sont des petits pauvres. Mais alors, moi ? Qu'est-ce qu'on ne m'a pas donné à moi ?... Après le gâteau, c'est l'ouverture des cadeaux... Socquettes... After-shave... Un savon qu'on avait en double. Un calendrier qu'on a décroché de son mur... « C'est pas vrai ! » bredouille toujours Pepe. Si, Pepe, c'est vrai. Comme le défilé qui suit, avec les soixante-deux joues qui se tendent pour la bise... Mon tour. Sans le connaître tellement, Pepe, je l'aime bien. Pas lui qui essaierait de me pincer les fesses dans les couloirs. Un vrai frère... Il me serre dans ses gros bras. Me marmonne quelque chose à l'oreille. Je crie : « Quoi ? » Il répète : « Hé, Frenchie, si tu la retenais pour demain, ta piaule ? Comme cadeau d'anniversaire ! » Oui. C'est ça qu'il a dit. Mon vrai frère.

Dans mon cauchemar, la voix a gueulé : « Tout le monde dehors ! Tout de suite !... » Quel cauchemar ? La voix, c'est une vraie voix, dans le couloir. Mais pas le couloir du réveil. La chambre est noire... « Cinq heures du matin ! » braille le bras rouge du con de Mickey... Quoi ?... « Tout le monde dehors ! Tout de suite !... » C'est la guerre... La baraque tremble sur ses bases. Portes claquées à la volée. Voix qui s'affolent. Pieds nus qui cavalent... « Tout le monde dehors ! Tout de suite !... » On se jette toutes les trois hors de nos lits. Maman. Maman, oh, maman, qu'est-ce qui se passe ? Maman, je vais crever. Je ne veux pas crever. Cette baraque porte malheur. Maman le savait. Pourquoi est-ce que je n'écoute jamais ma maman ? Papa, protège-moi. Mon dieu, protégez-moi... Ruée vers le placard. Nos mains s'embrouillent. Sarah arrache une jupe. Elle hurle : « Ah, les salauds, y avait longtemps... » Longtemps que quoi ? Elle s'est déjà barrée. Cindy se débat dans son short et sa blouse... « Plus vite ! Plus vite ! » hurle la voix, dehors... Mes habits. Non. Mon passeport. Sans mon passeport, je ne suis rien. Aujourd'hui, je serais moins que rien. Aujourd'hui, sans mon passeport, ils penseront que je suis juste une camée dans une baraque de camés. Et si c'était ça, justement, qui me sauve la peau ? Et si ils... Qui, « ils » ?... Où est-il, ce putain de passeport, quand même ? Ah, oui, sous mes culottes. Où sont mes culottes ? Dans la commode. Où est la commode ?... Cindy a disparu aussi. Salomon et Willy passent deux têtes furieuses par la porte : « Dehors, bon dieu ! » Mon chandail sur ma chemise de nuit. Je fonce. Dans le couloir, dans l'escalier, c'est la ruée à mort. Me cogne dans Linda, la tête hérissée de bigoudis bleus. Je hurle : « Qu'est-ce qui se passe ?... — Tu verras bien !... » En bas, près de la porte d'entrée grande ouverte : Don. Bouffi de sommeil, mais l'œil qui sautille d'excitation : « Tout le monde sur la plage ! »

Un troupeau de camés affolés passe le seuil, tête baissée... « Tout le monde sur la plage ! » C'est fait. Ça a dû prendre une demi-minute. Le basculement d'un monde dans l'autre. Du dedans au-dehors. Des murs jaunes aux murs de ciel, drôlement clair, le ciel. On reste là. Sonnés. Devant l'océan noir. Sonnés par la brise froide. L'odeur de ciel, de sel, de liberté. Derrière nous, à vingt mètres, la masse sombre de la baraque. Pas d'explosion. Pas de fumée. Alors, quoi ?... Ben se plante devant nous. Son ventre jaillissant de son pantalon... « On a décidé de faire une petite fouille impromptue des chambres pour la came ! Restez là ! Que personne ne s'éloigne !... — Ça va prendre combien de temps, votre connerie ? hurle Jackie, enroulée dans une robe de chambre à fleurs. — Tu verras bien ! En attendant, respire le bon air !... » On s'installe sur le sable glacé. A côté de moi, Willy, engoncé dans un chandail à col roulé, sans doute qu'il s'est trompé de tiroir et qu'il a tapé dans ses tenues d'hiver. Et cheveux tressés pour la nuit. Les autres autour, pas frais. Dans l'aube grise, c'est la minute vérité. Comme si, sortis de la baraque, les gens étaient vraiment ce qu'ils sont. Les gros plus gros. Les maigres plus maigres. Les bonnes femmes : un désastre... Les Noirs sont blancs de froid. Les Blancs, noirs de fatigue. Les Mexicains, gris des deux... Braguettes qui bâillent... Cicatrices blêmes... Sirène des tatouages, qui frissonnent sur les peaux à chair de poule... D'abord ça fait un grand silence, face à l'océan. Ils restent là. Yeux mauvais. Mâchoires serrées. Puis une information circule : la fouille, c'est Don qui la fait, avec Leroy et Linda... Moi, leur fouille, je n'y crois pas. C'est juste pour nous enquiquiner. Si on veut se camer, on le fait dehors. C'est quand même plus pratique, non ?... On caille. Sur l'océan, un phare jette un doigt de lumière... Ça va durer combien de temps, leur connerie ?... Susan vient me demander des allumettes. Baby Doll rose sous son imperméable ouvert. Et tête de vieille pute fatiguée. Elle chuchote à mon oreille : « Cette nuit, Don a essayé de baiser Marion ! Rien à faire ! Ça l'a fichu en boule ! C'est pour ça qu'il a décidé de la faire, la fouille !... » Bien possible. Ça doit le faire jouir, le Nazi... Ça va durer combien de temps, leur connerie ?... Je tremble. Je ne me souvenais pas que la plage était si grande. L'océan si gros. Le ciel si haut. Pourtant, c'est la même plage. M'y revois, il y a trois mois : touriste en bikini. M'y vois aujourd'hui : brebis du troupeau des camés sans came, en chemise, à cinq heures du matin, pendant qu'on cherche de l'héro dans ma chambre. Entre les deux, qu'est-ce qui s'est passé ?... Derrière nous, c'est la Promenade, la façade claire de la boutique de plantes sans plantes, l'enseigne de l'hôtel Californian, les volets clos de l'échoppe à hamburgers, tout ça s'enfonçant, un peu plus loin, dans l'ombre du ghetto. Tout ça, pareil et plus pareil. Plus moche. Plus mystérieux aussi. Une petite angoisse me saisit. Le monde du dehors, sans came, ça fait quoi ? Ça me ferait quoi, aujourd'hui, sans came, de me mélanger à la foule des barbus à sandales, et des mémés à bicyclette, sur le trottoir matraqué de soleil ? D'entrer dans le Delicatessen et de dire : « Je voudrais un soda ! » Eh bien, je ne sais pas. Mais comment est-ce que je pourrais savoir ? Saleté de baraque. Comment est-ce que je pourrais réapprendre le dehors... en restant dedans ?... Je me sens paumée, mais alors, paumée, à piquer une tête dans l'océan... « Tu comptes les vagues ? » demande Willy. Sans son pompon, il a une figure de chien malade... « Non !... Je me demandais ce que ça me ferait de fonctionner, dehors, sans came !... — Qu'est-ce que ça te fait, de fonctionner dans la maison, sans came ?... — Vous avez beau dire, ça n'a rien à voir ! Dehors, on ne vous fout pas dehors à cinq heures du matin, pour chercher de la drogue dans votre chambre !... Des coups comme ça, ça donnerait envie de se tailler à n'importe qui !... » Il me décoche un regard froid : « Ceux à qui ça donne envie de se tailler, ils ont envie de se tailler de toute façon !... »

Pour l'instant, personne n'a l'air d'en avoir envie. C'est même le contraire. Regardez-les au grand air, les camés sans came. La baraque, ils l'ont recréée sur le sable. Et ils sont là en tas peureux. Coude à coude. Genoux qui se frôlent. Mains se refilant des cigarettes. Juste comme ils font sur l'escalier... Pourtant, à dix mètres, Né-pour-perdre sautille sur place. Des cordons blancs flottent autour de sa taille. La seule qui sait lacer son corset, c'est Linda... Ah, ils en ont des touches... Cindy, coincée entre les genoux du beau Jo, et roulée dans une couverture, comme une gosse kidnappée. Elton, à l'écart, qu'est-ce que vous croyez ? Figure sombre, frigorifiée, derrière les lunettes. Et pyjama rayé. Un vrai bagnard de bandes dessinées... Ruth sans foulard. L'air d'un beau jeune homme en chocolat, avec sa tête rasée. Tondue à cause des poux de la prison des femmes... Et moi ? Je me vois d'ici. Petits yeux sans mascara. Cheveux collés. Chandail qui godaille sur ma chemise trop courte. Si ma mère me voyait. Si mes anciens jules me voyaient. Si ma concierge me voyait... Vivement qu'on y rentre, dans cette baraque pourrie. Au moins, quand je suis dedans, personne ne peut voir que j'y suis... J'ai tellement froid que je claque des dents... Ça va durer combien de temps, leur connerie ?... Oscar s'amène. Un caleçon dépasse de son Levi's. Il s'installe : « Cette fouille, ça me rappelle celle à Soledad, l'été de 72... » qu'il dit à Willy d'un air allègre... L'autre s'esclaffe : « J'y ai débarqué un mois après ! On m'a tout raconté ! Même que, le lendemain matin, vous avez coupé les couilles au gardien !... — N'empêche que l'héro, à Soledad, elle était de première !... » C'est parti, leurs Mille et Une Nuits. Dehors ou dedans, leur taule, elle est vraiment dans leur tête à vie... J'ai tellement sommeil, mes os me font mal... Le ciel s'éclaire. Derrière nous, la baraque est de plus en plus rouge... Ronron qui vient d'en haut. Un hélicoptère noir et blanc se pointe. Ah, ils doivent se marrer, les flics. Tout ce qui nous manque, c'est un feu de camp et le drapeau de la détresse... La moitié des camés sans came se sont mis à roupiller. Jetés là, sur le sable, dans le jour rose de Venice, comme une poignée de soldats en cavale, de sans-logis de toutes les couleurs, de fuyards en perte de vitesse... D'un coup, dans mon dos, je sens le ghetto et son odeur de came. Un bouquet de roses gicle dans mon cœur. Des petites chéries, en forme de roses. Mon dieu, faites que quelqu'un se barre... Un peu plus tard, le vieux Leon vient s'asseoir à côté de moi. Sous son bonnet bleu, ses yeux pleurent de sommeil. « Cet air, cette cochonnerie d'air m'entre dans les os ! Quand même, elle devrait toucher à sa fin, maintenant, cette fouille... » Devant nous, le soleil s'extirpe en douceur de l'océan. La plage exhibe sa tête de petit matin. Bouteilles de bière vides, journaux abandonnés, vieilles godasses... « Quelle plage de camés ! » dit-il d'un air dégoûté. Dans le ciel, quelque chose commence à caracoler, qui dit que c'est presque le jour. De la Promenade, s'élève un bruit de poubelles. Ça m'en rappelle un autre. Derrière les volets fermés d'un grand appartement noir. Et, de l'autre côté de ma porte, mon papa et ma maman qui roupillent, tranquilles. Avant l'heure du café au lait et des tartines. J'ai envie de pleurer. Ça me ferait quoi, aujourd'hui, sans came, de me taper un café et des tartines à la terrasse d'un bistrot du boulevard Saint-Michel ?... « Leon, qu'est-ce qui empêche les gens de se barrer ? que je demande. Qu'est-ce qui t'empêche de te barrer, toi ?... — Je ne sais pas vraiment... » Il se penche. Ses lèvres minces lâchent : « Ce qui empêche les gens de se barrer, c'est la trouille !... — La trouille de quoi ?... » Le ciel s'éclaire à toute vitesse. La tête de Leon aussi. Une vieille tête, je n'avais jamais remarqué qu'elle était aussi vieille. Une tête qui tient à son cou de justesse. Entaillée par la cicatrice qui cavale d'une oreille à l'autre, je n'avais jamais remarqué non plus qu'elle était vraiment abominable, sa cicatrice, un vrai ravin couleur de raisin sale, boursouflé sur les bords... « La trouille de recommencer... » qu'il dit.

La fin du monde, ça n'est pas ce qu'on croit. Pas ce qu'on lit dans les bouquins de science-fiction. Pas ce qu'on voit au cinéma. La fin du monde, c'est notre chambre, au retour, à six heures et demie. Une chambre assassinée. Eventrée net et vomissant ses boyaux : matelas retournés, tiroirs arrachés, placard pillé. Habits, bouquins, chaussures, s'entassant au milieu en catastrophe. Ordures. C'est du viol. Du viol d'intimité. De quel droit ? De celui qu'ils prennent quand ils violent nos cœurs, et nos tripes, et nos mémoires dans les « groupes ». Du droit des chefs... Ça veut dire quoi ? Qu'ils étaient là avant nous. Qu'ils ont arrêté de se camer avant nous. Qu'ils connaissent la musique... Ça veut dire quoi ? Qu'ils nous emmerdent... On range. Saoules de fatigue... Questions mornes pour l'essentiel : « Ce soutien-gorge, c'est à toi, Sarah ?... » « Ces bigoudis, c'est à qui ? » Dans nos têtes, d'autres questions trottent : « Est-ce qu'ils ont trouvé de la came ? » Et : « C'est qui ? », parce que, là, à voir le travail, je ne doute plus que ces choses-là arrivent vraiment... C'est qui ? Julie ? Vic ? Prue ? Willy ? Ruth ? Cindy ? oh, non, pas Cindy. Le pire c'est que, dans leurs yeux, je crois lire : « Frenchie ? »... Elles me prennent pour qui ?... « Pour une camée dans une baraque de camés... » dirait Don... Sarah qui fouillait sous son lit, se redresse en hurlant. Une main pissant le sang. Brandissant la photo de son gosse adoré. Cadre tordu. Verre en miettes... « Je me plaindrai à Isaac ! » rugit-elle... Pour quoi faire ? Son gosse, il est tellement moche de toute façon... Où est mon jupon Christian Dior ? Sur le cul de Linda, je parie. Qu'elle en crève avant la fin de l'année. Mes yeux brûlent. Est-ce que je reste parce que j'ai peur de recommencer ? Oui. Non. Sais pas. Dormir. On range. La chambre commence à s'éclairer comme un ciel après l'orage. Vite. Finir de ranger. Dormir. La cloche sonne. Quoi encore ? La cloche sonne, et sonne, et sonne. Dormir ? Vous plaisantez ? C'est l'heure du petit déjeuner.

« Tu sais ce qui te manque, à toi ? » me jette Don par-dessus la table de la salle à manger. Il est blanc comme une aspirine. Cheveux blonds collés. Œil creux. Les fouilles, ça fatigue. Les bides avec les petites nouvelles, aussi. Les mauvaises nouvelles surtout. Pas la came. Figurez-vous qu'ils n'ont rien trouvé. Mais Pepe qui s'est taillé. Quelques heures après son gâteau. Sans valise et par la porte de la cuisine... « Son anniversaire l'a tué ! » a dit quelqu'un. Possible. S'il a chialé sur son gâteau, c'était sans doute de se dire qu'il ne le méritait pas. Puisque entre ce gâteau de la vie « propre » et la came, sans doute aussi qu'il avait déjà fait son choix. Ici comme ailleurs, on sait ce qu'on perd, on ne sait pas ce qu'on gagne. Au moins, avec les emmerdes, un camé sait où il va... Bref, plus de Pepe. Ça fait gamberger. Et c'est mauvais pour les nouveaux, en l'occurrence, Marion justement. Du coup, depuis le début du petit déjeuner, les anciens ont fait leur numéro de « conversation positive » : « Comme le dit Isaac lui-même, ce programme, ça ne marche pas pour tout le monde ! » a lancé Linda, en attaquant ses corn-flakes. Et Leroy, hochant sa barbe rousse, a surenchéri avec le fameux « il marche pour ceux qui veulent le faire marcher ! », qui est-ce qui m'a dit ça, déjà ?... « Pepe ne voulait pas ! Avant huit jours, je vous parie qu'il se retrouve en taule ! Tant pis pour lui ! » Sans doute que c'est vrai. Mais, vrai ou pas vrai, qu'est-ce qu'ils pourraient raconter d'autre ?... Tout ça pour dire que, ce matin, la nuit blanche, la fouille et Pepe, ça fait une atmosphère à couper au couteau. En plus, flac, je viens de renverser mon café. Et, pendant que j'éponge, à quatre pattes sur le carreau, voilà le Don qui me demande ce qui me manque. Qu'est-ce qu'il veut dire ? Ce qui me manque, c'est ce qui manque à tout le monde : une bonne nuit à roupiller, et je le dis. Il m'envoie son rictus maison : « Ce qui te manque surtout, c'est un bon coup de queue ! » qu'il braille... Quinze têtes épuisées, quinze têtes qui ingurgitaient leur bacon en pensant à tout sauf à se marrer, pivotent vers moi. Un rire énorme fait trembler les murs de la salle à manger. Je reste là. Clouée. Toute froide. D'un coup, silence de mort. A l'autre bout de la table, les yeux du Nazi éjaculent en bleu. Est-ce qu'il ferait tout, après tout, pour que je me barre ? Me sens comme s'il m'avait arraché ma culotte devant tout le monde. Forcé à lui lécher les pieds devant tout le monde. Pissé dessus devant tout le monde. Je tremble comme en pleine dérouille... Sur moi, quinze paires d'yeux me disent que, hé, hé, Frenchie, il n'y a que la vérité qui blesse. Veux pas le savoir. Plus rien savoir. Dans ma tête, c'est tout rouge. Ma valise. Je me redresse. Pose ma tasse sur la table. Sors. Enfile le couloir. Ma valise. Je grimpe l'escalier. Ma valise. Après, je ne sais pas. Mais ma valise. Juste pour être dehors. Dehors où on m'aime. Qui est-ce qui m'aime ? Là, tout de suite, je ne sais pas non plus. Ce que je sais, c'est, qu'ici, ils veulent ma peau. Salauds. Enfoirés. Sadiques. Qu'est-ce qu'ils veulent de moi ? Trois mois et quatorze jours sans came. Qu'est-ce qu'ils veulent de plus, de moi ? Que je baise ? Pas le problème. Que je cède. Eh bien, je ne cède pas. Pas pour ça. Pourquoi pas pour ça ? Parce que, mon cul, c'est tout ce qui me reste... J'attaque le couloir du premier étage. Ce couloir où, hier encore, je passais l'aspirateur, quelle gourde. Ce couloir, désert à cette heure, puisqu'ils sont tous en bas. Pas tous. Elton sort en trombe de sa chambre, l'air d'un grand chat noir mal réveillé... Derrière lui, la porte bâille sur un dessus-de-lit mal tiré, des bottes sur le tapis, tout un fouillis de mecs... Son œil bouffi me cueille au passage : « J'espère qu'on peut encore manger, en bas... Je m'étais endormi... » grommelle-t-il, fourrant une chemise kaki dans son pantalon. Il file. Me voilà seule. Sur la plage de Venice, Amérique. Ma valise à mes pieds. Paumée. Je crie : « Elton ! » Il s'arrête. Je demande : « Tu veux coucher avec moi, ce soir ? » Il recule d'un pas. Sa figure est toute plate. Derrière les petits lacs des lunettes, il me regarde. Il se dit, dans l'ordre : elle se fiche de moi, elle est dingue, elle est nymphomane... Ma mère me regarde. Elle dit : « Bravo ! Maintenant, c'est toi qui les racoles !... En plus, un repris de justice ! Et noir ! On n'est pas raciste, mais quand même ! Même ton pauvre papa qui avait, pourtant, les idées larges, aurait, j'en suis sûre, souhaité... » La baraque me regarde : « Ha ! ha ! La Frenchie va baiser parce qu'on lui a dit de baiser ! Qui ? Devine ! Elton ! Le plus secoué ! » « Pourquoi moi ? » demande-t-il. Tellement tendu, je vois ses mâchoires serrées à craquer. Un petit muscle sautille comme un fou au coin de sa paupière... Ah, là, évidemment. Pourquoi lui ? Parce qu'il descendait et que je montais. Parce que, aujourd'hui avec lui ou demain avec un autre, c'est ça ou la valise. Et que, tout compte fait, c'est encore ça qui me fait le moins peur, des deux... « Pourquoi pas toi ? » que je dis, mon dieu, faites qu'il me baise. Souris, idiote. Sexy. Légère. Après tout, « tire ton coup, rhabille-toi, barre-toi », c'est leur style... Sa main sombre se lève. Va gratter, là-haut, sa tête crépue court, fou ce qu'il est grand, cet homme... « C'est qu'une femme, en ce moment, je n'ai vraiment pas la tête à ça ! » dit-il, d'une voix qui s'excuse. Et il me sourit gentiment. Mon cœur se vide. Je me sens vieille et moche et con... Pas la tête à ça. Une femme de ma qualité, ça c'est la meilleure. Pas la tête à ça. Se prend pour qui ? Un camé. Un bagnard qui sort tout droit de Saint-Quentin, oui maman. Un minable qui n'a jamais couché qu'avec des putes... « Ah, bon ? Ça ne fait rien... Excuse-moi... » que je bredouille comme si je lui avais marché sur le pied... Je redémarre. J'ai vraiment envie de me flinguer. Mais ailleurs. Alors, ma valise et... « Attends ! » Son bras kaki m'a rattrapée, un vrai lasso. Il veut bien, merci mon dieu. Sa main serre mon bras... « Après tout, on verra bien... Allez, retiens ta chambre ! » commande-t-il allégrement... On est tout prêts l'un de l'autre. Sa figure foncée, ses pommettes qui saillent, sa grosse bouche. Et son zizi, il est comment ? Ça doit faire drôle, un zizi noir, non ?... « J'ai quarante-sept ans ! » qu'il dit à brûle-pourpoint. Comme si ça allait me faire quelque chose. Ça me fait. Pas à cause des quarante-sept ans. A cause de ce qui se passe dans ses yeux. L'image du vieux rêve à la con qu'il a dû trimballer avec lui pendant ses cavales, à l'ombre de ses planques, derrière les barreaux de Saint-Quentin. Le vieux rêve à la con d'avoir une bonne femme. Le vieux rêve du vieux rêve, mais ça, évidemment, ça n'a pas grand-chose à voir avec moi. N'empêche. D'un coup, ça me fait plaisir d'être son rêve... D'en bas, des voix s'élèvent. Quelqu'un crie : « Réunion du matin, dans dix minutes !... » « A ce soir ! que je dis. — A ce soir !... » Une petite flamme s'allume au fond des prunelles marron clair. Brusquement je vois ses autres yeux, derrière. Ses yeux qui tabassèrent Salomon. Ses yeux sans reflets, comme ceux des tueurs de cinéma. Une petite peur me serre l'estomac. Et là, ma vieille, l'Elton, je le trouve beau pour la première fois.

« Elton ? Tant qu'à te prendre un type pour qu'ils arrêtent de te casser les pieds, t'aurais pu t'en choisir un autre ! » chuchote Cindy, qu'est-ce que je vous disais ?... « Enfin, ça te détendra quand même de baiser... » Sous ses cheveux rouges, l'insomnie lui creuse une tête de vieille... « Réunion du matin » dans cinq minutes... L'escalier est dur sous nos fesses. En contrebas, le troupeau de nos petits frères et sœurs. Têtes qui dodelinent et dos ronds. Sur notre gauche, Leroy, accoté au mur, roupille carrément. Tout en bas, sur la dernière marche, le dos kaki d'Elton. Il a déplié devant lui deux grandes jambes fatiguées... « Mais oui..., dis-je, ça me détendra... » Est-ce que ça me détendra ? Dans un sens, rien que d'y penser, ça me colle un cafard vague. Un camé, je mérite mieux. Sans blague. Ce que je me tapais avant, c'était mieux ? Les cinéastes sans cinéma ? Les Suédois alcooliques ? Les mariés honteux ? Peut-être pas mieux. Mais respectables. Ça veut dire quoi ? Ça veut dire des mecs qu'on ne rencontre pas dans des centres de réhabilitation. Sans blague... Et moi ?... Il m'a rencontrée où, Elton ?... Dans l'autre sens, quelle histoire fabuleuse. La journaliste bien parisienne et le Noir autodidacte, roi de la came et terreur de Saint-Quentin, s'étreignant entre les murs de la baraque qui, justement, dit « non » à la came... Quelquefois, je me demande si je suis une romancière authentique. Qui vit les choses pour pouvoir les écrire, après. Ou une ratée de la littérature. Qui vit les choses faute d'être capable de les écrire. Car enfin, ils sont où, tous ces ouvrages bouleversants que je dois pondre depuis si longtemps ?... « Il t'a embrassée ? » qu'elle demande encore. Son mini-nez frétille et attend... « Non ! Il s'est barré comme s'il y avait le feu à la baraque ! — C'était le choc ! » Naturellement. Il y a des gens comme ça. Ils ont besoin d'être seuls pour cuver leur joie... Mes yeux pleurent de fatigue. Est-ce que je vais seulement pouvoir baiser ? Et lui ?... Qu'est-ce que ça pourrait leur faire de nous laisser dormir deux heures ? Ça leur fait. L'épuisement physique, c'est une thérapie du tonnerre, dit Sunny. Ça brise nos mécanismes de défense. Ça fait monter une colère folle qu'on balancera, plus tard, dans les « groupes ». Sortant du même coup des trucs que, paraît-il, on n'aurait jamais sortis à froid... Le silence s'installe. Jesse et sa jambe foutue se pointent devant la porte de verre. Comme chaque matin, on récite le concept, quel mot, de la maison. Qui dit que la Nature ne nous demande pas d'être parfaits. Seulement de grandir. Qui dit : fais ton boulot et je saurai qui tu es, et toutes ces âneries, je ne sais même pas ce que je raconte. Mais je raconte. Tous les jours, depuis cent six jours, je raconte. Mes fesses collées à leurs fesses, sur l'escalier de bois. Ma voix mêlée à leurs voix qui font trembler les murs de la baraque, s'élancent dans l'air froid, vont se cogner, en bas, contre la porte de verre. Mon cœur rugissant que, pas possible que ça soit moi. Moi qui ai toujours refusé d'appartenir aux associations d'étudiants qui vont passer leurs vacances en Sardaigne, aux clubs de journalistes, à tout ce qui oblige les gens à faire des choses ensemble, penser ensemble, respirer ensemble. Pour ça, mes petites chéries et moi, on se suffisait largement... Alors ? A quoi est-ce que je joue ? A quoi est-ce qu'ils jouent ? Pas possible qu'Isaac, Sunny, Don, croient qu'on y croit. Sans doute qu'ils s'en moquent. Comme ils disent aussi : « Fais les choses sans y croire. A force de les faire, peut-être que tu finiras par y croire... » Mais, y croire, au fond, pour quoi faire, y croire ?... Mon cafard s'accentue... Ce matin, tout est pire. Ce matin, je vais avoir ma petite histoire de fesses comme tout le monde. Ce matin, je fais vraiment partie d'eux...

Dans le vestibule, parmi la foule qui se disperse, je chope Sarah. Je dis : « Je voudrais me servir de la chambre, ce soir... », pourquoi est-ce que j'ai les jambes qui tremblotent comme ça ?... Elle sursaute comme si je lui avais dit une cochonnerie : « Avec qui ? » Ça la regarde ?... « Elton ! » Pas le moment de la mettre de mauvaise humeur. En plus, ça risque de lui plaire que j'ai choisi un Noir. Non. Ses petits yeux disent : voyez-vous ça, la Frenchie se paye de l'exotique... « Jusqu'à quelle heure ? demande-t-elle d'un air pincé. — Jusqu'à minuit ! Pourquoi est-ce que je m'en servirais moins longtemps que les autres ? » Elle me balance un coup d'œil narquois : « Sait-on jamais ? » Et elle s'éloigne, roulant ses grosses fesses. Qu'est-ce qu'elle a insinué, la vache ?... Sans doute ce que j'essaye de ne pas me dire. Que l'Elton, avec les vingt putes qu'il s'est tapé dans sa vie et ses quinze ans d'héro, paraît-il que ça affaiblit les bonshommes, côté zizi, que l'Elton, est-ce qu'il va seulement savoir s'occuper de moi, au lit ?

De ruminer ça dans ma tête toute la journée, ça ne m'aide pas à lui offrir le sourire d'usage quand je lui ouvre la porte de ma chambre à vingt-deux heures une très exactement. Il faut dire que son sourire à lui est assez grand pour deux. Son sourire, accroché très haut dans l'embrasure, qu'est-ce que j'ai à le trouver un peu plus grand à chaque fois ?... Il passe souplement de l'ombre du couloir à celle de mon temple d'amour. Car j'ai fait ce que font les autres : ampoule rouge vissée sur la lampe de chevet, bâtonnet d'encens Ondée Forestière, piqué dans le verre à dents, Diana Ross sur l'électrophone. Mettons que je l'ai fait pour moi. Pour me faire croire que c'est une nuit d'avant avec un amant d'avant. C'est dur d'y croire. Avant, ma chambre, c'était ma chambre : lit baisodrome pudiquement voilé de crochet, tables de nuit d'époque, fauteuil « crapaud », papier à fleurs, le goût français, quoi. Avant, celui qui entrait sentait le chaud ou le froid, la pluie ou le vent, l'essence ou les frites. Avant, il aurait passé la nuit, et pas besoin de fermer la porte. Avant, dans des moments comme ça, oh la la, ce qu'elle était mouillée, ma petite culotte. Là, pas. Sais pas vraiment pourquoi. Mais, là pas... Pourtant, la porte refermée, j'ai le choc. D'abord ses lunettes toutes neuves, sans sparadrap. Et puis un pantalon gris avec chemise assortie, à qui est-ce qu'il a emprunté ça ?... Je m'exclame : « Oooh... On sort ?... — Si tu veux... » Sourire ambigu. Passons... Il marche droit vers la chaise, ah, bon, il ne m'embrasse pas ? Retire sa chemise. L'installe sur le dossier d'une main soigneuse. Aligne ses chaussures comme s'il attendait le père Noël. C'est le cas pour moi. Un père Noël qui me rendrait plus vieille d'une heure en une minute, par exemple... Qu'est-ce qu'il fait ? Il s'arrête. Au pantalon, il s'arrête. J'en étais sûre. Quand même, pourquoi est-ce qu'il s'arrête ?... Il revient vers mois. Quels biceps, ma vieille. Dans la lumière rouge, sa peau est bleue... Brusquement, la panique me submerge. Qu'est-ce que je fais là ? Dans la chambre paumée de la baraque paumée d'un pays paumé, prête à sauter au lit avec ce criminel, enfin, criminel, peut-être pas. Noir, oui, ça n'arrange rien. Il serait vert, ça serait pareil. Parce que, noir ou vert, au lit, je ne connais pas. Qu'est-ce qu'il y a de plus angoissant qu'une chose qu'on ne connaît pas ? « C'est bête..., dit ma voix étranglée, je ne sais pas pourquoi, mais voilà que j'ai le trac !... — Moi aussi ! répond-il. Si on parlait un peu ? »

Parler ? De quoi parler ? On est là. Fesses sur mon dessus-de-lit. Entre nous, un cendrier qu'il a déniché sur la table de nuit de Cindy. Jamais je n'ai vu quelqu'un bouger de cette façon-là. Comme si, autour de lui, l'espace était tout petit... De quoi parler ? Et, d'abord, le trac, il l'a, à cause de quoi ?... De lui ? Ça ne me rassure pas... De moi ?... Là, le malheureux évidemment, je le comprends... Mais qu'est-ce que j'y peux, si c'est la première fois qu'il s'apprête à faire l'amour à une vraie femme ?... De quoi parler ? Dehors, on dit : « Vous habitez dans quel coin ? », ou : « Ce restaurant a un charme fou ! », ou : « Vous m'avez bien dit que vous travaillez dans une agence d'architectes ? »... Ici, quoi ?... Le silence s'installe. Evidemment, après la nuit blanche, il est épuisé. Moi pas. Ou alors je le suis tellement que je ne sens plus que je le suis... Il fume, l'air poli. Avec son torse maigre, ses pieds maigres, nus eux aussi, et qu'il balance, on dirait qu'il va passer une visite médicale... Après tout, parler, c'est son idée. Qu'est-ce qu'il attend pour dire : « Tu es bien jolie, ce soir ! » ou : « Ce disque est du tonnerre ! », ou une connerie comme ça ? Mais là, qu'est-ce que je penserais ? Qu'il ferait mieux de la boucler plutôt que de dire une connerie comme ça ? Alors ? Alors, et moi, au fait ? Qu'est-ce qui m'arrive ? Moi qui, d'habitude, les mets dans ma poche en un clin d'œil, les mecs. Oh, subtil. Juste une façon d'être. Qui dit : mon cher, laissez-moi vous dire que, pour une femme de mon acabit, vous êtes un tout petit mec, mon cher, un tout petit, tout petit mec. Côté conversation, vous pouvez aller vous rhabiller. Côté lit, allez, je le sais déjà que vous n'allez pas être à la hauteur, et, c'est sûr, ceux qui survivaient, après ça, c'était pas des masses. C'est sûr, aussi, je me suis souvent demandé pourquoi je les traitais comme ça, les mecs, moi qui les adore... Bref, avec lui, tout ça, tintin. Côté conversation, je peux aller me rhabiller aussi. Côté lit, c'est peut-être tous les deux qu'on ne va pas être à la hauteur. Alors ? Dire quelque chose quand même ? Quoi ? Est-ce qu'en dehors de mon numéro habituel, je ne saurais rien ? Catastrophe. Alors ? Jouer à quoi ? A moi ? Mais, moi, c'est quoi ?... « L'héro, tu l'as commencée il y a longtemps ? » que je demande enfin, en désespoir de cause, je lui fais une interview pour *Le Matin* ou quoi ?... « Septembre 66, au Japon ! Quand ils m'ont coincé pour la première fois, le tribunal militaire ne savait pas quoi faire de moi... C'est qu'à l'époque, hein ? » répond-il d'une voix morne. Sa tête dit : si on parlait d'autre chose ?... « Tu sais, les journalistes ont la manie de poser des questions... » dis-je, histoire de m'excuser. De lui rappeler aussi que je ne suis pas une de leurs camées incultes, mais une intellectuelle de choc, quelle chance il a ! Ou pas de chance, justement. La gaffe. Moi qui l'intimide déjà... « Les questions, c'est comme le reste..., articule-t-il, hochant un menton entendu. C'est une question de sémantique !... — De séman quoi ? » Derrière les belles lunettes, ses yeux me regardent comme si j'étais une vraie débile... « Ah, ah... Il va falloir que je t'explique... » dit-il d'un air fin. Malheur. Le voilà qui commence son numéro de prof à la manque, c'est sûr, ils doivent avoir un rayon complet sur la sémanmachin, à la bibliothèque de Saint-Quentin... « Par exemple..., explique-t-il, quand tu dis : " l'herbe est verte ", c'est une affirmation erronée ! Tu pourrais aussi bien dire : " l'herbe est rouge " !... » Je dis : « Ah, oui ? » Je dis : « Tiens tiens... » Tout ce que je pige, c'est que la sémanmachin, c'est une histoire de mots qui n'ont pas le sens qu'on leur donne. Ou le contraire... Entre nous, le cendrier se remplit à toute vitesse. Il fait chaud à mourir dans cette chambre. « Tout ce qu'il me faut c'est toi... » nous susurre Diana Ross. Sur l'étagère, le bâtonnet d'Ondée Forestière me fait, dans l'ombre, un petit clin d'œil cramoisi. « Onze heures moins le quart..., dit le bras du Mickey. Si vous voulez faire l'amour, vous devriez vous grouiller ! » Mais est-ce qu'on veut ? Non. Brusquement, je comprends tout. La sémanmachin, c'est exprès. Il a son trac. Il sait que j'ai le mien. Il n'insiste pas. Il fait passer le temps en attendant minuit. Cher Elton. Il est sympa quand même. Est-ce qu'il est si sympa que ça ? Qu'est-ce qu'on risquerait, au fond, de faire l'amour quand même ? Pas que j'ai envie. Mais, d'un coup, envie qu'il ait envie. Il n'a pas envie. Salaud d'Elton. La sémanmachin, c'est exprès. Parce qu'il n'a pas envie. Evidemment. S'il avait eu envie, c'est lui qui m'aurait demandé. Malgré tout, depuis une heure qu'il est là, elle aurait pu lui venir, l'envie. Ça me reprend : je me sens vieille et moche et con. Si les autres nous voyaient. Ceux qui, à l'heure qu'il est, gambergent dans le living bleu : « Depuis le temps qu'ils se mettent la ceinture, Elton et Frenchie, ce soir ils doivent s'offrir une sacrée partie de jambes en l'air !... » Des coups de poings furieux ébranlent la porte. Je fais un saut de carpe. Je me dis machinalement : « Où est mon passeport ? » Une vraie obsession. J'ai le cœur qui tape. Les gens qui cognent dans les portes, je ne supporte pas. Je ne sais pas pourquoi. Mais je ne supporte pas... « Qui est-ce qui est là-dedans ? » crie la voix du veilleur de nuit, au fait, ce soir, c'est qui ?... « Frenchie !... — Avec qui ?... — Elton ! ... » De gros pas s'éloignent. J'ai honte. Parce qu'ils croient qu'on baise, quel bordel, cette baraque. Mais aussi, parce qu'on leur fait croire qu'on baise et qu'on ne baise pas, c'est idiot, mais ça me gêne... Le disque s'est arrêté. Le cours de sémanmachin aussi. Il me regarde. Un grand rire tout blanc. « Tu as toujours le trac ? »... — Et toi ? » Il ne répond pas. Des gouttes de sueur brillent sur son front... « Si on reste comme ça, ça ne va pas s'arranger tout seul, hein ? » dit-il. Et il retire ses lunettes.

Eh bien, je ne sais pas comment il s'est débrouillé avec les autres, mais avec moi, c'était pas mal. Pas mal du tout, même. Merci mon dieu, l'héro ne l'a pas bousillé. La nuit blanche, non plus. Et un corps superbe, ma vieille, à croire que la prison, ça conserve. Si j'avais une peau comme ça, café et satin, je serais pute et millionnaire. Si j'avais des hanches de roi africain, comme ça, je serais danseur aux Folies Bergère. Evidemment, c'est un simple. Un coup dessus, un coup dessous. Il ne sait pas qu'il a une langue. Ou alors peut-être qu'ils ne font pas ça, les Américains. Moi, oui. Pas de pot. « Non ! » s'est-il écrié comme ma bouche effleurait son zizi. Peut-être qu'elles ne font pas ça, les Américaines. Bon. Gardons ça pour la prochaine fois... On fume une cigarette. La chambre est encore plus rouge que tout à l'heure. Ou alors, c'est moi... « Tu as joui ? » qu'il demande, je le savais bien que c'était un tendre... « Ah la la... » Joui à croire que j'en avais envie sans le savoir. Joui dès qu'il a enfoncé son zizi en moi. Son zizi qui ne m'a pas fait mal ni rien. Son zizi presque familier, je vous le dis qu'on est faits pour s'entendre, les Noirs et moi... Je me sens jeune et belle, j'avais oublié. Optimiste aussi, après tout, avec un jules, ça peut être supportable, cette baraque... Folle que j'étais qui me suis privée de ça pendant trois mois. Les camés sans came avaient raison. Don avait raison. C'était pour mon bien qu'il m'asticotait. Du fond du cœur, ce soir, je lui dis : « Merci... » Sur l'oreiller, son profil est court, avec la lèvre qui dépasse un peu. Et lui ? Il est content ? Demande-lui. Je n'ose pas... « Et toi ? Tu es content ?... — Mais naturellement... » Sa main m'allonge une petite claque sur la cuisse... Qu'est-ce qu'il attend pour m'embrasser, depuis le temps ? Pour me prendre dans ses bras ? Pour me raconter des choses qu'il n'a jamais racontées à personne... « Mes parents qui sont gérants d'un Liquor Store, à Watts... » Ou : « ... une nuit, à Saint-Quentin... » Ou aussi : « La première fois que je t'ai vue, Frenchie, je me suis dit... » Ou alors, pour chercher à me connaître... « Paris, c'est comment ?... » « Ta mère, elle habite où ?... » « Tu as un type, en France ?... » Mais rien. Au fond, ça se comprend. Un rêve qui devient réalité, ça doit secouer. Où est-ce qu'il aurait appris les mots pour exprimer ça ?... Ça ira mieux la prochaine fois. Et puis, au moins, on aura dormi la nuit d'avant. Une fatigue énorme me tombe dessus. Peut-être qu'on va s'endormir comme ça. Non. Voilà qu'il se redresse. Jette un coup d'œil au con de Mickey. Marmonne : « Minuit moins vingt... » d'un air mécontent. Je dis : « On a encore vingt minutes ! » Il ne répond pas. Pourquoi ? parce qu'on n'a pas vingt minutes. Il saute du lit en catastrophe... « Il faut que je parte ! J'ai des choses à faire !... » Des choses à faire ? Des choses à faire dans la baraque à minuit moins vingt ?... Qu'est-ce que j'ai fait ? Ou pas fait ? Ou mal fait ? Sans doute rien. Il en a marre. C'est tout. Il en a marre. Enfoiré. A vingt minutes près, quand même, il aurait pu rester pour la forme. Quelle forme ? Six ans à Saint-Quentin, la came, des putes. Quelle forme ?... Je me lève. J'ai le cœur tout petit. « Tire ton coup, rhabille-toi, barre-toi... » J'avais oublié. Lui, pas...

Déjà il est près de la porte. Figure noire fripée, chemise pas boutonnée. L'air d'un type qui a peur de rater son avion... « J'ai passé une merveilleuse soirée ! lâche t-il d'une voix essoufflée. — Moi aussi ! J'espère qu'on se reverra !... » Qu'est-ce que j'ai dit ? Un coup de peur passe dans ses yeux... « Bonne nuit ! » dit-il. La porte claque... Je m'assieds sur mon lit. Dans le rouge. Fou ce qu'il fait froid, dans cette chambre. L'avantage, avec mes petites chéries, c'était qu'elles, elles restaient. Je voudrais chialer. Je suis trop fatiguée pour chialer. Salaud. Le rêve qui devient réalité. Gourde. Le rêve, c'est qui qui l'avait ? Mais pas du tout. Un vieux Noir camé, inhibé, au lit et ailleurs, tu parles d'un rêve. Ttttt. Le rêve, c'est qui qui l'avait ?... Minuit moins cinq. « Tire ton coup, rhabille-toi, barre-toi... » Oui, ma vieille, comme les autres, c'est tout ce qu'il voulait. Qu'est-ce qui m'a fait croire qu'il voulait autre chose ? Et, au fond, pourquoi est-ce qu'il aurait voulu autre chose ? Et si, après tout, j'étais vraiment vieille et moche et con ?

« Et, depuis une semaine, tu te laves le cul trois fois par jour, en espérant qu'il va te redemander, hein ? » dit Oscar, il adore les « groupes », Oscar. Au coin de ses lèvres, sa cigarette se trémousse, de joie... On en est là. Le plus triste, c'est que j'ai baisé pour rien. Puisqu'ils me harcèlent encore plus qu'avant. Puisqu'ils m'apprennent enfin le vrai concept, quel mot, de la maison : « Quoi que tu fasses ou que tu ne fasses pas, tu perds !... » « Les Françaises se lavent le cul trois fois par jour de toute façon... » que je réponds... Oh, la honte ! D'abord, évidemment, celle de ne pas avoir été redemandée, comme il dit. Et puis la super honte de devoir l'avouer en place publique, sous leurs yeux qui disent, eux : « Pauvre conne, baisée une fois et pas deux ! » Ici, naturellement, la deuxième fois, c'est celle qui compte. Redemandée ? Hé, hé. Ça doit être une affaire. Pas redemandée ? Elle est frigide ? Elle a les seins qui tombent ? Quoi ?... Et dehors ? C'est pas pareil, dehors ? Si, mais, dehors, quand des gens ne sont plus ensemble, allez savoir, vraiment, lequel des deux n'a pas redemandé l'autre... Ils se marrent comme des bossus. J'ajoute que je les emmerde. Ma soirée avec Elton : privée. Mon cul : privé. Histoire de leur faire croire que, si le minable ne m'a pas rebaisée, ça n'est pas pour les raisons qu'ils croient. Et qu'ils ne croiraient jamais les vraies raisons que, de toute façon, je ne leur dirai pas... « Tu sais bien qu'ici, le mot " privé ", ça n'existe pas !... La baraque, c'est une grande famille ! Ce qui te rend heureuse, nous rend heureux ! Ce qui t'affecte, nous affecte ! » dit Linda, est-ce qu'elle s'imagine que je vais gober ça ? Sans doute. Elle sourit. Sans maquillage, pour une fois. Du coup, l'œil tout petit. Et dix ans de plus sous la frange noire... C'est qu'on n'est pas frais, ce soir... Du vert dans les cheveux. Du bleu aux ongles. Du dégueulis d'arc-en-ciel sur les Levi's, tout ça, c'est parce que depuis hier, la baraque, on la repeint de fond en comble. Ordre du Bouddha. Pour l'heure, le 212, où on s'est casés, entre seaux et échelles, a l'air d'une piaule qui aurait pourri sur pieds. Beige encore sur la gauche. Bouffée, sur la droite, par un rose malade, la prochaine fois qu'il fera cracher un marchand de couleurs, Willy, il aurait intérêt à ouvrir les pots avant... « Moi, ce que je voudrais savoir, Frenchie, c'est ce qui s'est vraiment passé, depuis une semaine ! » me lance Vic, le gigolo de Susan. Il me guigne en faisant craquer ses phalanges. Sur ses bras costauds, tatoués à bloc, des serpents bleus font la danse du ventre... « Mais... rien !... » Il répond « bonjour ! », mais pas intime ni rien, à sept heures et quart, en déposant son assiette décorée de bacon au bout de la table. Le bout où je ne suis pas. Il tourne les talons vite fait quand il m'aperçoit au détour d'un couloir. Il bosse dans son coin. Le coin où je ne suis pas. Et son œil se barre quand sa grande main noire me tend le seau ou le chiffon. Il a passé ses deux soirs-à-baiser, dans le living bleu, nez dans un bouquin. Et une tête à décourager les interruptions... Du haut de son escabeau, Carol balance un pied nu, taché de vert... « Tout ça, ça te prouve quoi ?... — Qu'il n'a pas envie de me rebaiser ! » dis-je, quel supplice, ce « groupe »... Ils demandent en chœur : « Ça te fait quoi ?... — C'est son droit !... » Comme s'il avait un droit. Ce que ça me fait, c'est que les bras m'en tombent. Comme toujours quand un type couche avec moi une fois et pas deux. Mais, d'habitude, je m'en remets vite. Car enfin, attachante comme je suis, le type, c'est un fou. Ou un trouillard. Ou un imbécile. Merci bien. Rien perdu. Bon vent. Celui-là est pire que les autres. Ce vieux camé qui n'a rien. Qui n'est rien. Et qui refuse une occasion unique d'expérimenter la douceur, la sensibilité, la compréhension d'une vraie femme. D'apprendre, par sa bouche, la couleur du monde, là-bas, de l'autre côté de l'océan gris de Venice, et le sexe avec un grand S. Celui-là, c'est un grand malade. Un sale con aussi. Car enfin, il m'a tout pris et rien donné. Pris quoi ? Mon cul. Ton cul, c'est tout ? Et d'abord, c'est toi qui l'a proposé. Veux pas le savoir. Mon cul, ça se paye. Pas avec des sous. Mais ça se paye. Les autres, les spécialistes du je-te-téléphone-demain, se sont barrés gratuit. Ici, on ne se barre pas. Il est là. Il faut qu'il paye. Il faut qu'il me rebaise. Une fois. Pour l'honneur. Pour qu'ils la bouclent. Après, je l'enverrai sur les roses. Je m'en taperai un autre, deux autres, dix autres. Je le pousserai au désespoir. Je le ferai filer et il claquera d'une overdose dans une piaule sans rideaux du Tenderloin. Je lui apprendrai à ne pas m'avoir appréciée... Ruth hoche sa tête noire. Sans foulard. Viré, le foulard, pour que ça repousse plus vite. Elle m'envoie un coup de faux cils affectueux... « Moi, je crois qu'Elton, il t'évite pour des raisons qui n'ont rien à voir avec toi ! Mais avec lui ! Il sait bien qu'il n'est pas là pour se payer une histoire de cœur ! Et toi non plus ! » dit-elle gentiment, mais qui est-ce qui parle d'une histoire de cœur ?... « Dis donc, Frenchie... » demande Justin en essuyant ses lunettes roses, à croire que, la chambre, elle lui est destinée, au chéri... « ... tu en as eu souvent des hommes qui t'ont baisée une fois, mais pas deux ? — Quelques-uns ! Mais j'ai surtout eu des hommes que, moi, j'ai baisés une fois mais pas deux ! Comme ça, j'étais sûre qu'ils ne me feraient pas le coup !... » Silence navré. Il paraît que je suis vraiment une camée. Avec tout ce qui va avec. La peur qu'on ne veuille pas de moi. La peur qu'on veuille de moi. Et pendant qu'on y est, la peur d'affronter la réalité, c'est bien pour ça que je me suis bourrée de pilules toute ma vie, non ?... Est-ce que je sais ? D'entendre des choses comme ça, mon cœur se recroqueville de déprime... « Crois-moi, tu n'es prête ni pour une grande histoire ni pour une petite ! » dit Linda gravement. Oscar rallume son mégot. Il hoche sa crinière blanche... « Elle le sait bien ! Mais elle espérait quand même qu'elle l'embobinerait !... De toute façon, moi je vais vous dire... Le problème, ça n'est pas Elton ! Le problème, c'est que notre Frenchie se croyait irrésistible et qu'elle s'aperçoit qu'elle ne l'est pas ! Elton, elle n'en a rien à ficher !... — Tu es moins bête que tu n'en as l'air ! que je réponds. Mais, le savoir, ça m'avance à quoi ? »

A rien. Et huit jours se barrent encore. Ce qui ne se barre pas, dans ma tête, c'est : « Comment-fait-on-pour-qu'un-bonhomme-qui-n'a-pas-envie-de-vous-rebaiser-vous-rebaise ?... » Franchement, pas envie, je n'y crois pas. Trop envie, oui. Mais, comme a dit Ruth, il lutte. S'il cède, il est fichu. Avec une femme comme moi, il est fichu. Enfin, il le croit. Puisqu'il croit ce qu'on nous dit. Que, le coup de cœur, c'est la pire catastrophe qui puisse nous arriver. La fuite à deux garanties. La repique garantie. Foutaises. C'est juste le contraire. Moi, en un mois, Elton, j'en fais un résident modèle. Je donne un sens à sa vie. Je le réhabilite... L'ennui c'est que, pour tout arranger, maintenant, il est invisible ou presque. Vu qu'on l'a collé, hier, dans une autre équipe. Celle du bricolage. Le plombier, ça sera lui. Où est-ce qu'il a appris la plomberie ? « En taule ! dit Ben. Où veux-tu qu'il ait appris ? » Bref, à lui, désormais, les chiottes bouchées du 205, quand, nous, on bosse au 304, le robinet hystérique du 306, quand, nous, on bosse au 110... Qui est-ce qui a décidé ça ? Don, qu'on m'a dit. Pourquoi ? Pour me compliquer la vie, c'est sûr. Mais pourquoi me compliquer la vie ?... Tantôt, comme je trimballais l'aspirateur, du second au premier, justement, le voilà qui déboule dans l'autre sens. Un espèce de sac à patate azuré serrant ses épaules étriquées... J'ai dit : « Je voudrais te parler... » Son œil bleu qui m'ignore depuis le petit déjeuner historique et le bon coup de queue, son œil qui lorgne toujours et sans succès les gros seins de Marion, sursaute comme si je lui proposais deux grammes de cocaïne... « Me parler ! Merci bien !... » Il file... Qu'est-ce qui lui prend ? Peut-être que ça l'emmerde que j'aie fait ce qu'il m'a dit de faire. Mais pas avec lui. Tant mieux. Enfin, tant mieux, je ne sais pas. Brusquement, de penser que ça l'emmerde, voilà que ça m'emmerde un peu aussi... Bah, au fond, je lui aurais dit quoi ? Et qu'est-ce que ça change, que le salaud travaille deux étages plus haut ou plus bas ?... « Va lui parler ! » me chuchote le chœur des nénettes. Ça, jamais. Et puis, lui dire quoi ? Et puis quel style adopter ?... Le décontracté : « Au fond, qu'est-ce qui nous empêche de rebaiser ?... » L'agressif-culpabilisant : « Dis donc, si tu ne te décides pas à rebaiser, je vais finir par croire que tu n'as pas aimé !... » Le copain-copain : « Ça serait sympa, quand même, de rebaiser !... » ... L'angoissé : « Je le sais bien que j'ai fait quelque chose qui t'a déplu ! Ne dis pas non ! Je le sais !... » Le sexy : « Aaaaah... Rien que de repenser à notre soirée, j'en ai chaud partout !... » Jamais, j'ai dit. Alors quoi ? Envoyer Cindy lui parler ? Envoyer Ruth, elle est noire, ça peut aider, lui parler ?... « Tu te fais vraiment du cinéma ! » m'a dit, avant la cloche du dîner, Cindy, cheveux rouges barrés sous la serviette-éponge en turban, front barré d'une grande ride depuis huit jours, depuis cette lettre expédiée à la prison du comté, et revenue avec : « Ne figure pas sur nos listes », alors, il est où, Bobby ? Derrière d'autres barreaux ? En cavale ? A se repiquer quelque part ? Où ?... Oui, les copines, je me fais du cinéma. Du cinéma plus de mon âge. Tant mieux. Ça me rajeunit. Vive le cinéma qui m'aide à vivre, à oublier pourquoi je suis là, enfin presque, à me rappeler le bon vieux temps du dehors et des jules imprenables. (« Ma vieille, tu verrais ce type qui balade son chien tous les matins sur le quai d'Anjou ! Robert Redford en mieux ! J'ai tout essayé pour attirer son attention, mais rien à faire !... Tu crois qu'il est pédé ?... » « Grande nouvelle : ce matin il m'a enfin souri, appuyé et tout ! Tu crois qu'il me prend pour une pute ? ») Vive le cinéma, car, pour la première fois, elle passe vite, la semaine. Il faut dire que, les peintures, ça aide aussi à la faire passer. Ces peintures, c'est parce que Prince arrive. Quand ? On ne sait pas exactement. Mais il arrive. La bouche d'or du Bouddha nous a annoncé la nouvelle avant-hier. Et ça a fait, dans la foule blême de la « réunion du matin », comme un murmure de printemps... Prince, c'est qui ? On ne sait pas non plus. Tout ce qu'on sait c'est qu'il y a deux ans, il a rencontré le Bouddha sur la plage. Et qu'ils ont discuté... Et qu'il a demandé : « On peut la visiter, votre maison ? » A la sortie, il a posé un chèque de dix mille dollars sur le coin du bureau chamarré. Et il a dit : « Appelez-moi Prince ! » Depuis, il revient de temps en temps. Parfois en Mercedes. Parfois en Rolls Royce. Parfois, sur le dos d'un ange. Et il refait le coup du chèque. Et il rafle les factures de ceux qui n'ont pas d' « assurance médicale ». Et, l'an dernier, à Noël, chaque camé sans came a trouvé une belle carte en couleurs dans ses godasses. Et un billet de vingt dollars dedans. Et tout ce qu'on sait toujours et seulement, c'est qu'il veut qu'on l'appelle Prince. Ce qu'on sait aussi, a braillé le Bouddha, c'est que, sans des mecs comme ça, la baraque n'existerait pas. Et nous non plus, vu qu'on serait claqués d'une bonne overdose quelque part, alors remuez vos fesses, bande de cons, et allez faire de cette baraque pourrie, un palais... Après ça, en descendant l'escalier, ils étaient tous là à discuter de Prince. Peggy secouait sa tête de mouton en racontant à Marion que, oui ma petite, l'été dernier, il a payé une opération à la mère de Jackie, d'accord, elle est morte quand même, mais quel beau geste ! Et Justin, agrippant mon bras, de ses doigts maigres, m'a sifflé à l'oreille : « Prince n'est que le premier de la longue cohorte de bienfaiteurs qui se prépare... Bientôt, le monde entier reconnaîtra l'importance d'Isaac et de son œuvre ! » et, moi, des phrases comme ça, ça me donne envie de me tailler tout de suite. Leur mécène, à l'avance, il me fait honte. Je me sens comme la petite pauvre de la Comtesse Rose, quand elle s'apprêtait à recevoir la visite de Madame de Fleurville... Nourrie grâce à la charité publique. Et pas rebaisée. En fin de compte, la valise, est-ce que ça aurait été pire ?

Ce matin, au premier, par une porte ouverte, je l'aperçois. Assis par terre au pied d'un radiateur. Ses grandes jambes en Levi's déployées devant lui. Ses outils aussi. Un bonnet jaune enfoncé sur sa tête noire, tiens, il fait comme Leon. Et l'air content. Ça, ça m'a fait un choc affreux. Pas pensif, pas cafardeux, pas frustré, pas torturé. Content. Sans moi et content. Evidemment, après toutes ces années de taule, la solitude, il a l'habitude. Une habitude terriblement destructrice, tout le monde sait ça. Une habitude et, d'accord, jusqu'à présent, quelle raison est-ce qu'il aurait eue d'en changer ? Mais maintenant ?... Est-ce qu'il a seulement pensé à moi une fois, rien qu'une fois, en dix jours ? A mon beau corps blanc ? A ma manière intelligente de parler des choses ? A mon accent français si marrant ? Mais peut-être qu'il aurait préféré un beau corps noir ? Une, un peu gourde, au moins, là, il aurait pu se sentir intelligent ? Une sans accent ?... Ou alors est-ce qu'à part la came, il n'aimerait rien ? Comment est-ce qu'on peut vivre en n'aimant rien ?... Hier soir Susan m'a dit : « Ce qu'il faudrait, c'est qu'on vous mette ensemble dans un groupe ! Au moins tu saurais ce qu'il a dans la tête ! » Mais c'est que je ne veux pas savoir. Un « groupe », quel cauchemar ! Un « groupe », pourvu que ça n'arrive pas. Tu vois pas, ma vieille, qu'il dise qu'il a oublié ? Mais oublié quoi ? Son zizi noir dans mon zizi blanc, un coup dessus, un coup dessous, en quarante-cinq minutes au 305, évidemment, qu'est-ce qu'il y a vraiment à oublier ?

Les peintures, c'est la barbe. Enfin, oui et non. Ça épuise tellement qu'au moins, on n'a pas le temps de cogiter... Dans la salle à manger, je fais le coin café. Une espèce d'alcôve, près de la fenêtre. Avec, dedans, sainte Marie du Café. Dressée, géante et électrique, sur son socle d'acier. Mon pinceau nage dans l'ocre. Un bel ocre. Ça me rappelle la peau du salaud... « Tu ne la tires pas assez, cette peinture ! Ça ne fait pas régulier ! » grogne Né-pour-perdre. Pas à prendre avec des pincettes, aujourd'hui. Il faut dire qu'hier, il n'a pas pu fonctionner au lit, avec Carol, dans un sens, je l'admire de continuer à essayer. Veinard, quand même. Au moins, lui, il sait pourquoi on ne le redemandera pas... « Si c'était ta maison, je suis sûr que tu ferais mieux que ça ! — C'est possible ! Mais ça n'est pas ma maison ! » oh la la, une réponse comme ça, ça va me valoir, ce soir, un « groupe » dont je ne me remettrai pas... Ses yeux pâles me fixent sous ses cils pâles... « Ah, bon ? Pas ta maison, hein ? Tu dors ici ! Tu manges ici ! Tu bosses ici ! Tu t'envoies en l'air ici ! Et pas ta maison, hein ?... » Juste à ce moment, Susan débarque ventre à terre : « Frenchie, je t'emmène à la boutique ! » crie-t-elle, merci mon dieu. « Tu as une pause d'une demi-heure ! C'est d'accord avec Oscar !... — Qu'est-ce qui me vaut ça ?... — Don ! Il m'a dit : " La Frenchie, on commence à apercevoir ses fesses à travers son pantalon ! " Tu sais comme Isaac aime voir tout le monde bien sapé ! Surtout quand on attend Prince !... » Et si ça n'était pas à cause d'Isaac ? Et si c'était parce que, d'avoir mis des étages entre mon jules et moi, ça lui donnait des remords quand même, au Nazi ?

L'escalier en colimaçon qui mène à la boutique démarre du troisième étage. On grimpe. Petite porte. Susan enfile une clé. Pousse le battant. Fait un pas. Se retourne... « Hein ? » Sous ses mèches blondasses, elle est rose de joie... Hein, quoi ? Moi, c'est idiot, mais je m'attendais à une vraie boutique. Avec des miroirs, des vitrines, des lumières douces... Leur boutique, c'est un vrai cimetière. Un cimetière de fringues. Entassées pêle-mêle sur des étagères. Pendant de cintres compressés sur des tringles de fer. Débordant de cartons posés à même le sol. Tout ça, entre quatre murs de ciment. Sous l'œil blême d'une ampoule électrique dégringolant du plafond. Dans des effluves de désinfectant... Pas de fenêtres. Deux portes. Celle du fond, grande ouverte sur le ciel si proche qu'on pourrait le toucher du doigt. Le ciel bleu-bleu ce matin comme tous les autres matins, vraiment, c'est à devenir fou, ce temps qui ne bouge pas. C'est l'été ? C'est l'hiver ? C'est quoi ? Quelquefois, je me demande si mon temps à moi bouge... Je suis là depuis un mois ? Un an ? Dix ans ?... On commence à fouiller... « Ah, c'était vraiment le bon jour ! On a reçu une donation hier ! » rugit-elle. Pas jojo, la donation. Côté bonshommes, des vestons vert épinard, des chemises avec des fleurs à hurler, des T-shirts jaunes, marqués « Kentucky Fried Chicken », un poulet frit du tonnerre, vendu à la chaîne, dans des snacks rouges, partout en Amérique, m'explique-t-elle... Côté bonnes femmes, des tonnes de jupes, de blouses, de pantalons couleur d'ice-creams, quelques robes du soir à paillettes, et un boa violet... Elle le rafle. Se l'enroule autour du cou... « C'est pas merveilleux, une maison comme ça, où on vous donne tout ? Qu'est-ce qu'on peut souhaiter de plus pour être heureux ?... » Elle, rien. Le dehors et la came ? Avec sa cervelle déjà fêlée, elle ne ferait pas long feu et elle le sait bien. Le dehors sans la came ? Quarante-deux ans, la déraille, un bras foutu, même pas sûr qu'on voudrait d'elle à l'armée du salut... « Tu as raison..., dis-je. C'est vraiment merveilleux... » Et j'ajoute qu'elle a l'air d'une vraie star d'Hollywood, toute blonde, comme ça, avec son boa... Elle glousse de joie... « C'est vrai qu'un jour ma fille m'a dit que je ressemblais à Carole Lombard ! » Son regard marron chavire. Son regard qui a toujours l'air de s'être cassé sur le toboggan d'une mauvaise défonce. Son regard, et voilà qu'au fond, se pointe une blondinette à nattes, léchant un ice-cream. Pas ta fille, Susan. Pas ta fille. Non. Elle s'éclipse. Ouf... « Allez ! Dépêchons-nous !... Choisis-toi trois pièces ! Pas plus ! Et ne va pas sur le toit !... » Dommage. Venice, vue d'en haut, ça m'aurait bien plu. Et la plage. Et la jetée. Il s'y balade, toujours, le petit copain ? Et la Promenade. Elle y est toujours, sur son banc, la vieille juive ?... Mais peut-être qu'ils ont changé leurs habitudes. Qu'elle se came. Et qu'il tricote des poupées. Peut-être que c'est le monde à l'envers, dehors. Ça l'est bien dedans. Avec moi, dans cette baraque... Je pioche dans un carton de lingeries. Avant, mes chemises de nuit, je les assortissais aux bonshommes. Pour les paternels, du blanc à rubans candides. Pour les super baiseurs, du rouge. Pour les fatigués, du noir à froufrous. Après chaque bonhomme, je jetais la chemise. Ça ne me paraissait pas poli de jouir avec le suivant dans le même nylon... « Tu es complètement folle, ma petite fille ! disait ma mère. Tant que tu y es, pourquoi ne pas jeter ton lit et ton appartement ? » Je faisais mieux. Je jetais les villes. J'avais jeté Paris après le cinéaste sans cinéma. Londres, après Peter, un amour de rouquin, étudiant en sociologie, mais dix-huit ans de moins que moi, du coup, je le traitais comme s'il avait dix-huit mois, quelle horreur ! Sydney, après Greg, le publiciste en chaussettes blanches, car alors là, il aurait fallu vivre en Australie... et ma maman ? Rome, après Marco, œil de velours et patron d'un restaurant du tonnerre, mais je le savais bien qu'il était toujours amoureux de cette fille. Hong Kong, après Chen, encore un marié, je la connaissais, pourtant, la chanson, qu'est-ce qui m'avait pris ?... Et, hop, un mot bref mais-quel-style, griffonné sur la coiffeuse d'un Holiday Inn, à trois heures du matin. Et un avion à cinq. Un ciel rose en vaut un autre. La raison du nouveau voyage, je me la dégottais toujours à l'arrivée. Avec un nouveau mec. Et puis un ou deux articles. Pour justifier le mec. Jusqu'au jour du mot bref mais-quel-style, griffonné sur la coif... J'en arrivais à ne plus savoir pourquoi, une fois encore, ça n'avait pas marché. Si c'était moi. Ou lui. Ou les deux. Ou personne... « Pourquoi ? Parce que c'est ce que tu veux ! Tu te choisis toujours des types avec lesquels, pour une raison ou une autre, ça ne peut pas marcher ! » m'avait lancé un jour Salomon, nettoyant avec moi les chiottes de la cuisine, qu'est-ce qui m'avait pris de lui raconter ma vie ? Ces juifs, il fallait toujours qu'ils aient les réponses à votre place. Et là, quelle réponse idiote ! Enfin, voyons, vingt ans qu'au contraire, je faisais tout pour que ça marche. Vingt ans que je me cherchais un vrai homme... Et Elton ? C'était un vrai homme ? Dans la baraque, un vrai homme, de toute façon, ça n'existait pas. Evidemment, j'avais choisi le plus perturbé quand même. Pas choisi. Le hasard. Est-ce que c'était de ma faute si, ce matin-là, il descendait comme, moi, je montais ? Le pur hasard... « Le hasard ? » avait répété Salomon de sa voix douce. Ses jeunes yeux de vieux rabbin s'étaient plissés de rire, derrière ses lunettes de fer... « Tu y crois, toi, à ce bobard-là ? » Et merde... Pour en revenir aux chemises de nuit, ici, pas la peine de personnaliser. Puisque, à supposer qu'on ait un mec, une nuit entière, à deux, ça n'existait pas. Alors, sans mec... Tiens, une belle transparente à bretelles. Si je la prenais quand même, au cas où le salaud... « Regarde-moi ça ! » hurle la voix de Susan derrière moi... Je me retourne. Elle est là. Souffle court. Un paquet d'habits serré sur son cœur... « Une robe juste à ma taille ! Moi qui n'avais plus rien pour le matin !... Et du pur coton !... Je le savais bien que c'était mon jour de chance !... » D'entendre ça, ça me fait un coup terrible. Sa voix, à la camée d'Amérique, voilà que, brusquement, c'est la France. C'est la voix d'une p'tite Française, le jour des soldes, aux Galeries Lafayette. Tout me revient d'un coup... Le rez-de-chaussée et son haleine chaude de Chanel 5. L'escalier roulant vers les paradis d'en haut. Le « dans le vent... », et ses mousselines audacieuses, au premier. Le salon de thé, au deuxième : tartelette aux fraises dans la soucoupe blanche et nappe rose... Une grosse boule me serre la gorge... « Tu en fais une tête ! Qu'est-ce qu'il y a ? demande-t-elle. — Tu me rappelles les Galeries Lafayette !... — Les quoi ? » dit-elle, fronçant ses sourcils blonds... Je gueule : « Les Galeries Lafayette ! » Je gueule... Dix ans de ma vie tout de suite. Et toutes leurs boutiques à la con. Et toute leur réhabilitation à la con. Et tous leurs Elton à la con. Pour y être, aux Galeries Lafayette. Cavalant vers le rayon des chaussures, le rayon des casseroles, le rayon des petites culottes, le rayon des p'tits riens, le rayon des tout-tout-tout... « Ooooh ! C'est un magasin ! » dit-elle. Elle s'approche. Elle s'accroupit. Elle entoure mes épaules de son bras foutu... « Mais, Frenchie, tu y retourneras !... » Je dis : « Quand ?... » Je sanglote.

Eh bien, le soir, malgré mon engueulade avec Né-pour-perdre, malgré ma crise Galeries Lafayette, ils ne mettent pas le « groupe » sur moi. Toujours comme ça. Quand on ne s'y attend pas, ça arrive : « Mais-est-ce-qu'un-jour-ils-vont-arrêter-de-me-torturer ? » Quand on s'y attend, ça n'arrive pas : « Evidemment-maintenant-que-je-ne-suis-plus-nouvelle-mes-problèmes-ils-s'en-foutent ! » Enfin... Quand on en sort, du « groupe », sans doute qu'il est tard. Dans le living bleu, les autres sont déjà là... Têtes renfrognées ou soulagées. Yeux rougis ou yeux qui sourient. Nez qui brillent sous les fonds de teint qui coulent. Mains qui s'abattent sur des épaules : « Tu ne m'en veux pas, hein ? Tout ce que je voulais te faire comprendre, c'est que... » Lèvres rigolardes glissant dans des oreilles rigolardes : « L'enfoiré ! Ça m'a fait du bien de lui balancer ses quatre vérités ! Tu aurais vu sa tronche quand j'ai dit... » Derrière la vitre, l'océan est noir... Susan met Johnny Mathis sur l'électrophone... : « Hououou ! » qu'ils crient. Elle remplace par Cat Stevens... : « Aaaaah ! » qu'ils crient. Elle se marre, rouge comme une pomme d'api. Inutile de lui demander de quoi elle a parlé en « groupe ». A chaque fois qu'elle raconte l'histoire de sa fille, c'est comme si elle expulsait un poison de son système. Après ça, elle revit... Assis dans un coin, Mini-Paco exhibe une tête suicidaire. Qu'est-ce qu'ils lui ont dit ? De grandir ?... Quelqu'un dit : « Il est minuit ! » Quelqu'un dit : « Prince arrive demain !... » Une blouse rouge fend la foule vers moi. C'est Ruth. Sa belle tête, casquée de frisettes toutes neuves, se penche... « Tu as une cigarette ? » Elle a tellement chialé, ce soir, que ses faux cils se sont barrés. Elle me regarde avec ses vrais yeux. Des petits yeux déplumés... La cigarette, c'est pour me dire : « Tu me parleras toujours, après ce que j'ai raconté dans le groupe ? » Ce qu'elle a raconté, c'est qu'elle a tué son mari, son secret, c'était ça. Il y a sept ans. Un jour qu'elle était en manque de came. Dans leur villa des collines. Et flac, la carabine décrochée. Le coup tiré. Le type qui s'effondre. Les deux gosses qui hurlent. Les flics qu'elle appelle. Les cinq ans à la prison des femmes. Le transfert et la baraque pour un an, comme a dit Leon, on s'en tire à bon compte, en Californie... Naturellement, son histoire, ça m'a collé un malaise effrayant. D'abord, évidemment, ce qu'elle a fait. Mais aussi qu'elle ne me l'ait jamais dit, pourquoi est-ce qu'elle me l'aurait dit ? Dit ou pas dit, la vraie Ruth, c'est qui ? Celle qui, chaque matin, sa croupe ondulant sous un peignoir mauve, parle à ses plantes : « Mamma vous aime, mes jolies ! Mamma reviendra tout à l'heure, vous donner à boire ! » Ou l'autre, avec sa carabine ? Mon malaise, c'est ça. De me dire qu'alors c'est vrai, les assassins sont parmi nous. Et comme on ne sait pas, on les aime bien. Et puis voilà qu'on sait. Mais le pli est pris, du coup, comment faire pour les haïr ? Et est-ce qu'il faut vraiment les haïr ? Puisqu'on ne sait toujours pas quand ils étaient vrais... Mais naturellement, Ruth, que j'ai une cigarette... Don fait irruption. Je dis : « Merci de m'avoir fait envoyer à la boutique !... — Quelle boutique ?... — Tu n'es vraiment pas à prendre avec des pincettes, ces jours-ci !... — C'est parce que je fais trop l'amour ! Ha ! ha !... Puisque tu le sais, que je ne suis pas à prendre avec des pincettes, pourquoi est-ce que tu essaies de me parler toutes les cinq minutes ?... — C'est parce qu'elle t'adore ! » roucoule Susan. Elle le prend par la taille : « N'est-ce pas que, quand j'aurai une permission de sortie, je pourrai l'emmener à Disneyland et que... » Tous des malades. Je file. Je passe la porte, tête baissée... « Hé, doucement ! » grogne une voix. Pas vrai, mais il a encore grandi, le salaud... Pas vrai non plus le T-shirt jaune, marqué en rouge : « Kentucky

Fried Chicken »... C'est sûr, lui aussi, il a eu droit à l'expédition fringues, si j'avais envie de rigoler, je rigolerais. Pas vrai, mon cœur à cent à l'heure, mes jambes en coton, j'ai pas honte ?... Autour de nous, brusquement, c'est le silence. Quinze camés sans came me lorgnent. Lorgnent le salaud. Me lorgnent. Elle va lui parler ? Il va lui parler ? Quoi ?... Derrière ses lunettes, ses yeux me fixent. Furieux. Je bafouille : « Excuse-moi... » Enchaîner. Vite. Enchaîner... « Tu as eu un bon groupe ? » que je demande, qu'est-ce que je pourrais bien demander d'autre ?... Quinze camés sans came retiennent leur souffle. Qu'est-ce qu'elle a dit ?... Je le regarde. Pour la première fois, depuis douze jours, je le regarde. J'avais oublié qu'il a vraiment une tête à claques. Une tête en direct de Saint-Quentin. Œil soupçonneux, pommettes salopes, grosses lèvres toutes prêtes à vous envoyer voir ailleurs s'il y est, mais qu'est-ce que je lui trouve ? Que malgré tout ça, oui ma vieille, il a l'air d'un prince... Quand même, où est l'autre, sa tête qui me disait que j'étais son rêve ? Envolée après avoir été enfilée juste pour la circonstance ?... Toujours là, derrière l'autre, mais il la planque bien ?... D'un coup, ça me fait comme pour Ruth. Le malaise. Car enfin, comment savoir quand est-ce qu'ils sont vrais, les gens ?... « Un bon groupe ? » répète-t-il comme s'il se demandait ce que j'ai bien pu vouloir dire d'autre... Quinze camés sans came suent de curiosité... Qu'est-ce qu'il a dit ?... Ce qu'il va dire, en tout cas : « Et toi ? » Je vais lui raconter l'histoire de Ruth, sans la nommer, évidemment. Je vais lui demander ce qu'il pense de mes sensations, ça lui donnera l'impression qu'il est important. Je vais l'intéresser, l'étourdir, le coincer là, dans l'embrasure de la porte pendant au moins vingt minutes. A la fin, il dira : « Si on allait prendre un café à la cuisine ? » Et là, je dirai... « Un très bon groupe..., lâche-t-il enfin. Excuse-moi... Je tombe de sommeil !... » Il s'esquive... Un petit tas de merde s'arrondit sur le tapis. C'est moi... Quinze camés sans came se fendent la gueule en dedans... Le bide !... Les parlotes redémarrent... Oscar s'amène. Mégot au bout des doigts. Et sourire en coin... « Au cas où tu n'aurais pas de rancard pour demain soir, qu'est-ce que tu dirais de venir discuter avec moi, au 212 ? » Je le regarde. Je fais ce que je n'ai pas osé faire depuis trois mois. Je lui dis d'aller se faire foutre.

Sainte Marie du Café hoquette à petits coups, dans sa niche marron. Personne pour me voir cuver mon bide... Mais est-ce que c'est vraiment un bide ? Les juifs, ça refuse le bide. C'est pour ça qu'on est toujours là. Le seul bide, c'est la mort. Le seul bide, ça serait qu'il crève, justement. Qu'il quitte la baraque. Qu'il se repique. Qu'il crève. Mais, là, est-ce que ça serait vraiment un bide ? Ou juste le manque de pot ?... Sainte Marie du Café me chuchote : « Café... » Je m'attrape une tasse. La place sous le petit robinet. Une main le tourne. Pas ma main. Une main surgie de derrière moi. Une main noire. Je me retourne. Deux bras jaunes me coincent. Me voilà au milieu. Ma tasse à la main. Nez sur le « Kentucky Fried Chicken ». Il me lâche, pourquoi est-ce qu'il me lâche ?... Il dit d'un air irrité : « J'ai retenu ma chambre pour demain soir ! Ça te va ?... Je t'ai cherchée avant le groupe pour t'en parler ! Mais tu n'étais nulle part... Je n'allais quand même pas te dire ça dans le living, devant tout le monde ! » Je le savais. Une envie de pleurer terrible me tombe dessus. Une détente terrible, aussi, juste comme si je venais de me taper une poignée de petites chéries. Une main se pose sur mon cœur et me dit que tout est dans l'ordre. Cher Elton. Il n'en pouvait plus. Je le savais. Pourri d'Elton, aussi. Parce que enfin, pas trop tôt. Tout ce mouron pour rien. Tout ce mouron pour quoi, au fait ? Je le regarde. Un grand Noir à lunettes, l'air constipé, avec un T-shirt hilarant. Au fond, qu'est-ce que je lui trouve ? Ça y est, voilà que le fou rire me prend. Je dis : « C'est idiot ! C'est à cause du " Kentucky Fried Chicken "... », pour lui coller un complexe d'infériorité, c'est gagné. « C'est tout ce que j'ai pu trouver à ma taille, dans leur boutique ! » crie-t-il, on dirait vraiment qu'il va exploser... « Tu ne m'as pas répondu ! Je te vois demain soir ? Ou tu as déjà un autre rendez-vous ?... » Ses yeux sont deux têtes d'épingle qui brillent. Si je disais oui, est-ce qu'il m'étranglerait ? Qu'un type essaie de m'étrangler, ça a toujours été mon rêve secret. Là, au moins, je pourrais être sûre que je l'intéresse, ah, ma vieille, c'est pénible de douter de soi à ce point-là... « Dis donc, en douze jours, tu aurais quand même pu m'adresser la parole ! » Qu'est-ce que j'attends pour lui répondre ? Qu'il explose. Ça lui apprendra. « J'aurais pu ! Mais je ne voulais pas !... — Pourquoi ça ? » Il piaffe : « Ecoute... Je te vois ou je ne te vois pas ? » La salope fait une moue charmante, comme je ne sais plus quelle actrice dans je ne sais plus quoi... « Tu me vois ! », quel dommage qu'il faille en finir. Il fait comme la première fois. Le sourire qui, sans crier gare, allume un grand soleil sur son visage noir. Et puis la fuite, à croire que, se dégotter ce qu'il veut, c'est ce qui lui fait le plus peur au monde... Quand même le salaud a de l'estomac. Avoir retenu sa chambre, comme ça, sans être sûr. Peut-être qu'il était sûr. Pourquoi est-ce qu'il était sûr ? Il me prend pour un toutou, ce camé ? Attends un peu que, le toutou, ça soit lui. Son zizi dans ma bouche rien qu'une fois, et l'Elton, il est à moi... Avec tout ça, mon café est froid. Ce qui ne l'est pas, c'est ma petite culotte. Ni ma tête. Pleine de cloches, ma tête. Oui, ma vieille, j'ai un coup de joie. Le premier, depuis trois mois.

Je vais coller la nouvelle à l'oreille de Cindy. Assez fort pour qu'elle tape dans celles des autres, vautrés, comme elle, sur le tapis vert de la bibliothèque : Jo,

Ella la Terreur et son nez bouffé, Justin, vous voyez bien, crétins, que je ne suis pas celle qu'on baise une fois, mais pas deux... Elle dit : « Ah bon ? » L'œil gris qui rêve de Bobby. Et sa main dans celle de Jo. Je m'installe à côté d'eux. La bibliothèque, elle est peinte en noir brillant, comme un cercueil géant. C'est le royaume de Justin. Même qu'il a la clé. Au fait, c'est une bibliothèque sans livres. A la place des tonnes de cassettes, harangues du Bouddha, musique, enregistrements de séminaires, de « groupes »... Là, celle qui démarre, c'est *Le Prophète* de Gilbran, lu par Prue qui a une si jolie voix... « Je suis allée à la fontaine pour boire, mais c'est la fontaine qui avait soif... » Je trouve ça fabuleux. Je ne suis pas sûre d'en saisir le sens profond, mais je trouve ça fabuleux. De toute façon, cette nuit, je trouve tout fabuleux. Cette bibliothèque si originale. Cette odeur de nuit, de vent, d'océan, par la fenêtre ouverte, derrière moi, vous connaissez beaucoup de gens qui vivent dans une belle maison comme ça, les pieds dans l'eau ou presque ? Ces camés admirables qui prennent le temps de s'instruire entre leurs heures de travail. Ce bon Dieu qui a tout manigancé au quart de poil. Le T.W.A. à Orly, direction Amérique. L'autobus, arrêt : Venice. La plage. Le petit copain : diable bidon et, au fond, messager de mon destin. La mauvaise défonce. La baraque. Tout ça, pour que je me la paye enfin mon histoire de cul pas comme les autres... Quand on sortira d'ici, Elton et moi, les camés sans came nous ferons une fiesta du tonnerre : rosbif pour le dîner et lampions partout... C'est dans le Colorado qu'on aura notre ranch, là où sont les grands espaces qu'on voit dans les films américains. Levé à l'aube, il conduira le tracteur dans les champs jaunes. Moi, je trairai les vaches, j'étrillerai les chevaux, je ferai cuire le maïs. J'aurai des bottes en vrai cuir, et une chemisette à carreaux, ouverte sur mes seins nus, comme Jane Fonda. On passera nos nuits à baiser devant un feu de bois. Il dira : « Je le savais bien que je te rencontrerais un jour ! Tu es ma reine ! Suce-moi ! » Naturellement, on sera réhabilités. Tout ce qu'il faut, pour arrêter la came, c'est trouver quelque chose à faire de plus intéressant que la came. A mes moments perdus, j'écrirai des livres. De très beaux livres qui resteront dans le cœur des hommes. Mon éditeur parisien m'enverra des chèques en argent français. On prendra la Jeep pour aller les changer à la banque de la petite ville : maisonnettes de bois à vérandas, poussière et saloon... De Paris, des journalistes viendront m'interviewer. Je lâcherai dans leur petit micro : « Ma patrie, ça n'est pas le pays qui m'a donné la vie ! C'est le pays qui m'a aidée à la conserver ! », enfin, quelque chose comme ça. Des photos inonderont la presse française : « Deux rescapés de l'enfer de la drogue ont découvert le bonheur de la vie simple... » Ah, qu'est-ce que je déconne, ce soir... Et alors ? Je suis une femme intelligente. Je peux bien jouer à la bonniche de temps en temps. Et si c'était le contraire ? Et si j'étais une bonniche qui joue à la femme intelligente de temps en temps ?

« Ecoute-moi bien... A partir d'aujourd'hui, on se verra de temps en temps. On passera un moment agréable au lit. On discutera si on en a envie. C'est tout ! Pas de baratin ! Pas de promesses ! Pas d'engagement !... Tu as compris ?... » Dans l'ombre, si on peut appeler ombre cette lumière violette qui nous matraque, mais, bon dieu, où est-ce qu'il a déniché cette ampoule, ses yeux me scrutent. Tu parles si j'ai compris. Il me veut. Ça lui flanque une trouille bleue. Mais il me veut. C'est pas merveilleux ?... Je dis : « Mais oui, j'ai compris ! », et le ranch du Colorado se met à défiler dans ma tête, lui et moi dans des scènes rustiques et tout... Il se rallonge. Nous revoilà comme deux gisants. Je me rapproche. Je case ma tête au creux de son épaule. J'attends qu'il déplie son bras. Il ne bouge pas. Pénible. J'ai l'impression de câliner une pierre tombale... « Tu n'as pas envie d'une cigarette ?... Moi, oui ! » dit-il enfin, gracieusement. Pigé. Il bouge. Il reprend sa liberté. Bon... Sa chambre est aussi briquée que la mienne, est-ce qu'il y a une seule chambre, ici, qui ne le soit pas ?... Trois lits recouverts de bleu. Celui de Willy, surplombé par la photo d'une jolie Noire qui sourit, c'est qui ? Celui de Jo. Au mur, le poster géant d'un film qui s'appelle *Frankenstein Junior*, avec le monstre découvrant des crocs à faire frémir, sur fond de ciel d'orage... Au fait, le moment agréable, comme il a dit, a été bref. Toujours bon. Mais bref. Sans doute qu'entre deux piquouzes, il n'a jamais eu le temps de recommencer. Mais, ici, il l'a. Alors ? Il attend quoi ? Que je demande ? Ça me gêne. Pas vraiment. J'ai peur qu'il dise : « Non... » Comme il l'a dit, cette fois encore, pour le coup du zizi dans ma bouche. Sa grande main écartant ma tête fermement : « Non ! Je t'ai déjà dit, pas ça !... » J'ai demandé : « Tu n'aimes pas ? » Silence. Mais qu'est-ce qu'il a ? Ça lui rappelle ses putes ? Mais qu'est-ce qu'il a ? Et merde. C'est comme s'il me baisait sans savoir comment je m'appelle. Est-ce qu'il sait comment je m'appelle ? Et merde. Ma bouche, c'est mon triomphe. Et si, son truc à lui, c'était, justement, de m'empêcher de triompher ? Et merde. Quoi, merde ? D'accord, apprivoiser un type comme ça, ça prendra du temps. Mais, ici, le temps n'existe pas. Alors, j'ai tout mon temps... « Comment ça va à l'équipe du bricolage ? » que je dis. Malgré les apparences, une bonne question. Pas personnelle. Mais personnelle quand même... « Justement... J'étais en train d'y penser ! » s'exclame-t-il, décidément, on ne peut pas dire que le sexe, ça le bouleverse. Il s'accote contre son oreiller. Il remet ses lunettes. Du coup, ça fait comme s'il s'était rhabillé, et mon cœur se serre... « Ça ne va pas fort !... Pourtant, c'est un boulot facile ! Et bon pour moi ! Ce programme, ici, c'est le meilleur de tous ceux que j'ai essayés !... — Tu en as essayé beaucoup ?... — Tous ! Je les ai tous essayés ! Ici, je sais que j'ai une chance de m'en sortir !... Je veux arrêter la came ! Je suis fatigué ! Je veux m'arrêter ! » crie-t-il. Et voilà qu'il est dans sa cellule grise de Saint-Quentin. Et il secoue les barreaux comme un fou. Et c'est à pleurer... « Je veux changer ! Mais changer, changer vraiment, c'est quoi ?... Et si je ne voulais pas changer, au fond ?... Je ne sais pas ! » Son poing noir se met à marteler son crâne : « Ah, il y a quelque chose qui cloche dans ma tête ! » Son œil file vers le plafond violet. Je lui attrape la main. Une main chaude et toute sèche. Ça devient formidablement intime... Encore plus que quand il a mis son zizi noir dans mon zizi blanc. Je sens que ça le gêne. Ça me gêne de le gêner. Je la lâche. Un tout petit froid... « Peut-être que, tout simplement, tu es trop intelligent... » que je risque... Il sursaute. Il me regarde un bon coup... « Merci ! » dit-il enfin, très vite. Pour la première fois, ses yeux me caressent dans l'ombre. Le coup du trop intelligent, ça marche avec les plus idiots. Il n'est pas idiot. Simple ? Non plus. Alors quoi ?... Il propose un « cookie », c'est comme ça qu'ils appellent les petits-beurre, en Amérique. Il se lève. Va extirper un sac en papier d'un tiroir, qui est-ce qui lui a donné ça ?... On grignote... « Ouille ! » Il se met à masser sa jambe comme un fou... Qu'est-ce qu'elle a ? Elle a que, parfois, elle lui donne des crampes terribles. Depuis qu'il l'a cassée, il y a deux ans. En sautant d'un toit, à Saint-Quentin. Et qu'à l'infirmerie, ils lui ont recollée de travers, histoire de lui laisser un souvenir. Ça, c'est moi qui le pense. Sûr qu'il le pense aussi. Pourquoi est-ce qu'il ne le dit pas ? Parce que, à part lui, il ne juge personne. Il est meilleur que moi. Ce qu'il dit, c'est : « Tu vois, je suis un vrai salaud ! », si bas que j'ai du mal à l'entendre. Il reste là. Statue du Salaud. Tête baissée. Jambes noires qui n'en finissent pas, pendant comme des battants de cloche. Matraqué par la lumière violette du Jugement dernier... Il me fait de la peine. Salaud, ça, jamais, j'en suis sûre, que je dis. Et d'abord, salaud, ça veut dire quoi ? Les camés ne sont pas des salauds. Juste des gens trop purs pour ce monde pourri. La came, c'est pour ça. Pour habiller la merde de technicolor, tiens je n'avais jamais pensé à ça. Je brode. Je conclus sur le thème : les camés sont les derniers romantiques. Je me trouve drôlement intelligente. Originale, aussi. Tu parles. Tout ça, ça a dû être écrit dix fois. L'important, c'est que je ne le sache pas. Au fait, est-ce que ça a été écrit dix fois ? A sa tête, non. Mais, évidemment, il n'a quand même pas tout lu, à Saint-Quentin... Il s'allume une cigarette d'une main enthousiaste... « C'est une théorie intéressante ! Vraiment, j'adore parler avec toi !... » Merci quand même. Parler ? Seulement parler ? Mais non. Coucher aussi. Seulement ça, il ne sait pas le dire. Encore un de mes trucs. Quand un type ne me dit pas ce que je voudrais qu'il me dise, c'est qu'il ne sait pas le dire. Des suppositions comme ça, ça m'a fait perdre à peu près un an à chaque fois... Et si c'était vrai, quand même, qu'il ne sait pas le dire ?... Il me balance un grand sourire blanc. Je lui balance un grand sourire noir. Je vois tout d'avance. Je vais être son psychiatre de service. Sa mamma à peau blanche. Sa copine d'enfance, mais est-ce qu'il a jamais eu une enfance ? Son meilleur ami, mais est-ce qu'il a jamais eu un ami ? Sa bouquetière des lendemains qui chantent : achetez-moi mes jacinthes anti-dépressives, mes violettes euphorisantes, mes tournesols de la sérénité. Avant un mois, il ne peut plus se passer de moi. Alors, continuer. Tout donner. Ne rien demander. Jusqu'à ce que la reconnaissance l'étouffe. Ou la honte. Ou les deux. Et qu'il commence à donner, lui. Et s'il n'avait rien à donner ? Quelqu'un qui n'a rien à donner, ça n'existe pas. On verra bien. Au fait, on verra, quand ? Et, se voir de temps en temps, comme il a dit, ça veut dire quoi ?

Ça veut dire pas souvent. Trois fois en deux mois, moi, j'appelle ça pas souvent. Mais, évidemment, il n'avait pas dit que ça serait souvent. Quand est-ce que j'arrêterai de me faire croire que ce que me dit un type veut dire autre chose que ce qu'il me dit ?... « Il t'intéresse toujours, Elton ? » m'avait demandé Carol, m'arrêtant dans le couloir, un matin. Sourire candide et bloc-notes serré contre ses seins... « Mais oui ! Pourquoi ? », c'était elle qui s'y intéressait ou quoi ? Oui. Enfin, pas davantage qu'aux autres. Dûment recensés sur son bloc, qu'est-ce que c'était, la croix, devant les noms ?... « C'est ceux que je ne me suis pas encore tapés ! Tu vois, il m'en reste onze ! » avait-elle répondu d'un air allègre... « Justement, j'en étais à Elton ! Mais, bon, d'accord, je te le laisse ! » Du coup, elle m'avait donné l'horrible idée. J'étais cocue. Justement, ce samedi-là, à l'heure du baisage, il n'était nulle part. Willy et Jo non plus, mais qu'est-ce que ça prouvait ? Au premier étage, sa porte fermée avait confirmé. Cocue. J'étais restée là, cœur rétréci, jambes en coton, mon dieu, dix ans de ma vie pour une poignée de petites chéries. Je les vis qui s'empoignaient comme des fous. Et sa peau brillait, dans la lumière violette. Et son zizi s'enfonçait dans... la garce, au fait, c'était qui ? Marion ? Jackie ? Carol, imaginez qu'elle ait changé d'avis ? Cocue. Mes petites chéries ou je vais mourir. Cocue. Ah, j'étais trop bien pour lui ! Ou pas assez bien. Qu'est-ce que j'avais fait ? Ou pas fait ? Ou mal fait ? Mes petites chéries. Dormir. Mon lit à Paris, et mes petites chéries. Dormir. Cocue. Mais qu'est-ce que j'ai, à toujours tomber sur des ordures ? Je suis trop bonne. C'est ça qui les attire. Cocue. Ma vieille, d'un type, je peux tout supporter. Battue, roulée, exploitée. Mais pas cocue. Ecoute, quand même, il avait dit : « Pas de promesses, pas d'engag... » Vouais. Mais il avait dit aussi : « J'adore parler avec toi ! » Parler. Vouais. Oh, je suis vieille et moche et con. Flinguez-moi. Ecoute, le cul tout seul, ça veut dire quoi ?

Rien. N'empêche, cocue, rien que le mot, ça m'a toujours donné envie de sauter par la fenêtre. Ecoute, quand même, tu m'étonnes. Une femme comme toi qui t'es tapé des milliers, enfin des centaines, enfin des dizaines de mecs. Oui. Mais l'un après l'autre. J'ai une morale, moi. Mes petites chéries. Les camés ne sont pas des salauds. Juste des gens trop purs pour ce monde pourri. Cocue. Moi. « C'est ton ego qui te fait mal ! » qu'ils me diraient, en « groupe ». Le savoir, ça m'avance à quoi ? Cocue. Un névrosé, qu'est-ce que j'aurais pu attendre d'autre ? Et même pas bon amant. Cocue. Ça t'étonne ? Un type fascinant, pas étonnant qu'elles le veuillent toutes. Et un amant merveilleux, seulement, moi, je ne l'inspirais pas. Cocue. Leurs têtes, demain. Sa tête, demain. Ma tête, demain. Avec mes petites chéries, demain n'existait pas. Ni hier. Ni... Leon avait surgi au bout du couloir. Sac à linge sur l'épaule, et tête mauvaise sous son bonnet : « Ah, cette maison !... La machine à laver est détraquée ! Elton est au sous-sol depuis sept heures à essayer de la réparer ! » Ma vieille, j'avais failli l'embrasser... « Ça m'étonnerait qu'il couche jamais avec une autre ! » avait rigolé Cindy, chère Cindy, à l'heure des chemises de nuit... « Une seule, ça doit lui poser suffisamment de problèmes comme ça ! » En plus de ceux qu'il avait déjà. La première fois qu'on s'était revus, à peine le coup de zizi expédié, le voilà qui se mettait à me parler de son dos qui le tracassait depuis une semaine. Même qu'il se demandait, justement, si tout son problème n'était pas là. Un brave problème bien physique qui l'empêcherait de faire ce qu'il voulait avec sa tête... « Peut-être que je traînais ça depuis des années sans le savoir ! s'était-il écrié, ravi. Si c'est ça... », et ça, il le saurait en allant passer une radio à la clinique de Venice, la semaine prochaine, « ... au moins, je saurais où attaquer le problème !... » On en avait reparlé jusqu'à minuit, de son problème... En fin de compte, il était plus fort que je ne pensais. Pour l'instant, le patron, c'était lui. Me voyait quand ça lui chantait. Me faisait tirer son coup comme il l'entendait. Me traumatisait aussi, qu'est-ce que j'attendais pour repartir à l'assaut de son zizi ? D'accord, ça tournait à l'obsession. Mais c'était symbolique. La seule chose qui lui ferait comprendre, une bonne fois, que le patron, c'était moi. Par-dessus le marché, il me faisait écouter ses âneries. Car enfin, quel problème ? Sa tête ? Ses jambes ? Son dos ? Son problème, c'était de s'en inventer un pour ne pas voir les vrais. Je n'allais pas lui dire ça. Pourquoi pas ? La pauvre chérie avait peur de le perdre. Mais je commençais à me demander : perdre quoi ?... C'est tout ça que je ruminais dans ma tête, le lendemain, en attaquant l'escalier du second direction le placard aux balais. Un jeune monsieur en tricot marin descendait. Un joli bronzé dans les trente-cinq ans. Genre hippie de luxe avec des cheveux châtains aux épaules. Un nouveau. Je lui avais envoyé le sourire d'usage : « Bonjour ! je m'appelle Frenchie ! Et toi ? » Il avait souri, quelles dents : « Prince ! » Quoi ? Depuis le temps qu'on l'attendait, celui-là, autant dire qu'on ne l'attendait plus. Et moi qui l'imaginais vieux et obèse avec un cigare. Il avait ajouté, dans un français exquis : « Vous êtes française, n'est-ce pas ? Comme c'est amusant ! Justement, Paris, j'y étais la semaine dernière ! » Sa bouche étincelante avait lancé les noms de bistrots parisiens et de leurs spécialités, de théâtres parisiens et de ce qu'on y jouait, de grands hôtels parisiens et de leurs salons, d'époque ou pas, à croire que Paris lui appartenait, au mécène. Et au fait, c'était qui ? Un fils à papa millionnaire et décédé d'une overdose ? Un journaliste à la solde d'un magazine richissime, et il allait raconter au monde entier qu'il m'avait rencontrée ? Un affamé d'amour et, ici, avec son gros chèque, il se l'achetait à tous les coups, le cœur des camés ? Toujours est-il qu'il était resté là, à me faire la causette. Comme à une voyageuse qu'il aurait rencontrée dans un aéroport. Mais il n'y avait pas de voyageuse. Ni d'aéroport. Juste une camée sans came, sur l'escalier d'un centre de réhabilitation. Et quand il s'était mis à me raconter les nouveaux éclairages de l'avenue de l'Opéra, brusquement, je m'étais dit que le Prince, il déraillait complètement. Heureusement, une voix avait hurlé : « Frenchie ! Alors, le Bleach, ça vient ? » Et je m'étais éclipsée d'un pied soulagé. Cette fois-là, Prince, il n'était pas resté. Enfin, juste le temps de laisser son chèque au Bouddha. Quinze mille dollars. C'était Willy qui, le soir, nous avait annoncé ça : « ... et Isaac a dit : " Au fond, Prince, c'est peut-être le plus grand fourgueur de came de Californie ! Bah, ça ne me dérange pas ! Si son chèque lui lave la conscience, tant mieux pour lui ! Et pour nous ! " » Ça ou autre chose, Prince s'était renfilé dans sa Rolls Royce couleur d'aubergine, en emportant son secret. Au fond, ça valait mieux. Imaginez qu'un jour, manque de pot, vous découvriez l'identité du père Noël, qu'est-ce que ça vous ferait, hein ?... En parlant d'identité... « Et s'il était pédé, Elton ? Ça expliquerait pourquoi il te fait l'amour une fois toutes les trois semaines... » m'avait glissé un soir Ben, fesses sur mon couvre-pieds. En attendant Sarah qui lavait les siennes dans la salle de bains... « Oh, tu sais, c'est juste une idée... Mais, en taule, les mecs... » Le dimanche d'après, sur la plage où nous avait précipités, pour une heure et sous l'œil de Don, la canicule de juillet, j'avais été m'aplatir dans le sable brûlant à côté du salaud. Une envie de lui terrible m'avait prise, à le voir là. Carrure d'athlète et short couleur de sa peau, qui, dans le soleil, virait au rouge, en fin de compte, les Noirs, c'est tout sauf noir, ah, ma vieille, je donnerais n'importe quoi pour avoir un arc-en-ciel dans le système comme ça... J'avais dit : « Toutes ces belles filles, sur la plage... » (C'est pas moi, la plus belle ?... C'est pas moi, la plus sexy, dans mon bikini à pois, dégotté à la boutique ?) « ... je me disais justement... le manque de femme, en prison, ça doit être pénible, non ? » Pas brillant, mais comment est-ce qu'on amène un sujet comme ça ? Il avait arraché de son bouquin un nez surpris : « Oui ! Mais on s'y fait !... — Et j'imagine qu'on peut toujours se taper des types à la place ! Ça t'est déjà arrivé ? » demandai-je. Et alors ? Ici, le mot « privé » n'existe pas... « Quelquefois !... — Et ça t'a plu ? » S'il dit oui, je me flingue. Il s'était mis à rire... « Pas vraiment ! Mais c'était mieux que rien ! » Bon. Pas pédé. Dommage. Enfin, presque. Au moins, là, j'aurais pigé... « Qu'est-ce qu'il y a à piger ? Il te baise quand il en a marre de bander ! Comme il baisait ses putes ! Sauf qu'avec toi, c'est gratuit ! » s'était esclaffé Don. Quelle plaie de n'être plus nouvelle : maintenant, on me collait en « groupe » avec lui... « Ça te fait quoi qu'il te traite comme une pute ? » avait soufflé Ella la Terreur, tournant vers moi sa figure noire et sans nez... « Ça me déprime !... — Pourquoi est-ce que tu ne lui dis pas ?... — Parce qu'elle pense qu'elle ne mérite pas mieux ! » avait gémi le Nazi, levant au plafond ses mains étoilées de bleu. Ça, ça avait fait « ding » dans ma tête. Est-ce que je pensais que je ne méritais pas mieux ? Et avant, avec les autres, est-ce que j'avais pensé aussi que je ne méritais pas mieux ?... La deuxième fois, quel cirque, ce jour-là, dans la baraque. D'abord Linda et Prue envoyées se dégotter du boulot à l'extérieur, et elles avaient huit jours, sinon, la valise et bon vent. Et puis Peggy qui s'était barrée en pleine réunion du « service médical », qu'est-ce qui s'était passé ? Etait revenue, le soir même. Enfin, revenue, si on pouvait dire. Accroupie, dehors, de l'autre côté de la porte de verre. Et nous faisant de grands moulinets avec ses bras, en secouant sa tête frisée. Recamée à mort... « Ça change quoi, ce qui s'est passé ou pas passé ? Elle avait envie de se barrer, c'est tout..., avait soupiré Leroy. En tout cas, si elle veut qu'on la reprenne, elle devra attendre trente jours ! Comme ça, si elle revient, c'est qu'elle sera sûre de vouloir revenir !... Mais si, entre-temps, elle claque ? » Il avait haussé les épaules : « Ça sera son choix ! » Et soudain, avec sa barbe rouge, je lui avais trouvé une vraie touche de bourreau... Bref, ce soir-là, l'Elton dans ma chambre. Chemise bleue et sourire d'un type qui va se payer du bon temps... « Je commençais à croire que tu m'avais oubliée ! » avais-je dit, histoire de lui montrer que je méritais mieux. Ah, le coup de glace sur sa figure... « Peut-être que c'était le cas !... Je te l'ai dit, je ne veux pas que tu attendes des choses de moi ! » Il était resté là. Planté devant ma chaise. Slip à la main. Et une tête qui se demandait soudain s'il ne l'avait pas retiré un peu vite, le slip. Du lit, j'avais crié : « Je blaguais !... Dis donc, tu as dû avoir des flopées de bonnes femmes qui ont attendu des choses de toi, pour être traumatisé comme ça ! » Répare la gaffe, connasse. Fais-lui croire que tu le prends pour un vrai don Juan... « Je ne le leur aurais pas permis ! » avait-il articulé d'un air important. Flac, le slip sur le dossier. Et ses hanches de roi africain avaient fendu l'air rouge. Et il allait encore me baiser comme il baisait ses putains. Et, la fois d'après, ça serait encore dans trois semaines. Et, d'un coup, marre du jeu de cons... « Au fond, tu es un trouillard ! » avait lâché ma voix. Juste comme son bras s'allongeait. Tu es folle ou quoi ? Il était retombé aussi sec, son bras. « C'est bien possible ! Mais ça n'est pas toi qui va changer ça !... — Peut-être que ça te ferait du bien si je t'aidais à le changer !... » Sur moi, ses yeux avaient dit : « Qu'est-ce qu'on était peinards, entre hommes, à Saint-Quentin !... » « Pourquoi veux-tu toujours que les gens soient comme tu veux qu'ils soient ? » avait-il demandé d'une voix coléreuse. Ça alors. Comment est-ce qu'il avait pigé ça ? Pourquoi, je ne savais pas. Mais c'était vrai que, d'une façon ou d'une autre, ça se résumait toujours à ça. Chapeau, le type, quand même... Après ça, il m'avait baisée. Pas comme les autres fois. Avec des grands « Han... ». Des mains qui me serraient à m'étouffer. Des coups de zizi violents. Tout ce que j'aime. Mais voilà que je n'avais pas la tête à ça. Je me demandais : pourquoi est-ce que je veux toujours que les gens soient comme je veux qu'ils soient ? « Tu n'as pas l'air d'aimer, ce soir ! » avait-il soufflé tout d'un coup. J'avais dit : « Mais si ! », ma vieille, je n'allais quand même pas lui coller un nouveau problème. J'avais ri en enfonçant mes doigts dans sa tête crépue. Sa tête de malade, qu'ils avaient dit. Sa tête de douze ans et qui aurait toujours douze ans, les camés, c'est ça, qui est-ce qui m'avait raconté ça ? Sa tête qui laisserait encore plein de petits tire-bouchons dans mon oreiller. Sa tête qui, pour l'instant, était tout ce que j'avais au monde, non ? Sa tête qui n'était pas comme je voulais qu'elle soit. Enfin, aujourd'hui, elle ne l'était pas. Mais demain ?... La troisième fois, d'abord, elle avait bien failli louper, la troisième fois. Avec, à dix heures moins vingt, cette histoire de tuyaux qui avaient pété dans la maison du Bouddha. Et l'Elton, sacoche de plombier à l'épaule, embarqué en catastrophe par Don dans la camionnette blanche... Et notre rendez-vous-pour-baiser ? Et ma nouvelle petite culotte bleue, pour l'ensorceler ? Et sa chambre retenue ? On s'y était retrouvés quand même. Mais à onze heures cinq. Et, filant dans la salle de bains, sous l'œil goguenard de *Frankenstein Junior*, il avait grommelé : « Je suis crevé ! » Ça promettait pour la suite. Mais est-ce qu'il y aurait une suite ? Un coup de désespoir m'avait pris. Et puis un coup d'espoir. Avec l'idée dingue. Pour qu'il y ait une suite. Après tout, c'est le moment ou jamais. Tant pis, je risque le tout pour le tout. Qu'est-ce que tu vas gagner, en faisant ça ? Qu'est-ce que je vais gagner en ne le faisant pas ?... Par surprise, je l'avais eu. Pendant qu'il retirait ses chaussettes, assis au bord du lit. Après cinq minutes de lutte à mort, le grand corps avait capitulé. Yeux clos et bras en croix dans la lumière violette. Le tout, dans la vie, c'est d'insister. Dans ma main, le zizi se ratatinait d'inquiétude. Pauvre zizi qui, lui aussi, avait peur de grandir. Pauvre zizi qui n'en revenait pas quand même d'être traité comme un petit prince. Il faut dire que ma bouche lui avait collé la fête de sa vie. Le grand tour. La caverne d'Ali Baba. Le ventre de sa mère. Le puits sans fin des défonces où on ne sait même plus comment on s'appelle... « Oh... » avait dit Elton. Le zizi s'était éveillé à la vie. Dessous, le mec devenait tout petit. Un petit nègre avec des yeux ronds, une grosse bouche, des cheveux qui frisottaient ras. Un petit nègre qui tournerait bien. Qui ne se planterait pas une aiguille dans le bras. Qui n'irait pas à Saint-Quentin. Un petit nègre qui se mit à me lécher les pieds, en chuchotant : « Le patron, c'est toi !... » « Oh, oh... » avait dit Elton. Le zizi avait grandi, grandi... Tapi derrière d'aimables barrières blanches, le ranch du Colorado nous avait vus débarquer dans une carriole triomphante, sur la route blanche de poussière... « Personne ne m'a jamais sucé comme ça ! » avait murmuré une voix. Mais, sans doute, une voix dans ma tête. Parce que, lui, il n'était plus là. Arraché à ma bouche d'un bond, zizi dressé comme un glaive. Connasse, tu l'as cherché. Atterri, d'un autre, au milieu de la chambre. Mais qu'est-ce que je vais faire, sans lui ? Tu l'as cherché. Bousilleuse. Malade. Paumée. Flinguez-moi. Ça, il en était à deux doigts. Comme je la passais, la porte, ses yeux m'avaient fait reculer d'un pas. Ses yeux qui n'étaient plus que deux points sans reflets, comme ceux des tueurs de cinéma. Mais il n'avait pas tué. Il avait fait pire. Il avait dit : « Fous le camp, salope ! »

« J'ai envie de m'en aller ! » que je dis au Bouddha. Mais si j'en avais vraiment envie, est-ce que je serais là ? Tomber comme ça, à minuit moins le quart, dans son bureau, quand même, je perds la boule. Brusquement, je suis sûre qu'il va me virer. Et mon cœur se met à taper... Sa grosse main brune lâche le stylo d'or qui griffonnait une lettre ou dieu sait quoi, sur la table chamarrée. Sa grosse tête rase et qui brille se lève comme une lune, sur fond de fenêtre et de nuit... « Moi aussi ! » répond-il. Placide, dans sa tunique jaune... « Ça m'a pris ce matin ! Ça me prend quelquefois ! Et puis, ça passe !... — Vous, vous n'avez pas le droit ! Ils ont besoin de vous pour s'en sortir ! », dis-je, c'est moi qui suis venue lui remonter le moral ou quoi ?... « Peut-être que j'ai besoin d'eux pour les mêmes raisons ! » répond-il. Ses yeux sont sérieux. Ça me fait drôle d'entendre ça... Sur sa gauche, dans l'aquarium, un poisson mauve fait « glouc... ». Lui, le voilà qui braille... « Qu'est-ce que tu as à trembloter comme ça ? Tu as froid ? Tu as envie de pisser ? Non ? Alors, pose tes fesses quelque part ! » Son doigt me désigne un fauteuil de rotin, tarabiscoté à hurler, vingt minutes, ce matin, pour l'essuyer... Une envie de chialer me prend. Qu'est-ce qu'il y a ? Il y a qu'il ne me vire pas... Je m'assieds. Je dis : « Vous allez rigoler, mais vous m'intimidez ! » Et ça me détend de l'avoir dit... « Ah, bon ? » Il se lève. Roule vers l'aquarium. Dégotte, derrière, un sac en plastique. Jette des graines. Reste là, de dos, comme un gros soleil... « La première fois que je vous ai vu, c'était pire ! J'ai cru que vous faisiez la traite des Blanches ! » que j'ajoute, est-ce que je ne commencerais pas à être trop détendue ?... « Ça me rapporterait davantage ! grogne-t-il en se retournant. Pourquoi est-ce que tu veux t'en aller ? » Il a ses yeux du premier jour. Ses jeunes yeux. Ses vieux yeux. Ses yeux qui ont tout vu, tout pigé. Ses yeux et qu'est-ce qu'on peut leur dire d'autre que la vérité ? « J'ai fait un truc à un type ! Il ne voulait pas ! Ça a été la catastrophe ! C'est de ma faute ! Je veux toujours que les gens soient comme je veux qu'ils soient... » Il allume une cigarette avec un briquet d'or gros comme ça. « Peut-être qu'il te fallait ça pour le savoir vraiment... Quel truc ? » demande-t-il en reroulant jusqu'à son fauteuil. Tout à coup, c'est comme un « groupe ». Tous ces yeux sur moi. Les siens. Et puis, sur l'étagère, ceux des danseuses à seins de bois, des biches martelées, des dieux d'Afrique... Mon dieu, qu'est-ce que je fais là ? Mon dieu, faites que quelqu'un entre. Que le feu prenne à la baraque. Que... « Quel truc ?... — Je l'ai sucé !... » Là-bas, au pays de la douceur de vivre, ma chérie à chignon a un haut-le-corps si effrayant, qu'elle en lâche le couteau qui épluchait ses patates dans sa cuisine carrelée... « Alors là, tu exagères, ma petite fille ! Mais tu parles comme une vraie putain. Tu n'as pas honte ? » Une vague brûlante me submerge. Est-ce qu'un jour j'arriverai à me moquer de ce que pense ma maman ?... « C'est tout ? Tu m'as fait peur ! » soupire-t-il. Et son gros corps tremble de soulagement dans la tunique jaune... « Moi, la première fois qu'une fille m'a sucé, j'ai sauté par la fenêtre ! Heureusement qu'elle habitait au rez-de-chaussée ! » précise-t-il. Sans se marrer... « Tu sais pourquoi j'ai sauté ? Parce que j'ai cru qu'elle était le diable ! » Là, il rit. Pleure de rire. Pisse de rire. Secoue, de rire, ses trois ventres et ses gros pieds safranés, logés dans des sandales. Et, ce rire, c'est celui de Ben, de Ruth, de Sunny, d'Ella, de Leon, de Willy. Et ce rire me dit qu'il est noir, le Bouddha. Possible qu'il ait du sang hindou quelque part. Mais il est noir. Et ça me fait plaisir... « Vous aviez un problème... » que je dis. « C'est sûr ! Pas elle ! Moi ! C'est toi qui viens de le dire !... Est-ce que tu as seulement entendu ce que tu viens de dire ? Tu viens de dire que tu veux te barrer parce que tu baises un type qui a un problème !... C'est idiot, non ?... — Oui ! C'est idiot !... — Tu ferais mieux de te prendre un autre type ! Ou alors de guérir celui-là ! — Mais il ne veut pas que je le guérisse !... — Tu sais bien que c'est pour ça qu'il t'intéresse, le camé ! » braille-t-il. Et je le hais aussi sec. « De toute façon, j'en ai plein le dos de la baraque, des gens de la baraque, de la bouffe de la baraque, de laver les murs de la baraque ! » Là, il me comprend, qu'il dit. La preuve, il en parlait, hier, avec Sunny et Don : « Cette pauvre Frenchie ! Cinq mois de murs, ça va comme ça ! Alors on voulait justement te faire une proposition ! Qu'est-ce que tu en dirais, de les faire laver aux autres, ces putains de murs ?... Tu ferais ça aussi bien qu'Oscar, non ?... — Mais je... » Sa bouche sombre me balance un sourire gourmand : « Tu n'as pas envie d'être patronne ? » Patronne. Il blague. Non. Patronne. Un mot agréable, évidemment. Mais patronne de quoi ? D'une poignée de camés et de balais. Et alors ? La réhabilitation, c'est quand même une entreprise sociale drôlement importante. Et l' « équipe du nettoyage », si on y réfléchit ici, c'est capital. La bonne mine de la baraque, ça remonte le moral des nouveaux. Et ça fait surgir des gros chèques dans la main des mécènes. Patronne. Là, l'Elton, il en serait comme deux ronds de flan. Ma mère aussi, elle qui a toujours pensé que je n'étais bonne à rien. Ou alors est-ce que c'était moi qui le pensais ? Patronne. Et si, un jour, d'échelon en échelon, la patronne c'était moi ? Encore un beau titre : « Une journaliste renommée abandonne sa carrière et son pays, pour consacrer sa vie aux drogués. » Sa vie ? Toute sa vie ? Naturellement, qu'est-ce que tu crois ? « Alors ? » demande-t-il. — Alors... D'abord, je ne sais pas si j'en suis capable... — Comment est-ce que tu pourrais bien le savoir ?... — En le faisant ! — Tu es moins bornée que tu n'en as l'air !... Allez, fiche-moi le camp ! Va faire réveiller Oscar ! Il te donnera les clés du placard pour demain matin ! Il t'expliquera ce que tu as besoin de savoir !... Lui, il ira travailler dehors avec Willy ! Ça l'obligera à faire couper sa tignasse !... Et toi, fais-la rouler, cette équipe du nettoyage ! Je m'en fous si tu n'as plus le temps de dormir, de manger, de baiser ! Mais fais-la rouler !... » Je me lève... « Si c'est une combine pour me faire rester... » que je dis quand même. Il se lève aussi. Un Bouddha d'or à l'œil rognard m'arrive dessus, en gros plan : « Evidemment que c'est une combine pour te faire rester ! Tu étais bien en train de t'en inventer une pour te faire partir ! »

« Je viens d'apprendre la nouvelle ! Félicitations ! Je suis vraiment content pour toi ! » dit-il poliment. Il est là. Sur le seuil de la salle à manger. Son bol de céréales à la main. Il sourit. Œil bouffi, chemise boutonnée de travers, pantalon qui tirebouchonne. Un vieux clodo noir qui aurait dormi sous un pont. Ou plutôt, pas pu dormir. Manquerait plus que ça qu'il ait pu. Mais il sourit. Moi, pas. Mon cœur bat. Mes mains sont froides. D'accord, comme a dit le Bouddha, le problème, c'est lui qui l'a. N'empêche, le « Fous le camp, salope ! » est toujours dans ma tête. Plus dans la sienne. Les psychopathes, c'est ça. Je dis machinalement : « C'est gentil de me dire ça !... — Je voulais aussi m'excuser pour hier soir ! » ajoute-t-il à toute vitesse. Sa main effleure mon épaule. Un beau geste tendre qu'il n'a jamais eu, avant. Mon épaule fond... Derrière nous, dans la salle à manger, une voix crie : « Y a pas de bacon, ce matin ?... » Ben sort, bouche mouillée, main trifouillant sa braguette : « Hé, Elton ! Ton breakfast refroidit ! ». Il file en se marrant... Elton me regarde. Il a dit qu'il s'excusait. Il attend. Un petit muscle tressaute sous son œil comme la première fois. Pauvre homme. Il le sait bien qu'il est malade. Est-ce qu'on peut en vouloir vraiment à un malade ? Mon rôle, désormais, ça sera de lui faire oublier qu'il l'est. Ma bouche ignorera son zizi à vie. Le patron, ça sera lui. Il y en a bien qui se prennent pour Napoléon... « Tu n'as pas besoin de t'excuser ! » que je dis. Il se détend. Il rajeunit de dix ans. Derrière ses lunettes, ses yeux couleur de café sont vraiment superbes, avec des cils qui frisent, tiens, je n'avais jamais remarqué. Il sourit encore. C'est le plus bel homme que j'ai jamais eu. J'ai failli le perdre. Il a failli me perdre. J'oublie le « Fous le camp, salope ! » Le tout, dans la vie, c'est de savoir pardonner... « C'est de ma faute ! Moi aussi, je suis un peu cinglée dans mon genre ! Si je ne l'étais pas, je ne serais pas ici ! » dis-je encore, tiens, tiens... « Elton, si on oubliait tout ça ? Si, jeudi soir, par exemple, je retenais ma ch... » Il sursaute : « Excuse-moi..., bredouille-t-il, je crois qu'on m'appelle ! »

Moi aussi. Mais, moi, c'est vrai. Quinze jours qu'on m'appelle. De l'escalier. Des couloirs. Des chambres. Des placards. Des W.-C... « Frenchie, on ne peut pas faire la 206 ! L'aspirateur s'est détraqué !... — Frenchie, on a fini la bibliothèque ! On peut faire la pause café ?... — Frenchie, la nouvelle a envie de dégueuler ! Je lui dis de s'arrêter ? » Je crie : « L'aspirateur ? Je vous donne dix minutes pour le réparer ! Ou vous me faites une heure supplémentaire !... », « Pas de pause café ! Vous filez me faire le bureau de Sunny tout de suite !... », « La nouvelle ?... Qu'elle dégueule ! » Le plus dur, les premiers jours, c'était ça. Savoir comment leur parler. J'ai trouvé. Comme de la merde... Ils sont huit sous mes ordres. Les six d'avant, plus deux nouveaux. Une noiraude qui nous balance à la ronde : « Cette-maison-est-merveilleuse-vous-êtes-tous-merveilleux », et le sourire noir de sa bouche sans dents en expliquant : « J'avais un beau dentier ! En prison, une fille me l'a piqué ! » Et une espèce de boutonneux à l'air sournois. Huit pour briquer tous les jours vingt-neuf chambres. Trente et une salles-de-bains-chiottes. Deux salles à manger. Une cuisine géante. Une bibliothèque. Une buanderie. Trois bureaux. Trente-trois fenêtres. Des kilomètres de couloir et d'escalier. En plus, la baraque me joue un tour de cochon. Elle augmente de volume tous les matins. Si je les fais commencer par le bas, le haut n'est pas fini à temps. Si je les fais commencer par le haut, le bas n'est pas fini à temps. « Fais-les commencer par le milieu ! » m'a soufflé Justin. Ça marche. Enfin, avec la baraque, ça marche. Avec les cons, où qu'on commence, c'est pareil. Les yeux qui disent : « Va te faire foutre ! » Les pieds qui traînent.

Les parlotes qui s'arrêtent quand j'entre. Les rires étouffés derrière les mains... « C'est parce que tu es vache !... Pourquoi est-ce que tu es si vache ? » qu'ils m'ont demandé, hier, en « groupe »... « Parce que, ici, il n'y a que ça qui marche !... — Quoi d'autre ?... — Œil pour œil, dent pour dent !... — Quoi d'autre ?... — Parce que ça me fait jouir ! » J'ai changé. Avant, j'aurais hurlé : « Moi, vache ?... » « Quand même, je crois bien qu'ils commencent à me haïr ! » ai-je dit, hier, à Leon, qui cirait ses chaussures assis sur son lit... « Ça, c'est leur problème ! » C'est le mien aussi. Pauvre chérie qui ne supporte pas qu'on ne l'aime pas. Est-ce-que je serais vache, aussi, pour voir s'ils vont continuer à m'aimer quand même ? Etre patronne, faut le faire. J'ai perdu deux kilos. Je me paye des crises d'angoisse, toute verte et l'estomac à l'envers, dans la salle de bains : « Qu'est-ce qui se passe, ma pauvre Frenchie ? demande Cindy... — J'ai peur de décevoir Isaac, et Don, et Sunny... — Ça ne serait pas plutôt toi que tu aurais peur de décevoir ? » Moi ou eux, j'en rêve la nuit. La baraque devient une espèce de tonneau des Danaïdes. Plus je la fais briquer, plus elle ressemble à une auge à cochons. Le Bouddha hurle : « Je me suis trompé ! Cette Frenchie n'est vraiment bonne à rien ! » Si. A laver les murs. C'est là que je me retrouve, le lendemain. Etre patronne, faut le faire. Mini-Paco me stoppe net sur le seuil de ma chambre, est-ce que ça leur viendrait à l'esprit qu'il m'arrive d'aller faire pipi ?... « On monte le canapé du living dans la bibliothèque ou on laisse comme ça ? Décide ! La patronne, c'est toi ! » Certains jours, je me demande pourquoi. Je vaux mieux qu'eux ou quoi ? Certains jours je ne me demande pas pourquoi. Naturellement, que je vaux mieux qu'eux. Certains jours, je ne sais pas... « Tu y crois vraiment, toi, que tu en sais plus que tout le monde, dans cette baraque ? » que j'ai dit à Don, ce matin. On était là, à extirper des rouleaux de papier W.-C. de leurs cartons, dans le bureau du rez-de-chaussée. Python somnolant dans sa cage de verre, derrière nous. Océan plat, par la fenêtre. Et, sur la Promenade, le grand blond de neuf heures qui passait, tenu en laisse par son chien... Il avait ri. Vachement détendu, ce matin, il faut dire qu'hier soir, il avait enfin couché avec Marion, pauvre Marion, derrière la porte fermée de sa chambre de hippie. Tissu à ramages rouge sur les trois lits. Bougies. Clochettes tibétaines au mur, drôle de goût, tout ça, pour un nazi, ce type, si un jour, j'arrivais à ne plus avoir peur de lui, il faudrait que je lui demande de me raconter sa vie... « L'important, c'est que, vous, vous y croyiez ! » s'était-il écrié. Sans doute que tout est là. Mais qu'est-ce qui fait qu'on y croit ?... Ce que je commence à croire, en tout cas, c'est que leur concept « fais ton boulot et je saurai qui tu es... » n'est pas si idiot que ça. Des camés, c'est ça qu'ils sont. Je croyais le savoir et je ne le savais pas... Des camés avec des bobards de camés, des entourloupettes de camés, des putasseries de camés... Né-pour-perdre qui cligne ses cils pâles et me raconte, la main sur le cœur : « Je te jure, je croyais que c'était à Paco que tu avais dit de les faire, les carreaux ! » Jackie, sa cicatrice blanche de colère qui hurle : « Aller chercher l'échelle ? Tu plaisantes ! J'ai deux vertèbres déplacées ! Tu veux voir mon certificat médical ? Oui ? Faut-il encore que je sache où je l'ai planqué, parce que... » Brian qui me glisse à l'oreille : « J'ai une plante superbe pour ta chambre !... Dis donc, ça t'ennuierait si je m'arrêtais à quatre heures et demie ? J'ai promis à Alma de... » A croire que Sunny a raison quand il nous raconte : « Arrêter la came, ça n'est pas arrêter d'être camé ! Arrêter d'être un camé, c'est changer ! » Mais, comme dirait l'Elton, changer vraiment, c'est quoi ? Au fait, celui-là, je n'en ai plus rien à foutre. Parce que je n'ai plus le temps d'en avoir à foutre. Evidemment, du coup, le temps, c'est lui qui l'a. Après le dîner, ses grandes jambes m'ont rattrapée dans le couloir : « Tu as cinq minutes pour fumer une cigarette ? » Et ses yeux ont dit, eux : « Si tu retenais ta chambre pour samedi ? » Bon. Maintenant, c'était lui qui voulait. Naturellement. Les trois semaines approchaient. J'ai menti : « Non ! Désolée, mais j'ai mon plan de répartition du boulot à faire pour demain ! » Mon premier « non », oh la joie ! Etre patronne, ça me réussit... « Tant pis ! » a-t-il lancé d'un air léger. Mais son œil s'est obscurci, de déception. C'est quand même pénible que la vie soit comme ça. Quand un mec ne vous intéresse plus, vous commencez à l'intéresser. Et vice versa. Malgré tout, ça m'a tracassée qu'il se mette à croire qu'il ne m'intéressait plus. Parce qu'il allait décrocher. Et imaginons qu'un jour il se remette à m'intéresser. Vers onze heures, je l'ai trouvé dans le living, qui tripotait des disques. J'ai souri : « Maintenant, j'ai cinq minutes ! On se la fume, cette cigarette ? » En fin de compte, pour moi aussi, les trois semaines approchaient. Un vrai chien-chien de Pavlov, voilà ce qu'il avait fait de moi. Et la dingue y retournait. Au lieu de s'en prendre un autre. Willy, par exemple. Un mec qui m'aurait baisée comme il baisait ses putes, sur les trottoirs de Watts. Moi qui avais toujours rêvé d'être pute. Un jour. Une heure. Pour voir. Ou Sunny. Baiser le diable, ouh la la. Ou Don. Dans un sens, un type qui savait tant de choses que je ne savais pas, au lit, ça m'aurait donné des complexes. Dans l'autre, c'était un chef. Ça m'a toujours fait mouiller, les chefs. Ou Leroy. Vachement viril, le barbu, avec son anneau de corsaire et ses beaux muscles. Ou Ben. Moi, les gros, j'adore. Ça pèse. Ça rassure. La chérie se sent toute petite. Pro-tégée... Oui, mais comment savoir s'ils n'étaient pas encore plus malades que lui ? Et s'ils... Arrête. D'accord, le seul dont j'ai envie, c'est lui. Le tout, dans la vie, c'est de ne pas attendre des gens plus qu'ils ne peuvent vous donner. Alors là, pas de danger. Ça m'avait passé... Il s'est relevé en secouant une tête navrée : « Cette fois, c'est moi qui ne peux pas ! Il faut que je monte au 202 !

Ils ont des pépins avec leurs W.-C. ! » Mais, au 202, il n'y était pas. C'est dans sa chambre, nez dans un bouquin, qu'il était, j'ai vu ça en passant dans son couloir, mine de rien. Oui, c'est vraiment pénible que la vie soit comme ça. La vie ou les gens ? C'est vraiment pénible que les gens soient comme ça. Surtout des gens comme nous. Des gens qui ne savent même pas s'ils seront ensemble, demain. Ni dans une heure. Ni même dans cinq minutes, si on y réfléchit, quelle horreur ! Des gens qui n'ont vraiment pas de temps à perdre avec ces jeux de cons.

Ni ceux-là ni les autres. Etre dans la baraque sans y être, par exemple. C'est toujours le cas pour Elton. Enfin, c'est ce qu'ils lui ont dit, paraît-il, ce soir, en « groupe »... « Ça a encore été sa fête !... Ils lui ont demandé s'il prenait la baraque pour un hôtel !... Ils lui ont dit qu'il n'avait rien appris !... Qu'il était le même que le jour de son arrivée ! Un vieux con de camé ! » chuchote Ruth. Le point rouge de sa cigarette bouge au pied de mon lit. Son peignoir mauve sent l'eau de Cologne. Une heure du matin, dit le Mickey. La porte ouverte jette un rectangle pâle sur le tapis. Dans l'ombre les deux roupillent. La Blanche, c'est qui ? La Noire, c'est qui ?... « Ils lui ont dit que, s'il continuait comme ça, il allait finir par se faire virer !... Qu'il ne serait pas le premier à qui ça arriverait ! » Quoi ? Mon cœur se met à battre au ralenti. Je me vois qui vais me jeter aux genoux d'Isaac. Je couche avec lui. Et avec Sunny. Et avec Don. Mais quand j'ai fini, Elton, il n'est plus là. Et ils font : « Ha ! ha !... » « Qu'est-ce qu'il a dit ?... — Que c'était peut-être ce qu'inconsciemment il cherchait ! Une excuse pour retourner se piquer ! » répond-elle. Et mon cœur s'arrête tout à fait. Au fait, elle me raconte tout ça pourquoi ? Pour me faire chier. Je la hais. Ou alors, juste pour me faire comprendre où il en est. Je l'aime et qu'est-ce que ça peut bien me faire qu'elle ait tué son mari ? Il y a un petit silence. Avec seulement le froissement de Sarah qui bouge son gros derrière en se retournant... Et l'océan qui bouge le sien, derrière la fenêtre ouverte, c'est qu'il est tropical, l'été, en Californie... Elle se penche. Sur sa joue, ses faux cils, oui, elle les garde même la nuit, font une petite grimace endeuillée... « Dans un sens, je le comprends, Elton ! Imagine un peu ! Il reste ici le temps de se retaper ! Il ressort ! Il est noir ! Il a quarante-sept ans et... qu'est-ce qu'il sait faire ? » Ma vieille, c'est comme si je me réveillais en sursaut. C'est vrai, qu'est-ce qu'il sait faire ? Il sait voler. Il sait cavaler. Il sait dégotter sa came. Il sait se planter une aiguille dans le bras. Mais, à part ça, qu'est-ce qu'il sait faire ? Ma vieille, quatre mois que je débloque. Que je ne pense qu'à moi. Aime-moi, saute-moi, parle-moi, écoute-moi, comprends-moi. Et lui ? Qu'est-ce qu'il sait faire ? Ce qui cloche dans sa tête, c'est ça. Il sait qu'il n'a rien à donner. Rien à me donner. Ni aujourd'hui, ici. Ni demain, ailleurs. Il préfère s'en aller que prendre à perpète. Il est noble. Il est pudique. Il est exceptionnel. Qu'est-ce qu'il sait faire ? Ma vieille, j'ai tout compris.

« Tu as une idée de ce que tu feras quand tu sortiras de la baraque ? » que je demande. Mon dieu, faites qu'on trouve. Je ne vous demanderai plus qu'il me regarde. Je ne vous demanderai plus qu'il me parle. Je ne vous demanderai plus qu'il me baise. Mais, mon dieu, faites qu'on trouve... Devant nous, de l'autre côté de la vitre, l'océan nous boude... Tout sombre. Sans bateau, ce soir... Il se gratte la tête. Une tête qui a l'air plus noire quand il a la déprime. Une tête qui cuve encore son « groupe » d'hier... « Je me pose souvent la question ! Mais, plus je me la pose, moins je trouve ! » soupire-t-il. C'est sûr qu'on n'est pas dans l'endroit idéal pour chercher ni trouver. Tassés sur le canapé à carreaux du living de onze heures. Une vraie boîte de

nuit un soir de réveillon. Musique pleins tubes. Gueulantes. Chaleur. Et, au milieu, Ella, Ben, Willy, Ruth, Leon, Jackie qui se payent une disco terrible. Peaux sombres qui ruissellent. Rires blancs : « Hououou, mamma... Tu as chaud à ton popotin, ce soir, hein ?...
— Et toi ? demande-t-il, tu me vois faire quoi ? » Derrière ses lunettes, il se ratatine. Mains immobiles sur les genoux. Yeux immobiles. Je le vois faire quoi ? Je savais. J'avais tout préparé dans ma tête. Et puis là, c'est affreux, mais je ne sais plus. Je le vois faire quoi ?... La musique monte encore d'un cran. Le popotin ensaché de rouge de Jackie m'atterrit dessus en gros plan. Elle se relève. Elle redémarre. Ça la fatiguerait de dire : « Excuse-moi ! » Ce qui va drôlement la fatiguer, ça sera de me nettoyer les poubelles géantes de la cuisine, demain matin. Ça lui apprendra à manquer de respect à sa patronne... Je le vois faire quoi ? De la sémanmachin. Mais oui, c'est ça, ouf. La sémanmachin. Dans une université blanche à colonnades comme celles qu'on voit dans les films américains. Lui, en prof distingué avec un blazer bleu. Sur l'estrade d'un amphithéâtre bourré d'étudiants retenant leur souffle. Moi, le soir, à ses côtés. Avec une petite robe noire très chic. Pour recevoir le recteur à dîner... « Enseigner ? Jamais ! » proteste-t-il, main levée. Dégoûtée... « Je n'ai pas la patience !... » Et plombier ? Pas que ça m'emballerait : « Mon jules, le plombier... » Enfin. Mais, non, pour le plombier aussi. Le travail manuel, en fin de compte, ça l'ennuie... Et bibliothécaire ? Avec barbe courte et belles lunettes d'or. Distribuant la culture à des écoliers avides, des divorcées qui se recyclent, des chercheurs frénétiques... « Pouah ! Ça serait comme travailler dans un cimetière ! » Une pensée intéressante. Mais... qu'est-ce qui nous reste ? « Et t'occuper d'un ranch ? » C'est ça qui nous reste. Mon cœur tape. Oh, la tête. Il crie : « Un ranch ? Merci bien ! J'ai travaillé deux ans dans un ranch ! » Ah, bon ? Quel ranch ? Un ranch pour prison-

niers dans un coin perdu du Kansas, la « Ferme de rééducation », c'était ça. Un ranch avec cinq cents types. Debout à quatre heures pour aller cueillir le maïs. Flics à fouets pour le dos des feignants. Flics à flingues aux quatre coins des champs. Flics en hélicoptères dans le ciel. Il me raconte ça d'une voix essoufflée. Avec, au fond de l'œil, une souffrance énorme, une colère énorme, une envie de tuer énorme, aussi. Mon cœur se serre. Ma vieille, je n'aurais jamais les bras assez grands, le cœur assez grand, le cul assez grand, pour lui faire oublier tout ça. Pour la première fois, je me pose une question effrayante. Et si c'était moi qui n'avais rien à lui donner ?... Je le vois faire quoi ? Mon dieu, donnez-moi encore une idée. Je ne ferai pas laver les poubelles à Jackie. Je ne traiterai plus personne comme de la merde. Je resterai dans cette baraque le temps qu'il faudra. Mais, mon dieu, donnez-moi encore une idée... « Counsellor ! » Ça, c'est lui qui l'a dit. Et il a l'air ravi. « Counsellor », c'est ce qu'ils veulent tous faire. Un boulot d'avenir. Un boulot qui en fait de vrais héros. Sortis avec médailles du grand champ noir de la came. Embauchés par des « maisons », des « centres », des « programmes » du genre de la baraque, sauf qu'ici, les anciens travaillent gratuit. En utilisant leurs souvenirs de guerre pour aider les autres à se réhabiliter. Une combine qui, parfois, les aide à le rester. A se fourrer des dollars dans les poches en même temps. A se décrocher, s'ils le veulent, un diplôme. Même que, pour ça, le gouvernement leur donne des bourses. A croire qu'il les remercie de s'être camés... Je dis : « Quelle bonne idée ! En plus, tu... » Qu'est-ce qui se passe ? Don fend la foule, droit sur nous. Arrêt. Poings aux hanches et œil bleu qui jouit d'avance. Il aboie : « Vous parlez de quoi ? — Ça te regarde ? que je dis. — Tout ce qui se passe ici me regarde !... — De l'avenir !... — De l'avenir ! s'esclaffe-t-il. Ah, vous êtes vraiment à pisser de rire !... » Il tourne les talons. Je dis qu'il est vraiment cinglé. Elton ne dit rien. J'enchaîne : « ... Oui, counsellor, c'est vraiment une bonne idée ! Un diplôme, ça ne prendrait pas si longtemps ! Quelle chance tu as d'être en Amérique où on peut recommencer à zéro n'importe quand ! », enfin, c'est ce qu'on dit, non ? Et je me vois qui l'aide à repasser ses cours, le soir, sous la lampe, moi qui n'ai jamais repassé les miens sous aucune lampe, et d'abord, quels cours ?... Il fait : « Tttt... » d'un air énervé... « Pas si longtemps ? Au moins quatre ans !... Tu réalises l'âge que j'aurai à la sortie ?... Non, réflexion faite, ça n'est vraiment pas une bonne idée !... Ah, cette musique me casse les oreilles ! Je vais aller dormir ! »

Bon. Dans ce cas, moi aussi. Aider un homme comme ça à trouver sa voie, ça prendra du temps. Un temps qu'on n'a pas perdu, ce soir, en tout cas. Au moins, maintenant, je sais ce qu'il ne veut pas... Au premier étage, je me tape dans Don qui sort du 210, évidemment, c'est la chambre de Marion. Je dis : « Mais dis donc, qu'est-ce qui t'a pris de nous sauter dessus comme ça ?... — Tu lui parles tout le temps ! Tu l'emmerdes !... — Mais pas du tout !... Et d'abord qu'est-ce que ça peut te faire ?... — Ça peut me faire que, si tu l'emmerdes trop, il finira par se barrer !... — Ça c'est la meilleure ! Moi qui fais tout pour qu'il reste !... » Je l'écœure tellement, il se demande s'il ne va pas vomir, là, sur le tapis. « C'est bien ce que je dis ! » qu'il dit.

Vous connaissez la nouvelle ? On va enfin la voir en chair et en os la blonde, la blondinette, la chérie, le petit oiseau, le bébé, la Dora. Elle viendra en direct de la prison des femmes, où elle a tiré six mois. En principe, juste pour une visite. A moins qu'elle ne décide de rester et de se réhabiliter comme fait sa maman. Ça, on le saura quand elle sera là. Le 7 décembre. Jour anniversaire de la baraque qui aura six ans. La baraque qui se prépare une forme du tonnerre : nouveaux meubles, nouveaux rideaux, nouvelles plantes... « Fais agencer tout ça à ton idée ! Ça prendra le temps que ça prendra ! Fais-les bosser la nuit ! Mais que ça soit joli ! » m'a crié Sunny, toutes dents dehors, tous colliers dehors, sur fond de canapé à batifoler. « On te fait confiance ! T'es française, non ? » Un drapeau tricolore s'est déployé dans mon cœur. Après tout, il est plutôt sympa, Sunny... La baraque qui va, paraît-il, accueillir les officiels, quels officiels ? Et puis les chères familles de nos chers camés... « Ma mère m'a écrit qu'elle venait ! » m'a jeté Elton, sourire ravi, entre deux portes. Ah, bon, il n'a pas de père ? Tiens, tiens. Sûrement que c'était un poivrot. Un violent qui les rouait de coups. Barré, un beau matin, avec les économies de la maison. Et la malheureuse a dû se mettre à laver les parquets des Blancs pour élever son petit garçon. Tiens, tiens... Ma vieille, tu crois qu'il me présentera ?... Bref, la Dora s'amène. « Elle doit avoir une mine affreuse ! » gémit sa maman. Mais, pour elle évidemment, elle sera la plus belle... elle ne se sent plus, la Susan. Elle court d'une chambre à l'autre, tête blonde hirsute, cuisses énervées sous la minijupe. Elle embrasse tout le monde. Elle renifle dans l'épaule de tout le monde. Elle a dit, plantant son séchoir à cheveux dans notre prise électrique, ce matin, à six heures et quart : « Ce qui pourrait la faire rester, ça serait qu'un garçon d'ici lui plaise !... — Et si c'était Vic ? » a ricané Sarah, enroulée dans une serviette rouge et verte, l'air d'un vieux sorcier jamaïquain... « Qu'elle le prenne ! » a glapi l'autre, bras en croix. Et je l'ai trouvée vraiment cloche. En parlant de Vic : « Surtout, ne va pas lui dire que, lui et moi on est ensemble ! » va-t-elle chuchoter d'oreille en oreille. Ça, ça a fait, hier, un « groupe » sanglant. De colère, Vic, il en faisait des bonds sur sa chaise : « Tu as honte de moi ? — Non ! De moi ! Coucher avec un gamin de ton âge ! » Là, je l'ai trouvée rosse. Surtout que, gamin, elle exagérait. Elle emprunte des choses à tout le monde, en prévision du grand jour. A Carol, son shampooing colorant. A Alma, une robe. A moi, ma crème antirides... « Tu comprends, si j'ai l'air en forme, elle se dira que ça marche, la baraque !... Je suis nerveuse, hein ? C'est la bonne nouvelle !... Dis, tu crois qu'elle va rester ?... — Non ! Mais ça lui fera toujours une journée " propre " avant de retourner se piquer !... » Elle me casse les pieds, avec sa bonne nouvelle. Moi, comme bonne nouvelle, j'ai quoi ?... J'ai que je suis là depuis six mois et dix-sept jours. Est-ce que j'avais jamais pensé que je tiendrais le coup six mois et dix-sept jours dans un établissement comme ça, à des milliers de kilomètres de ma mère, de mes amis, de mon pays ? J'ai que je suis « propre » depuis six mois et dix-sept jours. Après quinze ans à avoir été « sale ». Félicitations, non ? J'ai que j'ai soixante-cinq petits frères et sœurs qui m'aiment. Et qui sont là, autour de moi. Vingt-quatre heures sur vingt-quatre. Pour le meilleur et pour le pire. Beaucoup de gens qui ont ça ? J'ai que j'ai une profession dans laquelle j'ai fait mes preuves. Une profession que je pourrais reprendre à la sortie. Beaucoup de camés sans came qui ont ça ? J'ai que je suis patronne de l' « équipe de nettoyage ». Et qu'Isaac a dit à Linda, qui l'a dit à Ruth, qui l'a dit à Prue, qui l'a dit à Cindy... : « Je le savais qu'elle ferait ça mieux que n'importe qui ! » J'ai que j'ai un mec. Pas le rêve, d'accord. Mais je tire quand même mon petit coup de temps en temps. J'ai que je suis vivante alors que je devrais être morte. Non, mais est-ce que je me souviens de ma tête, à l'arrivée ? Et de tout ce que je leur ai raconté ? Mes overdoses ? Mes hôpitaux, service des urgences ? Mes réveils, aiguille dans le bras et bouteille de glucose au bout de son fil ? J'ai que j'ai trente-six ans et autant dire toute la vie devant moi. J'ai que j'ai toutes mes dents. J'ai que... Tout ça, c'est les boniments qu'ils me racontent, en « groupes ». Vos gueules. Allez tous vous faire voir... Moi, comme bonne nouvelle, j'ai quoi ? Vivre sans mes petites chéries, dans un sens, ça me déprime horriblement. Comme quand le jules s'est barré, et, ah, là, jamais on ne s'en remettra. Et puis on s'en remet. Et c'est pire. Parce que, alors là, pendant ces quinze années à brailler qu'on ne pouvait respirer, marcher, dormir, manger, penser que par lui, alors là, dites-moi, pendant ces quinze putains d'années, on a joué à quoi ?... Mes soixante-cinq petits frères et sœurs qui m'aiment ? Ils ont tort. Moi, je ne les aime pas. Enfin, j'essaye. C'est toujours la même chanson, ça sert à quoi de s'aimer, aujourd'hui, si on ne peut pas s'aimer, demain ? Si j'arrivais à me dire ça, pour Elton, tout irait bien. Mais je me le dis. C'est bien ça qui me déprime, aussi... Mon succès avec l' « équipe du nettoyage » ? Ça veut dire quoi ? Que c'était ma voie ? Pouah. Quelle voie !... Ma profession que je pourrai reprendre à la sortie ? Parlons-en... « A force de ne pas écrire, je perds la main ! Je suis sûre que je ne saurai plus pondre une ligne, de ma vie ! » ai-je dit à Don. Un soir où on recensait les boîtes de conserve, à la cuisine... « Tout ce que tu savais faire, avant, tu sauras le faire, après, et sans doute en mieux !... Qui sait, peut-être même qu'un jour, tu écriras l'histoire de la baraque ! » Ça, ça m'étonnerait. Comment voulez-vous que ça se raconte, la baraque, les murs rouges de la baraque, les trois étages de la baraque, les soixante-cinq camés sans came de la baraque, l'océan derrière les fenêtres, les reins qui font mal d'avoir trop ri, les passés à chialer, les avenirs connais pas, les zizis noirs ou blancs s'élançant dans les machins noirs ou blancs, derrière les portes rouges de dix heures dix, les week-ends à la sauce déprime : « Qu'est-ce qu'ils font, dehors, les gens du dehors ? », la tête de Prue quand le « groupe » lui demande : « Ça te fait quoi, d'être née avec une sale tronche ? », la voix de Stevie Wonder, dans le living noyé d'aube, avec Willy, tout seul, dansant comme un fou devant la fenêtre et l'océan gris, la crise financière qui balance des hot-dogs dans nos assiettes huit jours d'affilée, Né-pour-perdre qui a passé huit jours à quatre pattes : un farceur lui avait piqué son corset, la Promenade, derrière la porte de verre, ses chevelus à sandales, ses gosses couleur de pop-corn, ses bronzés à la mode indienne, levant la tête au passage : « Cette baraque, c'est pour les camés ! », le cortège des bons-hommes, un matin : Ben, Vic, Né-pour-perdre, Leon, Leroy, Salomon. Passant la porte du fond, direction ruelle et camionnette. Sapés comme des petits rois, vous avez vu la cravate de Salomon ? Le pantalon de flanelle de Leon ? Mais dos ronds et figures longues comme ça. Où est-ce qu'ils vont ? A un enterrement ? Non. A la clinique. Tous ? Mais qu'est-ce qu'ils ont ? La syphilis. Qui est-ce qui leur a collé ça ? Qui voulez-vous que ça soit ? Et il paraît qu'elle a soupiré : « Il m'en restait trois sur ma liste ! » Les sanglots de Marion qui nous dit, en « groupe », qu'elle est noire, vous le saviez, vous, qu'il y avait des Noirs qui avaient l'air blancs ? « Mais j'ai toujours laissé croire que j'étais noire ! Je vendais mieux !... » Ce qu'elle vendait, c'était son cul, sur Hollywood Boulevard. Mais ça n'est pas ça qui la fait pleurer... « Avec les Blancs, je me sens mal ! Avec les Noirs, je me sens mal !... Quelquefois, j'ai vraiment envie de me suicider ! » Les inconnus de la baraque : la blonde anémique qui, depuis samedi, couche avec Mini-Paco, le vieux Noir à tête de croupier de Las Vegas, la grosse marrante en éternel pantalon blanc, le blond à lunettes qui sifflote tout le temps, tous ceux que je ne connais pas parce qu'ils dorment deux étages au-dessous, bouffent à d'autres tables, s'égosillent dans d'autres « groupes », tous ceux que je ne cherche pas à connaître, merci bien, ça m'en ferait encore d'autres à essayer de ne pas aimer, le vent de deuil sur la baraque, quand le Bouddha tombe malade. Le méde-cin est chez lui. Qu'est-ce qu'il a dit ? Surmenage ? Et sa tension ? Et son diabète ? Qu'est-ce qu'il a vraiment dit ? On retient nos souffles. On a le cœur tout petit. On ne met pas de disques sur l'électrophone... Et s'il claquait ? Et nous ?... « Isaac, je me le suis tapé une fois, il y a six mois !.. soupire Julie. — Il est comment ? — Doux... Mais alors, doux... » Comment est-ce que ça pourrait jamais se raconter, la baraque ? Il faudrait un livre. Dix livres. Cent livres. Et même avec ça, je n'aurais rien dit... L'Elton ? A pleurer. Fichu, ma vieille, l'espoir de lui dégotter un boulot pour l'avenir, un espoir pour l'avenir, un coup de joie pour l'avenir. Pourtant, pour remettre la question sur le tapis, j'avais tout bien organisé. Mon lavabo bouché, exprès. Une heure de tête-à-tête garantie. Mais : « Vraiment, je ne suis pas au point de pouvoir discuter de ça ! » qu'il a dit. Et de discuter d'autre chose ? De rendez-vous-à-baiser, par exemple ? Quatre semaines. Ça devient grave. Mais qu'est-ce qu'il a ? J'ai pardonné le « Fous le camp, salope ! ». J'ai essayé de l'aider à trouver sa voie. Je n'ai pas été l'asticoter dans sa chambre. Mais qu'est-ce qu'il a ? C'est le coup du zizi, qui, décidément, l'a traumatisé à vie ? C'est parce que me voilà patronne ? Ça lui colle de nouveaux complexes d'infériorité ? Ma vieille, d'un type, je peux tout supporter. Battue, roulée, exploitée, cocue, oui, à la rigueur, même cocue. Mais pas baisée, ça non. Rien que les deux mots, ça m'a toujours donné envie de sauter par la fenêtre. Ça me colle une crise d'identité effrayante. Pas baisée, je m'appelle comment ? Je ressemble à quoi ? Je viens d'où ? Je vais où ? Je sers à quoi ? Quatre semaines. Ma vieille, je n'en peux plus. Ma petite culotte brûle. Je renverse les cendriers. J'ai cassé deux assiettes... Propose-lui un rendez-vous. Pour ce que ça m'a réussi, la dernière fois. Et, aujourd'hui, ne pas demander, ça te réussit ?... « Tiens, Elton !... Justement, je te cherchais ! Je voulais te demander... Qu'est-ce que tu fais, demain soir ?... Si on se voyait ? » Midi. Le cagibi aux balais. Coincé entre l'escabeau, les seaux, la tour bleue de l'aspirateur, il est là, de dos, qui fait des rangements sur l'étagère avec Brian, celui-là, je m'en passerais. Son dos me répond : « Je suis désolé, mais j'ai promis une partie d'échecs à Leon ! » Il me frôle en se retournant. Il file sans que j'aie vu ses yeux. Je reste là. J'ai froid. Mais qu'est-ce qu'il a ? Il en vise une autre ? Il pense à se faire la paire, alors, faire l'amour, il n'a pas la tête à ça ? Il a des problèmes avec son zizi ? Ma vieille, vraiment, je n'en peux plus. Mais qu'est-ce qu'on peut faire avec un homme qui n'a même pas assez d'estomac pour vous dire la vérité ? On le coince dans une situation où il sera bien forcé de la lâcher, tu vois ce que je veux dire ? Oui. Mais ça, ça va être affreux. Tu la veux, la vérité ou tu ne la veux pas ? Je la veux. Bon. Demain, je demande à Don de le mettre en « groupe » avec moi... « Mais qu'est-ce que tu lui veux, à Elton ? » me souffle Brian, toujours une vraie réclame pour Coca-Cola, à croire que son T-shirt, il dort avec. Sa main arrête de fourrer des chiffons dans le sac à chiffons. Sur moi, ses petits yeux bruns sautillent de curiosité... « Tu as bien entendu ce que je lui veux !... — Qu'est-ce que tu lui veux, vraiment ? » insiste-t-il. Et sa langue se met à tournicoter dans sa bouche noire... Je dis : « Qu'il m'aime ! » Et tout devient formidablement léger. Et je m'en fiche complètement de l'avoir dit... « Et toi ? Tu l'aimes ?... — Qu'est-ce que ça veut dire ? » Je vais encore avoir l'air cynique. Mais, c'est vrai, qu'est-ce que ça veut dire ?... « Toi, alors..., pouffe-t-il. Si c'est lui qui t'aime, ça veut dire quelque chose ! Si c'est toi qui l'aimes, ça ne veut rien dire !... Et mettons qu'il n'arrive jamais à t'aimer..., ajoute le petit enfoiré. — Il y arrivera ! Je finirai bien par trouver un moyen pour qu'il y arrive !... » Il me regarde. Comme il ne sait pas quoi penser, son front se plisse. Il a l'air d'avoir au moins trente ans. « Dis donc, c'est une obsession ! Tu as déjà eu ça avec d'autres hommes ?... — Tout le temps !... — Et ça a marché ?... — Pas vraiment ! Mais, à l'époque, j'étais con !... » Moi, comme bonne nouvelle, j'ai quoi ?

Du coup, j'en flanque de mauvaises aux autres. Le déjeuner expédié, j'appelle les deux nouveaux pour qu'ils me briquent l'escalier. Pour moi, c'était un vrai cauchemar. Une fesse sur une marche. Un coup d'huile à bois sur un barreau. Une fesse sur une autre marche. Un autre c... Après vingt minutes, oh, les fesses. Oh, l'estomac, qui gémit, ratatiné. Oh, les mains grasses. Oh, la déprime, parce que, en plus, pendant qu'on fait ça, à qui voulez-vous qu'on cause ?... Le boutonneux part chercher l'huile en traînant la patte. Elle et moi, on reste là, à l'attendre, devant la porte de verre. Vraiment, elle est pas jojo, la nouvelle. Mais sans dents, qui est-ce qui serait jojo ? Ici, évidemment, ça passe. Ici, c'est la baraque des bouches pourries. En plus, maigre comme un clou. Une figure de citron toute grêlée. De beaux yeux noirs quand même, mais qui ont l'air de s'être trompés d'adresse. Et, là, tout de suite, me fixent d'un air estomaqué... « Briquer l'escalier ? Je comprends que vous vouliez l'entretenir ! Il est superbe, cet escalier ! Mais on l'a briqué hier ! Il ne s'est quand même pas resali depuis hier ! » Ah, bon ? C'est vraiment futé de sa part, d'avoir trouvé ça. Drôlement futé, même. La patronne de l' « équipe du nettoyage », sans aucun doute, ça devrait être elle. Pas moi. L'ennui, c'est que, pour l'instant, c'est moi. Et que, resali ou pas, le superbe escalier, elle va le briquer. Parce que je lui dis de le briquer : « Et si c'est mal fait, vous recommencerez !... » Le boutonneux revient avec les deux bouteilles. Ils grimpent pour commencer par le haut. Elle, derrière. Son cul de mouche serré dans un pantalon à pois, si c'est ça que Susan lui a déniché à la boutique, quel cadeau !... Ils démarrent... De les voir commencer la descente à petits bonds d'insectes fatigués, mon cœur tressaute de joie. Au moins, il y en a qui font ce que je veux, dans cette putain de baraque.

« Je crois que je vais avoir une crise ! » murmure la nouvelle, toujours elle... « C'est pour ça que tu me fais déranger ? » Avec le boutonneux, surgi en catastrophe dans le bureau du Bouddha où je surveillais Jackie, Paco et Né-pour-perdre, hé, doucement, les statuettes africaines, bande de brutes. M'entraînant vers l'escalier. Me la désignant d'un index affolé. Assise tout en bas. En petit tas. Et qui tremblote... « D'abord..., que je dis, l'héro, ça ne donne pas de crise !... — Je me tapais des pilules en prison ! » Sa figure jaune sue. Ses yeux clignotent. Son chiffon pend au bout de sa main... « Les crises, ça me connaît ! » Et merde. L'Elton, ce matin. Elle, maintenant. Et merde... « Je te ramasserai ! » Fou ce qu'elle est lourde à ramasser. Matraquée par sa crise, dix minutes plus tard. Pas facile à ramasser, non plus. Bras qui battent l'air. Yeux qui roulent blanc. Bouche qui bave. C'est ça, une crise ? Mais c'est dégoûtant. De me dire qu'ils m'ont vue comme ça, ça me colle, à retardement, un coup de honte abominable. Un coup de rogne abominable, aussi, pour la première fois. Saletés de petites chéries qui mettent les gens dans des états comme ça. Autour d'elle, la foule des camés sans came s'amasse. Leroy crie : « Circulez ! », comme un flic, avenue de l'Opéra. Ben l'aide à la trimballer dans sa chambre... Au dîner, quand même, elle est là. Elton, pas. Elle, oui. Plus jaune. Grise. Assise entre Willy et Linda qui rentre du bureau, car la voilà secrétaire, dehors, dans une agence d'immobilier. Et chipotant sur sa soupe... « Je te l'avais bien dit..., qu'elle me dit. — Ce que tu ne m'avais pas dit, c'est que, quand ça te prenait, tu avalais toutes tes dents ! » Elle me lance un regard poignardé. Désolée, ma vieille, c'est mon jour de merde. Malgré tout, vers dix heures, après une parlote avec Linda sur le thème : « Albert s'est-tapé-Julie-quand-il-a-su-que-je-l'avais-su-il-m'a-dit-que-c'était-pour-tester-mes-sentiments-pour-lui-tu-appelles-ça-comment ? », le remords me prend. Pauvre nouvelle, quand même. Quand je serai riche, je lui paierai de belles dents. Je vais au 106. Carol arrache à son oreiller une tête blonde et ensommeillée : « Tu ne savais pas ! Elle s'est barrée ! Même pas par la porte ! Elle était tellement pressée qu'elle a sauté par la fenêtre du rez-de-chaussée ! »

« Elle a fichu le camp à cause de toi ! Tu l'as fait chier toute la journée ! Après le coup des dents, au dîner, elle a passé la soirée à sangloter ! » braille Ben, tricot de corps et pieds nus, comme deux grosses bêtes brunes, sur mon tapis jaune. « Ça te fait quoi, d'entendre ça ?... — Ça m'emmerde ! » dis-je, et, naturellement, que ça m'emmerde horriblement... « Quand même, vous savez l'heure qu'il est ? » Trois heures du matin, d'après le bras du Mickey. Flac, la lumière en grand. Sarah qui crie : « Qu'est-ce qui se passe ? » Cindy qui gémit : « Encore une fouille ? » Le commando qui entre, trimballant des chaises : « Groupe spécial !... » Têtes blafardes, arrachées au sommeil. Fringues enfilées à la hâte. Don, en premier, mèches blondes hirsutes et tunique chiffonnée. Linda. Leon. Justin. Susan en peignoir de bain. C'est tout ? Non. Elton. Débarqué en dernier, l'air abruti. Main sombre remontant la fermeture Eclair de son pantalon. Elton. Oh, non ! Tu voulais bien un « groupe » avec lui ? Je ne veux plus. Mon cœur cogne. Je ne veux plus... « Qu'est-ce qui t'a pris de la harceler comme ça ? » questionne Linda. Tendant vers moi une vraie tête de martienne sous les bigoudis bleus... « J'étais de mauvaise humeur, et, d'accord, j'ai passé ça sur elle ! » Une petite flamme hystérique s'allume dans les yeux de Don : « De mauvaise humeur, pourquoi ? » Ah, le coup de gueule. A réveiller toute la baraque. Et Venice. Et l'Amérique... La tremblote me prend. Nous y voilà... Ça mitraille de partout : « De mauvaise humeur, pourquoi ?... — J'avais proposé à Elton un rendez-vous pour demain soir ! Mais il a dit non !... — Tu lui as dit non, Elton ? Pourquoi est-ce que tu lui as dit non ? » demande Justin. Une paire de lunettes roses, sur fond blanc, une paire de lunettes blanches, sur fond noir, s'affrontent en silence... Justin attend. Ils attendent. J'attends. Je ne veux pas attendre. Je veux m'en aller. Qu'est-ce que j'attends pour m'en aller ?... L'homme qui m'a dit non boutonne sa chemise kaki avec application : « Parce que je n'avais pas envie de coucher avec elle ! » répond-il sans me regarder. Je me demande ce que je fous sur terre. Je me demande vraiment ce que je fous sur terre. Il me regarde : « Tu avais raison ! Je suis un trouillard ! Il y a longtemps que j'aurais dû te parler ! Je n'osais pas te dire la vérité !... » Là, bien sûr, ils se mettent tous à glapir : « Quelle vérité ? », et, mon dieu, mais qu'est-ce que vous attendez pour me faire mourir là, tout de suite, sur ma chaise ?... Il respire vite. Il a l'air d'un type coincé par les flics. Sa figure brille de sueur. Susan va ouvrir la fenêtre. Un coup de vent salé entre... Moi, sur la plage. Toute seule. Tranquille. Sans ces malades. Et tout recommencer. « La vérité, c'est que je n'ai pas envie d'être avec toi ! Je n'ai pas envie de t'écouter ! Je n'ai pas envie de te regarder ! Et, je viens de te le dire, je n'ai pas envie de te faire l'amour non plus ! » dit-il... Le monde perd la boule. Ou alors, c'est moi. Mais, enfin, et tout ce qui s'est passé ? Et sa main me rattrapant dans le couloir, le premier jour ? Et le vieux rêve à la con, dans ses yeux ? Et son zizi s'engouffrant entre mes cuisses, dans la lumière rouge ? Et sa voix chuchotant : « Tu as joui ? » Et ses deux bras, autour de moi, devant sainte Marie du Café ? Et son zizi s'engouffrant entre mes cuisses dans la lumière violette ? Et le sac de coukies ? Et son beau geste tendre le lendemain du « Fous le camp salope ! » ? Et sa voix qui bredouillait : « Excuse-moi ! » ? Mais alors, tout ça, ça voulait dire quoi ?... Il sue tellement, ses lunettes sont toutes embuées. Il les retire. Il crie : « Je te l'ai dit aussi, tu veux toujours que les gens soient comme tu veux qu'ils soient ! Je ne serai pas comme tu veux que je sois ! Je ne suis pas là pour toi ! Je ne suis pas là pour nous ! Je suis là pour moi ! Est-ce que tu vas finir par comprendre que je suis là pour moi ? » Ses grandes mains battent l'air. Il a les larmes aux yeux. J'ai les larmes aux yeux. Don aboie : « Tu as compris, cette fois ?... — Oui !... — Allez, Frenchie, c'est pas la fin du monde !... » jette Leon, en enfonçant son bonnet. « Tu vivais avant, sans Elton ! Tu vivras, après, sans Elton !... — Je vous ai dit que j'avais compris ! » que je dis.

Sous les frisettes blondes, le petit œil de l'assistante sociale de la prison des femmes attend... « Oui, madame, nous avons le droit d'avoir des rapports sexuels ! » que je réponds, c'est la troisième fois qu'on me demande ça, mais qu'est-ce qu'ils ont ?... « Mais on nous déconseille de tomber amoureux ! Nous ne sommes pas là pour ça ! Nous sommes là pour le programme ! » Sur le plateau tendu par Cindy, mignonne comme tout, aujourd'hui, la rouquine, dans sa robe verte, la main courte rafle un petit gâteau. « Ça doit être dur ! souffle-t-elle. — Oui et non ! Vous savez, ici, on est tellement occupés, on n'a pas le temps de penser ! » Tu parles. Rien que d'apercevoir, à cinq mètres, l'Elton planté dans la foule du 7 décembre, oui, c'est aujourd'hui que la baraque a six ans, j'en ai du mal à respirer. Ma vieille, tout ce que je cherche, chez un homme, il l'avait. La force de caractère : à son âge et avec son passé, être ici, à se réhabiliter, faut le faire. L'intelligence : c'est souvent qu'on rencontre quelqu'un doté de son extraordinaire faculté d'introspection ? Le romantisme : ses doutes, qu'est-ce que c'est d'autre que sa recherche d'une espèce d'absolu? L'authenticité : il est comme il est, c'est à prendre ou à laisser. L'intuition : lui, au moins, il avait compris que je suis une salope qui veut toujours les dominer, et peut-être qu'il m'aurait appris à changer. La beauté : est-ce qu'il n'est pas à couper le souffle, tantôt, dans son costume bleu marine? D'accord, ce qu'il n'avait pas, c'était la sensualité. Mais, si je ne l'inspirais pas, qu'est-ce qu'il y pouvait?... Tout ça pour dire que, m'en choisir un autre, comme on m'y encourage depuis quinze jours, vous plaisantez. Celui-là, c'était le dernier. Une vieille peau, c'est tout ce que je suis. Un bide vivant. Une foutue. C'est d'ailleurs pour ça que je suis toujours là. Quand on est foutue, aller ailleurs, ça sert à quoi?... Ça servirait, au moins, évidemment, qu'on ne vivrait pas dans la même maison. Même en s'évitant comme on s'évite, c'est horrible. Sa tête crépue est au bas des marches, tous les jours, à la « réunion du matin ». Sa silhouette de chat, à chaque détour de couloir. Son « Kentucky Fried Chicken » pendait sur un fil, dans la laverie, hier soir... Trois heures. La baraque a six ans. Et l'hôtesse, c'est moi. Belle robe jaune, dos nu, trouvée à la boutique. Mais pour qui? Quand même, ça me rappelle les surprises-parties d'autrefois : « Tu-crois-que-cette-fois-je-vais-me-dégotter-un-type-potable? »; ah, c'était Paris, c'était la France, c'était quand? Et sourires à gogo... « Cindy!... Fais donc faire à monsieur un tour de la maison!... » « Marion! Emmène madame au buffet!... » « Julie! C'est pour Isaac! Va chercher Don! » Comme si j'avais envie de sourire. Chaque figure qui surgit, dehors, sur les marches, fait battre mon cœur. Noire, est-ce que ça serait la mère d'Elton? Non. A quelle heure est-ce qu'elle viendra? Je la vois d'ici, la pauvresse du ghetto, avec ses boucles d'oreilles en matière plastique et sa robe de polyester. Et il lui dira : « La grande maigre en jaune qui t'a ouvert la porte, elle m'a couru après pendant des mois! Quel mal j'ai eu à m'en débarrasser ! » Et comme tout ce qu'elle veut, c'est se le garder pour la vie, la salope sera ravie. Blanche, ça m'en évoque d'autres. Vous ne voyez pas que ma mère à moi s'amène ? Ou un jules d'avant ? Ou un copain d'avant ? Ou un patron d'avant ? Tu dérailles. Oui. Mais sait-on jamais quand même. Le monde est petit... Pour l'instant, ceux qui s'amènent, ce sont des directeurs de « programme » à cravate qui viennent voir si c'est mieux que chez eux, des tantes à lunettes azurées, des pasteurs noirs à collet blanc, des counsellors en Levi's, des Noires avec des bébés à nattes et des robes à fleurs, des Blanches avec des bébés sans nattes et des robes sans fleurs, des frérots en blouson de jogger, des psychiatres en chemise rose qui viennent voir, eux, comment on s'en tire sans psychiatres. Pour tous, c'est le choc à l'arrivée. Ça, un établissement pour camés ? Vous avez vu les murs gais ? Les plantes partout ? Les jolis meubles ? Les posters marrants ? Ça, des camés ? Vous avez vu comment ils sont habillés ? Il faut dire que Willy a eu un coup de génie. Le déménagement gratuit de la villa du gérant de Thamie's, un grand magasin de Santa Monica, avec la camionnette de la maison. Contre une tonne de vêtements de rêve. Même moi, j'ai du mal à les reconnaître, nos chéris. C'est Carol, cette ingénue en coton blanc à volants ? C'est Oscar, ce vieux docteur noir pour familles noires, en complet gris ? C'est Ella la Terreur, cette respectable quadragénaire en tailleur turquoise ? C'est Salomon, ce jeune rabbin de bonne famille en gilet et veston d'alpaga ? Tous, vachement à l'aise. Allumant les cigarettes des dames comme on fait, dehors. Passant les verres d'orangeade en souplesse. Précédant nos visiteurs, dans l'escalier bourré, avec des grâces de maîtresses de maison. Causant sans dire : « Va te faire enculer ! » A se demander pourquoi ils n'ont pas choisi la respectabilité. C'est sans doute ce que les familles se demandent aussi. Ou, plutôt, ne se demandent pas. Avec des yeux qui disent : « Mais qu'est-ce que j'ai fait de travers, avec ce gosse-là ? » Pas marrantes, leurs retrouvailles que je lorgne, de loin. Au début, des bises dingues, des parlotes dingues. Et puis ça tombe aussi sec. Déjà la mère de Cindy, une rouquine à tête fatiguée, est repartie. « Ouf ! s'écrie Cindy. On n'avait vraiment rien à se raconter ! Ce qui se passe ici, ça ne l'intéresse pas ! Tout ce qui l'intéresse, c'était de savoir combien de temps j'allais rester ! Qu'est-ce que tu veux que je lui dise ?... De toute façon, à chaque fois que je la vois, j'ai tellement mauvaise conscience, j'en pleurerais !... » De vraies familles nombreuses, pour certains, les familles... « Tu savais que Justin avait une femme et deux gosses ? » me demande Marion à l'oreille. Non. Ni que Tom, le cuisinier, avait cinq enfants. Ça fait des coups pénibles. Ella qui court pleurer au second. Le petit dernier de Tom qui se débat en hurlant comme un fou dans les bras de son papa. Qu'est-ce qui lui prouve que c'est son papa ? Quand il est né, il était à Chino, Tom... Comme le dit, à côté de moi, Ben, gros ventre serré dans de la toile havane : « Tu peux être sûre qu'on va avoir de sacrés groupes, demain ! C'est pour ça qu'Isaac n'aime pas que les parents viennent visiter ! Nos camés, ça leur prend un mois pour s'en remettre ! » Et les parents, ça leur prend combien de temps ?... Quatre heures. Une blonde anémique passe la porte, un bébé dans les bras. Un bébé qu'elle a l'air d'avoir piqué à sa sœur aînée, la petite. Vraiment toute petite. Mal fagotée dans sa robe bleue. Regard assorti qui cligne d'émotion. Je dis : « Est-ce que je peux vous aid... » L'autre l'a repérée avant moi. Elle fend la foule comme une folle. Elle agite les bras. Elle hurle : « Doraaa... ! » En plus, elle ne savait pas qu'elle était grand-mère. C'est un garçon. Il a neuf mois. Il est né en prison... Cinq heures. Une nouvelle circule : « Le petit chauve qui est monté tout à l'heure, c'est l'adjoint du maire de Los Angeles ! Si tout va bien, il nous fera donner une subvention ! » Justement, à ses côtés, en haut de l'escalier, voilà que se pointe le Bouddha. Crâne qui brille et tunique noire flambant neuve. Il nous regarde. Il ne dit rien. Mais son gros œil, lui, dit : « Merci d'être toujours là ! » Nos têtes se lèvent. Un petit frisson de joie nous secoue. Oui, même moi. La baraque a six ans. Est-ce qu'ils ont planté des drapeaux, le long de la Promenade ? Est-ce qu'ils ont lâché, dans le ciel plus grand qu'ailleurs, des cerfs-volants ? Est-ce que ça a collé la migraine aux camés gris de la plage grise ? Est-ce que ceux du ghetto, derrière leurs volets clos, se sont payé une minute de silence, avant de se la planter dans le bras, l'aiguille ? Est-ce que l'Amérique le sait ? Est-ce que la France le sait ? Est-ce que le monde le sait que l'obèse, là-haut, l'a bien mérité le gâteau d'anniversaire qu'on lui montera, ce soir ? La baraque a six ans... « L'é-ner-gie qu'on sent ici, est absolument incroyable ! » me chuchote un petit brun à moustache, counsellor dans un Centre pour jeunes délinquants d'Orange Country, c'est où, ça ?... « Dites-moi, quelle est la structure exacte de votre programme ? » Et sa petite cuiller reste en suspens au-dessus de son ice-cream au chocolat... « C'est difficile à expliquer ! Ça a l'air très simple ! Mais, en fait, c'est très compliqué ! » Bravo. Après neuf mois, ici. Bravo. Quoi, bravo ? La baraque, ça ne se raconte pas. Ça se vit. Et voilà. Il me regarde. La malheureuse. Une camée à la cervelle embrumée pour la vie. Il me sourit d'un air apaisant : « C'était une mauvaise question ! Je vais vous en poser une meilleure !... Qu'est-ce qui vous fait rester ? » demande-t-il. Sa moustache en frémit de curiosité... « C'est l'âme ! C'est l'âme de la baraque ! » que je dis. Et, cette fois, j'ai l'impression d'avoir tout dit... Une voix crie : « Dégagez l'escalier, s'il vous plaît, messieurs-dames ! » Ils s'exécutent, dociles. Le vestibule se met à ressembler à un wagon du métro à l'heure de pointe. Notre orchestre s'installe sur les marches, voui, on a un orchestre. Jesse sourire de soleil au saxo. Mini-Paco à la guitare. Ben aux congos... Six heures. Dehors, sur la Promenade, les bronzés pressent le pas vers leur hamburger du dimanche, mais qu'est-ce qu'ils ont, les Américains, à dîner si tôt ? L'océan vire au sombre. C'est l'hiver. J'avais oublié... La porte. Une blonde en chapeau blanc. Un barbu souriant. L'orchestre attaque *The House of the Rising Sun*. La porte. Une vieille mamma, un peu boulotte, mais très chic. Chignon gris laqué. Tailleur gris bien coupé et blouse lilas. La soixantaine, sans doute, mais, avec les Noirs, comment savoir ? Ses lèvres m'envoient un sourire essoufflé : « Je viens voir mon fils ! Elton Williams ! »

« Frenchie est française ! Comme le dit son surnom ! Et aussi ce charmant accent !... dit Elton joyeusement. Et journaliste ! Une journaliste d'ailleurs bien connue dans son pays ! » Je rêve. On est là. Sur le canapé du living bleu. Moi, entre les deux. Devant nous, un petit bateau crachote une fumée blanche sur l'océan... « Oh, vraiment ? s'écrie-t-elle. Mon mari et moi... » (ah bon, elle a un mari ?) « ...avons justement vu un documentaire sur Paris, la semaine dernière, à la télévision ! Quelle ville romantique ! » Je rêve. Il se penche. Il a vraiment l'air d'un beau prof de sémanmachin, avec son costume bleu... « Tu sais, sans Frenchie, je serais probablement parti d'ici depuis longtemps !... Elle m'a donné du courage ! Elle a aussi réussi à me convaincre que je pourrais apprendre un métier à la sortie ! Que je suis moins bête que je ne le croyais ! Elle trouve que je suis plein de possibilités ! » Il rit. Je rêve. Elle se penche aussi. Sa main sombre avec une bague d'argent vole sur la mienne. Par la porte ouverte, l'orchestre joue *Georgia of my Mind*. Les coins de sa bouche tremblent un peu quand elle me sourit. « Merci ! »

Dans la lumière violette qui nous matraque, ses yeux brillent... « Ecoute..., dit-il, ce groupe... tu les connais !

Ils savent vous faire dire ce qu'ils veulent qu'on dise !... J'ai dit des âneries ! Excuse-moi... Je ne veux pas te perdre !... On va se voir toutes les semaines ! » Il m'embrasse. Je dis : oh, Elton. Oh, Elton. Oh, Elton. Comme une conne. Mon dieu, faites que ça soit toujours comme ça. Dans la baraque, et puis dehors. Dans la joie et l'horreur de la vie sans came. Ou dans la joie et l'horreur de la vie avec came, sait-on jamais ?... Sa main pousse ma tête en douceur vers le bas. Son ventre sent l'ambre, le café, le tabac. Dans ma bouche, son zizi noir tressaille de joie. De très loin, de là-bas, du bout du lit, sa voix soupire : « Oh, Frenchie... » Après ça, il me baise, et, d'accord, il ne sait toujours pas qu'il a aussi une langue, mais, ma vieille, on ne peut pas tout avoir, dans la vie... Mon dieu, vous êtes sûr que tout ça n'est pas une entourloupette ? Mon dieu, vous êtes sûr que vous n'allez pas, un de ces jours, me balancer une punition formidable pour me faire payer tout ça ? Mon dieu, vous êtes sûr que je mérite un coup de bonheur comme ça ?

Minuit et quart. La cuisine est vide. Avec un air de fête-est-finie. Trois petits fours dans une assiette, sur la toile cirée. Un parfum, vague, de jolie madame. Un bonnet de bébé, oublié sur une chaise. Sainte Marie du Café nous offre deux cafés. Et dit : « Asseyez-vous donc !... — Mais oui ! » dit Elton. Il m'avance une chaise... La baraque est toute calme. Ce soir, la bagatelle, ils n'avaient pas la tête à ça. Plutôt la tête à ruminer entre leurs draps. Cigarettes trouant l'ombre au bout de leurs doigts... « Pourquoi est-ce que le gosse ne fait rien à l'école ?... » Est-ce qu'elle a un jules ? Elle a dit non ! Mais je la connais, la garce !... » « Où est-ce que papa va trouver le pognon pour payer les traites de la maison ?... » Je demande : « Ça t'a fait plaisir de voir ta mère ?... — Oui et non !... C'était plus facile parce que tu étais là ! » Il m'attrape la main. Don entre. Chemise brodée qui a fêté le 7 décembre. Et l'air d'un type qui va mourir s'il ne va pas dormir. Il s'arrête net. Il nous regarde. Il regarde la main noire sur la main blanche. Il ne bouge pas. Il nous regarde.

« Elton Williams ! Marion Becker ! Jackie White ! Vous partez pour le ranch demain matin à cinq heures ! Allez vous chercher des valises à la boutique tout de suite ! » crache la bouche noire de Sunny... Qu'est-ce qu'il a dit ? Pas « Elton ». Il n'a pas dit « Elton ». Les deux autres, oui. C'était pour ça le « Tout le monde sur l'escalier ! » qui nous a arrachés à notre petit déjeuner, il y a dix minutes. Mais il n'a pas dit « Elton ». Elton, assis comme d'habitude, sur la dernière marche. Et dont la nuque raide n'a, d'ailleurs, pas frémi d'un poil. Pourtant, tous les yeux sont sur moi. Pauvre Frenchie, c'est vache. Qu'est-ce qui est vache ? Il n'a pas dit « Elton ». Si. Il répète. Termine par un : « Et soyez prêts à l'heure ! Et n'essayez pas de baiser en douce, ce soir ! », avant de filer. C'est comme si la lumière s'était éteinte d'un coup. J'ai froid. Je suis collée à l'escalier. J'ai un trou dans le ventre. Je me vide. Pas Elton Elton qui, en bas, se déplie. Se barre, avec les autres, dans le silence de plomb des mauvaises nouvelles. Vers la boutique. Et la valise. Pas Elton. Le ranch, c'est le bout du monde. C'est l'adieu pour toujours. C'est l'oubli. C'est la mort. Ils ne peuvent pas me faire ça. Ils n'ont pas le droit. Et, enfin, pourquoi ? Tu le sais bien, pourquoi... Autour de moi, des jambes dégringolent des marches. Des mains me tapotent l'épaule au passage. Des cheveux rouges effleurent ma joue : « Ne reste pas là ! » dit Cindy. Je ne reste pas là. Je me lève. Je monte. Je bouscule Marion qui pleure, dans l'épaule de Leon. J'avale les marches deux par deux.

Je gueule : salaud. Je gueule : salaud, le ranch. Je gueule : salaud, Elton, au ranch. Je gueule : salaud, rien que pour me faire du mal. Dans le bureau du premier, deux cigares ahuris se tournent vers moi. Sunny et Oscar. Papiers partout. Soleil pâle de neuf heures du matin. Vent qui fouette les plantes par la fenêtre ouverte. Sunny saute sur ses pieds : « Quoi ? Quoi ? Quoi ? » Il gueule plus fort que moi : « Qu'est-ce que tu racontes ? Mais elle est folle ! La plus folle de la baraque !... Tu vois de quoi elle parle, toi, Oscar ?... En plus, elle est complètement parano ! Te faire du mal ? La seule personne qui te fait du mal, c'est toi !... Fous-moi le camp ! Tu ne vois pas qu'on travaille ? » Il fait un pas. Il gesticule. Il est noir comme l'enfer. Il est haut comme le plafond. Il crache le feu par ses yeux rouges. Il va m'assommer, là, sur le tapis : « Fous-moi le camp ! Je ne vois pas de quoi tu parles !... » Don, lui, il voit. Dans sa chambre « made in India », il sort de la douche. Un petit crevé en slip. Chair de poule rebroussant sa peau verte. Cheveu collé. Œil d'orage : « Le ranch, c'était lui ou toi ! Tu as tout fait pour ça ! Pourtant, on t'avait prévenue ! Pas de couples dans la baraque !... — Couple ! Qu'est-ce que ça veut dire, couple ?... — Rien ! Mais, au train où vous alliez, vous auriez fini par croire que ça veut dire quelque chose ! Il fallait bien qu'on vous arrête à temps ! » Je gueule : nazi. Je gueule : sale enfoiré de nazi. Je gueule : « Mais, de quel droit ? Mais, je ne comprends pas ! Mais, enfin, pourquoi ? » Il rafle son Levi's dans le placard. L'enfile. « Parce qu'on est responsables !... — De quoi ?... » Il ferme sa braguette d'un coup sec. Il me regarde : « De vos peaux, connasse ! »

C'est la guerre. Quand les hommes font leur valise et que les femmes les regardent faire, c'est la guerre. La valise d'Elton, grande ouverte sur le lit, elle est beige, avec des chromes partout. Sur fond de *Frankenstein Junior,* il empile des habits d'un air appliqué. Il fait un effort terrible pour ne pas se laisser aller... J'ai le cœur tellement gros, je ne sais pas quoi dire. J'ai le cœur tellement petit, je ne sais pas quoi dire. Je dis : « Et si tu refusais de partir ? » Il roule des chaussettes sans me regarder : « Bah !... Après tout, peut-être que j'ai besoin d'un changement ! répond-il prudemment. — Quel genre de changement ? » Mon dieu, faites que ce ne soit pas ça. Si c'est ça, je me tire, je me recame, je me n'importe quoi. Il lève la tête. C'est ça. Derrière les lunettes ses yeux sont plats... « Isaac et Sunny m'ont parlé, ce matin !... Coucher toujours avec la même femme, ça n'est pas naturel ! La société nous dit de le faire ! Mais c'est de l'aliénation ! Ça n'est pas naturel !... » Je ne peux plus le regarder. Je me pose au bout du lit de Willy. J'ai envie de tourner de l'œil. Je me force à le regarder. Un vieux nègre, long comme un jour sans pain, avec un chandail marron qui godaille. Un vieux naïf que n'importe qui peut embobiner. Un vieux camé qui n'avait rien à donner, mais qu'est-ce qui cloche dans ma tête à moi ? Je demande : « C'est pour ça qu'ils t'envoient au ranch ? Pour que tu t'en tapes d'autres ? », je veux un dessin ou quoi ? Il ne répond pas tout de suite. Il est bien trop occupé à installer ses chaussettes dans la valise... « Oui ! » dit-il enfin. Je voudrais bien tourner de l'œil. Pour que, dans ma tête, ça s'arrête. Le ranch. La chambre de bois. La jeune Noire aux beaux seins qu'il baise dans la lumière violette, c'est sûr qu'il va emporter son ampoule. Elle jouit, terrible. Il jouit, terrible. Ils se réhabiliteront ensemble. Ils s'aimeront pour la vie dans un ranch du Colorado... « Et tu es sûr qu'ils ont raison ? » que je demande encore. Quelle question... « Mais non ! » s'écrie-t-il, ça me ravigote un peu quand même. Il ferme le couvercle d'un coup de poing. Il se met à tournicoter dans la chambre comme un fou... « Comment est-ce que je pourrais être sûr ? Je ne connais pas les femmes ! Je ne connais pas la vie ! C'est bien pour ça qu'il faut que je le fasse ! Pour savoir !... Tu comprends ? » Il s'arrête, bras ballants, devant la fenêtre. Il attend... C'est la guerre. Mon petit garçon s'en va-t-en-guerre. La guerre aux femmes. Il n'en reviendra pas. Mais il faut qu'il y aille. Sans ça, il restera toute sa vie un petit garçon... « Je comprends ! » Maman comprend. Maman est là pour ça. Maman a toujours compris, avec les autres aussi. Maman n'a pas besoin qu'on la comprenne, elle. Si. Et merde avec maman. Est-ce qu'un jour il y en aura un qui pigera que, moi, j'ai besoin d'un papa ?... Il s'approche. Il s'assied à côté de moi sur le couvre-pieds bleu. S'il me touche, je chiale. Il passe son bras autour de mes épaules. Je chiale. Quelle heure est-il ? Le ranch, c'est dans combien d'heures ? Je chiale... « Ne pleure pas ! Je ne veux pas que tu pleures à cause de moi ! » marmonne-t-il. Je ne l'entends pas. D'un coup, c'est comme s'il était déjà parti. Je chiale. J'ai envie de dire : « Et moi ? » C'est toujours comme ça aussi. Je fais celle qui comprend. Et puis, après, je dis : « Et moi ? » Si je ne le dis pas, ils m'oublient. Mais, si je le dis, ils se barrent encore plus vite. Et si je la bouclais, pour une fois ?... « Et moi ? » demande ma voix. Il retire son bras. Sur sa figure noire, ça se bouscule : « Toi je ne sais pas ! Je ne sais vraiment pas ! »

Et maintenant, est-ce qu'il sait ? 16 décembre. Deux semaines qu'il est parti. Il baise qui ? Et d'abord, les salopes, là-bas, c'est qui ? Le chœur des nénettes me renseigne. Trois ont été expédiées d'ici, l'an dernier. Une Phyllis. Jolie ? Oui. Merde. Une Mona : jeune mais moche. Une Helen. Pas jolie. Sexy. Merde. Noires toutes les trois. Si seulement j'étais noire. Eh bien quoi ? C'est sûr que je lui aurais plu davantage. Noire ou pas, de toute façon, maintenant, ça changerait quoi ? Les autres, on ne sait pas. Marion et Jackie, on sait. Elles se sont dégotté des mecs à l'arrivée. Ouf... Hier, Ruth et moi, on se berçait une déprime dans la bibliothèque. Lorgnant, par la fenêtre, le soleil qui s'enfonçait dans l'océan gris. J'ai dit : « Au fond, je m'en fiche, qu'il me trompe ! Du moment qu'il revient ! », et ça m'a étonnée de l'avoir dit. Mais est-ce qu'on revient du ranch ?... « Est-ce qu'on sait ? s'écrie le chœur des nénettes. Elton, les poulets, ça ne va pas être son fort ! Et puis, Leroy, en plombier, il n'est pas aussi bon que lui ! » Alors, peut-être qu'il reviendra. Mais dans quel état ? Fou de chagrin d'avoir laissé là-bas les fesses rondes d'une nénette de dix-huit ans ? Ou fou de joie d'avoir enfin compris qu'il n'aime que moi ?... Est-ce qu'il va écrire ? Ah, ma vieille, tu verrais ma ruée, tous les jours à midi. Direction : le bureau jaune du rez-de-chaussée. Quand, sous l'œil du python, Don nous distribue le courrier. Et son œil à lui me dit : « Pauvre cloche ! Qu'est-ce que tu crois ? » Evidemment. Ecrire, Elton ? Et d'abord, est-ce qu'il sait écrire ? Et puis, il n'écrirait que s'il ne baisait pas... A moins qu'il n'écrive pour dire qu'il baise ?... Avec tout ça, la patronne, c'est toujours moi... « Te plains pas ! Au moins, ça ne te laisse pas le temps de ruminer ! » qu'ils me disent. D'abord, c'est pas vrai. Et puis, et si, moi, je préfère ruminer ? Pour tout arranger, « c'est l'opération-moquette ». Une moquette vert épinard, qu'est-ce qui leur a pris à Willy et Oscar de nous rapporter une horreur comme ça ? Une vraie prairie de Walt Disney à faire planter avant Noël, rien que d'y penser, à Noël sans Elton, j'ai envie d'aller fourrer ma tête sous mon oreiller pour pleurer. Quel cirque ! Trois jours que je tords mes chevilles dans les couloirs éventrés où mes cons arrachent la vieille dans une poussière de fin du monde... Et au ranch, par terre, c'est comment ? En bois ? En terre battue ? Carrelé ? Et, le ranch, au fait, il ressemble à quoi ? Aux ranchs de cinéma : baraques de bois sur fond de crépuscule violet et chevaux attachés à des barrières ?... Dix marteaux enfoncent en permanence une migraine verte dans ma tête... « Je deviens cinglé avec cette moquette ! crie le Boutonneux. Elle plisse ! — Surtout si on ne met pas les clous là où il faut ! C'est ta putain de cervelle qui plisse ! » hurle Né-pour-perdre... Et lui, là-bas, qu'est-ce qu'il fait ? Quand il ne batifole pas, qu'est-ce qu'il fait ? Il donne à bouffer aux poulets ? Il les décapite à la chaîne avec un couperet brillant ? Quelle abomination. Qu'est-ce qu'il fait ?... Une heure du matin, hier, et ma colère explose en postillons verts au 302 : « De la moquette dans la salle de bains ! Vous vous croyez au Hilton ? Déclouez-moi ça tout de suite !... » Est-ce qu'il pense à moi ? Naturellement. Je ne suis pas une femme qu'on oublie comme ça. Je suis marquante. Je suis originale. Je dis aux hommes des choses qu'on ne leur a jamais dites. Je sais ce qui est bon pour eux, mauvais pour eux, la preuve, il a avoué à sa mère que, sans moi, il serait parti depuis longtemps. Je leur révèle leur propre sexualité, pas que ça marche à tous les coups, mais enfin, j'essaye. Je les oblige à se confronter, à reconnaître qu'ils sont des salauds, est-ce qu'il n'a pas dit : « Je ne veux pas que tu pleures à cause de moi ! » J'ai quand même tout pour faire revenir de n'importe quel ranch, n'importe quel type décidé à m'aimer pour la vie, non ? Ou tout pour donner envie à n'importe quel type de se planquer dans n'importe quel ranch à vie ?... Ah, ma vieille, quelle déprime ! Les soirs à danser, la disco et les rires dans le living bleu, me mettent l'âme à l'envers. De quel droit est-ce qu'ils sont heureux, eux ? Les soirs-à-baiser, le silence de la baraque me met les nerfs à l'envers. Est-ce qu'au ranch c'est aussi mardi, jeudi, samedi ? Et il baise qui ? Et il lui fait quoi ? Et elle lui fait quoi ? Et si, quand même, il ne revenait pas ? Quand je commence à me dire ça, voilà que ça me reprend. L'estomac qui se ratatine. Le froid qui monte. La tremblote. Le souffle qui se barre : « Mon Dieu, je ne tiendrai jamais ! » Le vrai manque. Juste comme quand j'ai arrêté la came. « A croire qu'avec Elton, j'avais remplacé ! » ai-je dit à Cindy, pauvre Cindy. Assise en pyjama, yeux pleurants de sommeil, sur le couvercle des chiottes, vous connaissez beaucoup de maisons, vous, où les gens se laissent réveiller au milieu de la nuit pour écouter vos salades, sans vous dire d'aller vous faire voir ?... « C'est possible ! Mais si c'est tout ce que tu as trouvé pour te faire rester... pourquoi pas ? — Pourquoi pas, mais, maintenant, je n'ai plus rien a quoi me raccrocher !... — Si ! Tes fesses ! » Ça, ça m'a fait cogiter jusqu'au dernier passage des veilleurs de nuit... « Et si c'était une épreuve ? me chante le chœur des nénettes. Et si c'était pour que vous soyez sûrs, après, que vous vous voulez vraiment ? » Elles déraillent, les chères nénettes. Peut-être pas. Et si c'était une épreuve, au fond ?... L'épreuve, c'est aussi les mecs. Qui repartent à l'attaque, comme aux beaux jours de mon arrivée. En pire. La Frenchie, maintenant, ils connaissent. J'aime les Noirs. Je suis la femme d'un seul homme. Je suis une « affaire », puisqu'il n'en a pas touché une autre pendant sept mois. Tout ça, ça les aide à aiguiller leur tir... « Ce que je cherche, moi, c'est une liaison sérieuse ! Depuis que Maria est partie, c'est toi que je veux ! Si tu retenais ta chambre pour samedi ? » me souffle Leroy, son bras roux autour de ma taille, c'est bien la dernière fois que je lui demande de m'aider à tirer les poubelles dans la ruelle, une ruelle superbe, maison jaune sur la gauche, et notre parking devant, avec la vieille Cadillac du Bouddha qui scintille sous un palmier... « Elton ! Je le sais bien qu'il n'a jamais su s'occuper de toi au lit non plus ! Moi, je saurais ! On se voit ce soir ? » me chuchote Ben, main qui coule en douceur vers sa braguette, même dans la laverie, je ne peux pas me payer un quart d'heure de tranquillité... « Tu ne vas quand même pas jouer les veuves toute ta vie ! » s'écrie Willy. Coup discret frappé à la porte de ma salle de bains. Et œil candide sous le pompon :

« On-vient-d'apporter-le-sapin-on-le-met-où ?... » « De toute façon, tu crois que ça lui fait quelque chose, à Elton, que tu t'envoies en l'air ou pas ? » Mais oui. Enfin, je veux le croire. Je veux toujours croire que mes jules sont jaloux. Pas jaloux, c'est qu'ils ne m'aiment pas. Parce que, enfin, mon cul, mon jardin secret, rien que pour eux, ça compte pour des prunes, ou quoi ? Jaloux, c'est qu'ils m'aiment. Enfin, oui et non. Si c'est seulement mon cul, cet objet, qui les intéresse, est-ce qu'on peut dire qu'ils m'aiment vraiment ?... En tout cas, ne pas baiser, c'est fou ce que ça me fait respecter. D'abord, les mecs, ils ont beau dire. C'est écrit dans leurs yeux qu'eux aussi, ils voudraient bien une petite femme de marin qui les attende quand ils sont au loin. Et aussi des bonnes femmes. Surtout les Noires. Une Blanche qui se tape un Noir, ça les irrite, encore une qui prend nos types pour des étalons. Une Blanche qui en pince vraiment pour un Noir, ça les touche : « Toi et Elton, c'est la première histoire d'amour que je vois, depuis un an que je suis ici ! » m'a lancé Sarah, ce matin. Et sa grosse bouche m'a enfin souri. Quelle joie d'entendre ça ! Surtout qu'elle sous-entendait que, pour lui, c'en était une aussi. Elton et Frenchie. Comme Roméo et Juliette. Comme Rodolphe et Marie Vetsera. Est-ce qu'on aura une fin tragique, nous aussi ? Toujours aussi con, la Frenchie... Noël dans cinq jours. Mais non. Le temps s'est arrêté. Quelque chose, en moi, s'est arrêté. Le temps et moi, on attend. Et si, l'important, dans la vie, c'était ça ? Avoir un truc à attendre ? Je gueule, je déprime, je chiale. Mais j'ai beau dire. Quand j'attends, je me sens vivre. Et si, l'important, c'était pas le truc ? Et si, l'important, c'était l'attente ?

Trop c'est trop. Ça, non. Ras-le-bol. Après ça, ça sera quoi ?... Mon changement de chambre, c'est après le dîner qu'il me tombe dessus. Juste au moment où les deux copines et moi, on venait de s'installer tranquille pour discuter du zizi de Mini-Paco. Est-ce qu'il a aussi un mini-zizi ? Ou au contraire un maxi-zizi, d'après Sarah, chez un mini-mec, c'est courant ? D'un coup, la porte s'ouvre sur la tête de Linda : « Frenchie, tu déménages ! Tu vas t'installer au 106 tout de suite ! Alma va te remplacer, ici ! » Les vaches. Au 106. La pire. Carol et Susan. La nymphomane et la mère tragique. Et puis un rez-de-chaussée sans soleil. Les vaches. Pourquoi ? Parce que ça commençait à aller mieux avec Sarah ? Pour me pousser à fond, me faire suer à fond, voir si je vais me tailler et tant pis pour Elton ? Ou accepter et jusqu'où ? Ça ou autre chose, je ne leur ferai pas le plaisir de demander pourquoi ?... De toute façon, ça servirait à quoi ?... Dans la chambre, voilà que l'atmosphère est tout endeuillée. Les petits yeux de Sarah me fixent d'un air navré. Cindy crie : « Oh, la barbe ! Tu vas me manquer ! » Elle aussi, la maigrichonne, elle va me manquer. Et mon lit où je couchais avec Elton, et si c'était pour me faire comprendre que je ne coucherai plus jamais avec Elton ? Et la chaise où il déposait son slip avant de s'avancer, fendant la lumière rouge avec ses hanches de roi africain. Et le Mickey. Et notre salle de bains avec le lavabo qui se bouchait tout le temps... Je fais ma valise. Mais c'est que ça serre les tripes, un changement de chambre. Comme d'être expulsée de son propre pays. Et balancée d'office dans un autre. Et il va falloir tout réapprendre à zéro : les gens, les couleurs, les habitudes, les odeurs. Et déverser ses secrets dans de nouvelles oreilles. Et en écouter de nouveaux. Et se montrer comme on est : poil aux pattes et règles qui durent dix jours. Et combien de temps est-ce que ça va prendre pour qu'on se sente chez soi ? Et est-ce qu'on se sentira jamais vraiment chez soi ?... Oui, ça serre les tripes. Le dernier coup d'œil sur le pas de la porte, pour ne rien oublier. La main noire qui secoue un mouchoir imaginaire. La voix blanche de l'autre : « Tu reviens

nous voir bientôt, hein ? » Les chuchotis dans le couloir : « Où est-ce qu'on l'envoie ? » L'escalier, souffle court. Le 106, avec son ruissellement de colliers toc, bracelets toc, boucles d'oreilles toc accrochés au mur, elles se croient dans un bordel ? La fenêtre ouverte sur un bout de ciment gris, où est le cher océan ? Alma qui finit sa valise. Mains sombres pliant un châle. Et sourire déprimé. Les deux autres. Carol, sur son lit, tripotant un magazine, l'air d'une princesse d'or qui s'emmerde. Susan au bord du sien. Etalant une lotion sur ses jambes pâles. Leurs têtes qui disent qu'elles préféraient celle d'Alma à la mienne. Le lit qui m'attend, moi, juste en face de la porte, horreur, j'aurai la lumière dans l'œil toute la nuit... Alma file. Je m'installe. Bourré, leur placard, qu'est-ce qu'elles ont comme fringues, les garces !... « Celle qui devrait venir habiter avec nous, c'est ma Dora ! gémit Susan en secouant sa tête jaune. Mais elle n'a même pas voulu essayer ! Pourtant, Isaac lui a parlé ! Il lui a même dit qu'elle pouvait amener le bébé ! » Ça commence. Je dis : « Susan, tais-toi ! » Elle ne m'entend pas. Elle flanque la bouteille sur la table de nuit. Elle reste là, jupe retroussée. Avec ses yeux bruns qui commencent à dérailler. Sa voix monte : « Elle m'a dit qu'elle n'avait pas besoin d'un programme ! Qu'elle ne se repiquerait jamais ! Que la prison, ça avait été une bonne leçon ! Mais si jamais elle retourne vivre avec son camé, elle...
— Ta gueule ! » crie Carol. Elle tourne le bouton de la radio. Ça explose à pleins tubes : « Hawaï, oh la la... » Susan n'entend pas. Elle empoigne son oreiller. Elle le bourre de coups de poings. Elle sanglote : « Oh, ma blonde, ma blondinette, ma...
— Hawaï, oh la la... » Je me sauve en courant.

« Tu en fais une tête ! » s'exclame Oscar. Il sort du living qui, ce soir, déverse une musique frotti-frotta. Et me choque comme je m'engouffre dans la cuisine, direction sainte Marie du Café. « On m'a changée de chambre ! Et, avec ce qui s'y passe, je n'ai vraiment pas la tête à faire une autre tête ! » Il me regarde. Toison d'argent raccourcie, ce matin, par les ciseaux de Leon. Et polo marron, depuis qu'il travaille dehors, il devient plus chic de jour en jour, Oscar... Ses yeux se marrent : « Moi..., dit-il d'un air fin, j'ai quelque chose qui va te faire changer de tête ! » Il se penche. Sa main retrousse le bas de son pantalon. Fouille dans sa chaussette. « ... Une lettre du ranch ! Don avait oublié de te la donner, ce matin ! »

« Chère Frenchie... Je t'espère en bonne santé physique et morale... » qu'il écrit. Et qu'au ranch, il a été très occupé parce que le travail est bien plus dur que dans la baraque. Qu'il y a mille deux cent sept poulets. Qu'il se lève à quatre heures. Qu'il pleut depuis le jour de son arrivée, et qu'il espère bien que ça va s'arrêter. Qu'il doit me quitter pour aujourd'hui, car c'est l'heure de prendre les températures... Quelles températures ? Ils sont malades ? Quelles températures ? Il termine par : « Souvenir respectueux ». L'écriture est petite, un peu tordue. Le papier, à rayures bleues... Dans les W.-C. de la cuisine où j'ai été me planquer, pour lire, car il y a foule autour de sainte Marie du Café, le siège est dur sous mes fesses. La lumière de l'ampoule qui pend du plafond beige m'écorche les yeux. Mais c'est le plus beau jour de ma vie. La plus belle lettre, non. Une lettre, évidemment, d'homme qui n'a pas l'habitude d'écrire des lettres. C'est bien moi. Pas de lettre : je crève. Une lettre : je critique. Pas vraiment. C'est merveilleux, justement, qu'il ait fait l'effort, non ? Une lettre pudique d'homme pudique, tu le sais bien qu'il ne sait pas parler de ses sentiments. Une lettre qui est sûrement sa première lettre à une femme. Et, cette femme, c'est moi. Quel est le type qui m'a donné ça ? Une lettre chaleureuse malgré les apparences, la preuve, il s'inquiète de moi dès le début. Une lettre qui s'excuse indirectement de son silence en me décrivant l'horreur du nouveau boulot, ils veulent me le tuer à la tâche avec ce réveil à quatre heures ou quoi ? Une lettre qui prouve qu'il me respecte. D'ailleurs, il me le dit. Pas qu'il m'aime. Qu'il me respecte. C'est presque mieux. De toute façon, on ne peut pas aimer sans respecter. Est-ce qu'on peut respecter sans aimer ? Une lettre qui, aussi, leur dit « Merde ». Elton et Frenchie, c'est plus fort que tout, vous voyez bien, bande de cons. Une lettre... et si c'était une lettre d'enfoiré ? Une lettre qui ment ? Il baise. Il n'a pas eu le temps d'écrire parce qu'il baise. Il ne se lève pas à quatre heures. Il se couche à quatre heures. Il ne pleut pas : il dit ça pour que je le plaigne. Il fait un soleil radieux. Il baise dans des champs jaunes. Il doit me quitter, comme il dit, parce que sa salope est malade. Il va lui prendre sa température. Pourvu qu'elle claque... Je déraille. Enfin, est-ce qu'il dit qu'il baise ? Ça ne prouve pas qu'il ne baise pas. Dans ce cas, il écrit pour quoi ? Parce que, baiser, ça ne suffit pas à son bonheur. Alors, pourquoi est-ce qu'il baise ? Il ne baise pas. S'il baisait, il n'écrirait pas. Bon. Ah, c'est vraiment le plus beau jour de ma vie... Une main énervée tape à la porte : « Qui est-ce qui est là-dedans ?... — Frenchie et Elton ! » Dérailler à ce point-là, vous appelez ça comment ?

Répondre. Tout de suite. Il attend. Je l'ai lu entre les lignes. Répondre. Comment ? Je n'ai pas de papier à lettres. Cindy n'a pas de papier à lettres. Ruth n'a pas de papier à lettres... Je cours d'une chambre à l'autre. J'interromps les parlotes. Je secoue les roupilleurs : « Du papier à lettres ? » qu'ils disent. « A qui veux-tu que j'écrive ?... » « Moi, les lettres, je ne sais jamais quoi dire !... » « Mes vieux ils ne m'écrivent jamais ! Pourquoi est-ce que je leur écrirais ? » Camés, va. Pas tous. Mini-Paco me court après dans l'escalier. Me fourre sous le nez bloc et enveloppes. Jaune maïs et superbes... « J'écris à ma mère tous les mois ! Nous, les Mexicains, on a le sens de la famille ! Toi aussi ! C'est pour ton mari, au ranch, hein ! » Ton mari, qu'il a dit. Cher Paco. Jamais plus je ne discuterai de son zizi, maxi ou mini, ça regarde qui ? Je l'embrasse. Je me pique à sa moustache. Je l'embrasse.

« Elle va mettre combien de temps, cette lettre ? » me demande sainte Marie du Café. Est-ce que je sais ? C'est bien pour ça que je me dépêche. La cuisine est déserte, enfin. Table toute à moi, mais cette saleté de toile cirée me gèle les bras. Papier qui crisse sous mon crayon, car je n'ai pu dégotter qu'un crayon...: Sa lettre m'a fait une joie folle. Non. C'est trop. Merci pour sa lettre. Non. C'est pas assez. Sa lettre m'a fait un grand plaisir. Mais je suis désolée qu'il doive se lever à quatre heures du matin. Non. Ça a l'air de critiquer le « programme ». Mais quel courage de se lever à quatre heures du matin, comme je suis fière de lui ! Le ranch, je suis sûr qu'il va s'y faire. Qu'il va se débrouiller comme un chef. Parce qu'il est un chef. C'est pas un peu gros ? Mais non. Et qu'il serait temps qu'il s'en aperçoive. Mais oui. Moi, tout va bien depuis qu'il est parti. Mais non. Ça fait celle qui s'en fiche qu'il soit là ou pas. Moi, tout va mal depuis qu'il est parti. Mais non. Ça fait celle qui ne peut pas vivre sans lui. Moi, toujours le même train-train. Sauf que j'ai changé de chambre. Et que je fais poser une nouvelle moquette, quel travail ! A part ça, rien de nouveau dans ma vie, ça s'est pour lui faire comprendre que, moi en tout cas, je suis fidèle. Il me manque. Mais non. Mais oui. Je termine par : « Love », « amour », mais pas forcément dans un sens précis. Je signe : « Ta Frenchie. »

« Tu veux baiser ? » demande le Bouddha. Sa main sombre enfourne dans sa bouche une poignée d'amandes raflées sur un guéridon, à sa gauche. Tassés dans un fauteuil de rotin, ses cent dix kilos, à poil sous le kimono bleu, frissonnent de joie. Sur moi, ses gros yeux attendent. Je dis : « C'est pour ça que vous l'avez envoyé au ranch ? Pour pouvoir coucher avec moi ? » En bas, côté rue, j'entends Don qui redémarre. Ça lui tombe dessus souvent, au Nazi, ce genre de mission ? La bonne femme arrachée à la baraque à sept heures du soir : « Isaac veut te voir ! Chez lui ! Oui, maintenant ! Je te conduis ! » Le crépuscule sombre, dehors. La ruelle. La camionnette bouffant Venice à un train d'enfer. Façades claires filant par la vitre. Camés et chiens pelés valdinguant dans les phares. L'arrêt. La drôle de bicoque sur pilotis plantée sur la plage. L'escalier en colimaçon. « Monte ! La porte est ouverte ! Il t'attend !... » « J'aurais pu te demander pendant qu'il était là ! qu'il répond. — Ça vous gêne moins maintenant qu'il n'y est plus !... » Il me balance un sourire innocent : « Qu'est-ce qui te fait croire que ça m'aurait gêné, avant ? » Evidemment. Qu'est-ce qui le gêne, celui-là ?... Un vrai nid d'amour, sa bicoque. Vitrée de partout, avec l'océan sombre qui bat derrière. Lit baisodrome placardé de palmiers dorés et qui s'inscrit en double, au plafond, dans un miroir géant. Nudités exotiques aux murs. Coussins coquinement jetés sur le tapis blanc. Lumières douces planquées dans des verdures. Kitchenette vert d'eau qui s'ouvre, au fond. Et clin d'œil d'un aquarium balayé par un néon violet, décidément, il ne peut pas vivre sans poissons.. « Alors ? Tu veux baiser ? qu'il répète. — Non !... — Pourquoi ? Parce que je suis le patron ? Parce que je suis trop gros ? Je ne te ferai pas mal, tu sais ! J'irai tout doucement !... — Ça n'est pas la question ! Je ne veux pas !... Ni avec vous ni avec un autre ! » Dans sa grosse tête vernissée, ses yeux sont deux fentes qui brillent. « Pourtant, tu as envie !... — Oui ! » Je n'ai plus de jambes. Je m'écroule sur un pouf. Au moins, ça lui fera plaisir que je l'ai dit. Envie, et sans doute que ça n'est pas d'aujourd'hui. Envie comme je n'ai jamais eu envie d'un type de ma vie. Envie d'arracher ma culotte, de m'envoyer en l'air, là, tout de suite, sur le tapis. Envie de ses trois ventres, de ses cent dix kilos d'or pur, de son zizi comme un arbre, de toute façon, quand ça fait un tout petit peu mal, c'est fabuleux, non ? Envie comme de baiser la terre, la lune, le soleil, tous ces trucs géantissimes et qui nous dépassent. Envie de baiser un vrai chef et la baraque, et Venice, et l'Amérique et la mort de la came. Envie de me payer le plus beau souvenir de ma vie. Envie de baiser mon gros papa « made in Africa » qui me donne tout depuis neuf mois. Et moi ? Je lui donne quoi ?... « Alors ? — Alors, c'est non quand même ! — C'est toujours à cause de ce camé au ranch ? » qu'il demande et, puisque nous y voilà, il va enfin savoir ce que j'en pense des fascistes qui l'ont envoyé au ranch, le camé, des... « Oui... » que je dis. Et c'est tout ce que je dis... « Tu as peur qu'il le sache ?... — Oui ! Mais ça n'est pas seulement ça !... — C'est quoi ?... — Je ne sais pas !... — C'est que tu es une gourde ! articule-t-il tristement. — Mettons !... — Et ça te fait quoi d'être une gourde ? — Ça me fait plaisir ! » Il me regarde avec curiosité. Il s'arrache aux bras de rotin et le fauteuil fait « Han... ». Il pique une cigarette dans une grosse boîte de cristal tarabiscotée. « Le bide ! soupire-t-il. C'est pas le premier ! Ça ne sera pas le dernier !... Si on compensait en se tapant une petite collation ? » demande-t-il d'une voix tendre.

« Je le sais bien que j'ai tort de bouffer ! Mais, pour ça, tu vois, je n'ai pas de couilles ! » souffle-t-il en attaquant son quatrième sandwich au thon mayonnaise. Fou ce qu'il a été rapide à compenser. C'est pas ce que tu voulais ? Si. Enfin, si. Qu'est-ce que tu voulais vraiment ? Qu'il te viole ? Mais non. Mais oui. Enfin juste assez pour que je puisse me dire que j'ai été violée... « En plus, le drame, c'est que, moi, personne ne m'engueule jamais ! Ils n'osent pas ! Quand je pense que je laisse la porte de mon bureau ouverte pour ça ! Pour qu'ils viennent me dire de temps en temps ce qu'ils pensent de moi ! Mais je leur fais peur ! » soupire-t-il. Et son pouce énorme recueille pieusement une larme d'huile qui dégouline sur son menton... Au fond, c'est mieux comme ça. Un pique-nique en copains. Plateau entre nous, sur les palmiers du couvre-pieds. Serviettes à fleurs et assiettes en carton. Tu le sais bien que c'est mieux comme ça. Mais oui, c'est mieux comme ça... « Vous avez du mal à croire que vous êtes intimidant !... » dis-je. Une bouchée pour papa. Une bouchée pour maman. Plutôt crever que de lui dire que j'ai horreur du thon... « Je suis ce qu'ils choisissent de croire que je suis ! » répondit-il, quelle réponse sublime !... « Dis donc, tes parents... quelle idée de t'avoir élevée avec des principes comme ça de coucher avec un seul bonhomme à la fois !... — Si vous croyez qu'ils avaient le temps de penser à mon éducation !... C'était la guerre ! » explique pudiquement la pauvre chérie. Et je lui lâche tout. Mon papa juif. Ma mère à chignon. La cavale. Le trou dans ma tête. Mais qu'est-ce qui me prend ?... Je demande : « Vous croyez que je me suis camée à cause de ça ? » Le plus fort c'est que ça ne me tracasse pas du tout. Mais enfin, qu'est-ce qui me prend ?... Autour de nous, maintenant, c'est tout sombre. Avec une lueur pâle, côté vitres et océan. Et, sur la gauche, le rectangle violet de l'aquarium, comme l'enseigne d'un night-club pour poissons. Il hausse les épaules : « Bah ! Ça ou autre chose ! » C'est pas ce que les autres t'avaient dit ? Si. Mais, les autres, ça n'est pas lui... Son œil caresse le cinquième sandwich. Oui ? Non ? Oui. Soupir. La grosse main rafle. L'assiette demande : « Ça te fait quoi, de ne pas avoir de couilles ?... » « Moi, je vais te dire pourquoi tu t'es camée ! » qu'il ajoute. Et le sandwich expire brutalement dans sa bouche couleur de safran... « Parce que c'était un mardi et qu'il pleuvait !... Ça te va ? » Je ne comprends pas. Et puis je comprends. A croire que ça me tracassait un peu quand même. Dans ma poitrine, quelque chose se desserre. On rit. Et si je l'embrassais, copain-copain ? Trop tard. Il bâille, « L'ennui, avec la bouffe, c'est que ça me donne envie de roupiller ! », en décrochant un téléphone blanc. « Viens la chercher ! » crache-t-il, et là, je suis vraiment sûre que c'est mieux comme ça. Il raccroche. Je demande : « Vous allez le garder longtemps, au ranch, Elton ? » Toute petite voix de pauvre chérie arrachée à l'homme de sa vie, vous voulez lui faire croire que la guerre continue ou quoi ?... « Aussi longtemps qu'on aura besoin de lui, là-bas ! » jette-t-il en roulant, direction kitchenette. Me voilà renseignée. De loin, sa voix gueule quelque chose. Je crie : « Qu'est-ce que vous dites ? » Il répète. Je crie : « Qu'est-ce que vous dites ? » Il ressort. Bouteille de Coca-Cola et verre à la main : « Tu es sourdingue ?... Je disais... Ben va y aller dimanche, au ranch, pour leur porter des fringues ! Il rentrera lundi matin ! Demain, tu l'aideras à faire le tri à la boutique ! Tant que tu y es, si ça te chante, tu peux l'accompagner ! »

« Je l'avais vu, le camion ! Pas la peine de hurler comme ça ! Tu es un vrai paquet de nerfs, ce matin ! » s'écrie Ben. Main noire qui embraye en douceur. Et panse serrée dans une chemise bleue. « Je voudrais t'y voir ! » D'abord, le ranch dans deux heures. Et puis l'Amérique. Quatre autoroutes plus la nôtre, ça fait cinq, qui s'élancent ensemble. Dix mille bagnoles qui nous frôlent à un train d'enfer. Cadillac roses avec bronzés au volant. Caravanes qui tanguent, l'air camé. Camions Texaco gris argent, gros comme des maisons. Toyota énervées. Et motards noirs à la queue leu leu. Bottes sauvages et crinières au vent, mais après quoi est-ce qu'ils courent comme ça, à sept heures du matin, les Américains ? Par-dessus tout ça, le ciel plus grand qu'ailleurs, c'est que ça coupe le souffle, un ciel comme ça. Et le soleil qui matraque déjà. Le soleil de juillet ? Le soleil de décembre ? Le soleil de quoi ?... « Tu crois qu'il m'a remplacée, Elton ? » que je dis... Et, rien que de le dire, mon cœur rétrécit. Il me regarde. Sa figure ronde sue déjà... « Est-ce que je sais ! Tu verras bien ! Au moins, tu sauras à quoi t'en tenir ! » lâche-t-il allégrement en piquant un chewing-gum dans la boîte à gants. Ça, un ami ? Il aurait dû dire : « Mais non ! Tu te fais des idées, voyons ! » Ça, un ami ? Mais d'abord est-ce qu'il a jamais dit qu'il était un ami ?... Sept heures vingt, annonce la pendulette du tableau de bord. Est-ce qu'il sait que je viens ? Et, s'il sait, ça lui fait quoi ? Et, s'il ne sait pas, ça va lui faire quoi ? ... Une petite jaune nous double en pétaradant. Deux flics sur notre gauche. Bagnole noire et blanche à l'arrêt. Mec qu'on fouille, plié en deux sur son capot. « Ah, la came... » chuchote Ben. Son œil cogite. La came, quoi ? Je ne demande pas. Huit heures. Arrêt Mc Donalds. un restaurant. Enfin, si on peut dire. Tables de formica orange. Et blonds qui mangent des frites avec leurs doigts. Mais un restaurant. « Vous allez au nord ? » demande le caissier en gilet rayé. On va au nord. On est des touristes en goguette. On a une belle camionnette blanche qui, dehors, nous attend. On s'enfile des hamburgers graisseux comme tout le monde. On n'a jamais touché à la came. On n'a pas peur de la réalité. On sait aimer. On n'est pas des monstres. Ah, ça remonte le moral, un arrêt Mc Donalds... On repart. On lâche l'autoroute. Une pancarte qui dit « Bakersfield » nous expédie sur une route à cahots. Je demande : « C'est à Bakersfield, le ranch ? » Ça me fera une belle jambe s'il dit oui. Il fait un geste vague : « C'est dans le coin ! » Ça veut dire quoi ? Deux kilomètres ? Dix kilomètres ? Ça veut dire quoi ? Le coin, en tout cas, il est monotone à pleurer. Champs ras et arbres courts.

Bicoque de bois... Neuf heures moins le quart. Mon dieu, faites qu'on se paume. Qu'on ait une panne. Qu'un orage éclate. Que l'Elton ne soit pas là. Envoyé à la ville pour acheter des poulets ou quelque chose comme ça. Que le ranch ne soit pas là. Déménagé. Volatilisé. Introuvable. Que... Arrêt petit garage de campagne. Une maigrichonne s'agite devant deux pompes. Ben fait le plein. Ça prouve qu'on n'est pas si près que ça. On repart. Champs ras et arbres courts. Il chantonne : « Voulez-vous coucher avec môa, ce soir ? », avec un sourire en coin. Oh, la ferme ! Champs ras et arbres courts. Arrêt encore. Je dis : « Qu'est-ce qu'il y a ? » Il glousse. Sa bedaine bleue sautille : « Tu voulais bien aller au ranch, non ? » Le ranch, il est plus loin, derrière. Pas du tout un ranch de cinéma. Une baraque grise en préfabriqué. Moche comme tout. Petites fenêtres et toit plat. De la route, on ne la voit pas.

Dans la cour de terre battue, Marion est là. Crinière noire qui s'enflamme dans le soleil. Cinq kilos de plus. Des seins qui, cette fois, vont vraiment faire exploser sa blouse blanche d'une minute à l'autre. « C'est bien vrai qu'elle est venue nous voir, la Frenchie ! » hurle-t-elle. Alors, il sait. On s'embrasse. Je demande : « Il en baise une autre ? » Son sourire hâlé s'agrandit : « Mais non ! En plus, tu tombes bien ! Ce soir, on peut tirer son coup ! » Ah, la joie. J'en lâche ma valise. J'en chiale presque. Il m'attend. Il n'a pas fermé l'œil de la nuit. Il a vissé son ampoule violette sur sa lampe. Il lui a dit : « La femme de ma vie arrive ! Tâche de te surpasser ! » Il va me dire qu'il m'aime, au crépuscule, devant un poulailler. Et si plus tard, on faisait de l'élevage de poulets, maintenant qu'il va en connaître un rayon ?... Elle m'attrape par le bras : « Tu le verras tout à l'heure ! Pour l'instant, ils sont tous occupés à nettoyer les appartements de nos bestioles ! » Elle gonfle les joues. Elle fait : « Cottcottcott... » Je fais : « Cottcott-cott... » Ben s'approche : « Si vous m'aidiez à décharger la camionnette au lieu de déconner ? » Je dis : « Mais oui, cottcottcott... » On le suit en pleurant de rire. Il n'en baise pas une autre. Ah, la joie.

La porte ouverte, et, flac, c'est comme dans la baraque. Cette tension dans l'air, cet orage dans l'air, cette urgence dans l'air. Dans le bec rouge du poulet géant caquetant sur un poster : « Bons poulets, bons œufs au ranch Primerose ! » Dans le stylo de la Noire à nattes qui griffonne à toute pompe derrière un bureau. Dans le coup de poignet du type qui, sur la droite, raccroche un téléphone. Une espèce de cow-boy sur le retour. Vieille figure brique. Torse maigre serré dans une chemise à carreaux. Et bottes pointues. Son petit œil me jauge : « C'est toi, Frenchie ? Je suis Lee, le directeur du ranch ! Tu dormiras avec Jackie ! Pour l'instant, va ranger les habits avec Lizzie ! Mais, avant, donne-lui ta valise pour la fouille ! » La fouille ? Ah oui. La fouille. Une seconde, ça m'enquiquine. Bah. Qu'est-ce qui pourrait m'enquiquiner vraiment, aujourd'hui ? La porte se rouvre en catastrophe. Mon cœur s'arrête. Elton. Lui, ça serait plutôt cinq kilos de moins. Une barbe, enfin, un début, avec sa peau et ses lunettes, ça lui fait une tête d'intellectuel exotique et négligé. Un pull-over sans couleur, trop court pour lui. Des godasses crottées. L'air chamboulé... « Hé ! » que je crie. Il ne me voit pas. Il voit ce qu'il raconte d'une voix essoufflée : « Y'en a quatre qui se sont barrés au 12 ! » Ben fait une grimace effondrée : « Oh, merde... » « Barrés ? » tonne Lee. De brique, il a viré au cramoisi. « Tu veux dire qu'ils vont encore aller s'électrocuter dans la clôture ? Tu es vraiment trop con ! » Les mains noires prennent le ciel à témoin : « La porte était ouverte ! Le cadenas n'était pas fermé !... — Hé ! » que je crie. Pas le moment. M'en fous. Je suis là. J'ai deux semaines de manque. J'ai deux heures d'autoroute, de camions Texaco, de Cadillac roses, de trac. Je suis là. Il tourne la tête : « Toi, tu as choisi ton moment ! » Me lance-t-il d'un air irrité. J'ai froid. Et voilà. Je sais les choses qu'il ne faut pas faire. Et je les fais. Mais bon dieu, qu'est-ce qui cloche dans ma tête à moi ? Marion me regarde. Ben me regarde. Lee, pas : « Pas fermé ! aboie-t-il. Tu aurais pu t'en apercevoir plus tôt, abruti ! Tu sais combien ça va nous coûter, ta connerie ?... Remuez-vous, bande de cloches ! Tout le monde dehors ! Rattrapez-les-moi, ces poulets, nom de dieu ! » Ils se barrent. Sa main maigre s'abat sur mon épaule : « Tu comprends l'anglais ? Tout le monde, j'ai dit ! Cavale ! »

Je cavale. Mais de quel côté est-ce que je dois cavaler ? Derrière le ranch, s'allongent des petites bicoques basses, genre maisons de poupées. A gauche, le champ. Cris qui montent et culs qui bougent. Je m'y enfile. Je cavale. Pour quoi faire ? Moi, récupérer leurs poulets ? Ils rêvent. Cavaler, je ne suis pas douée. Et d'ailleurs, je déteste. Mais, si je ne cavale pas, ils m'empêcheront de coucher avec Elton, ce soir. Alors, je cavale. Les autres aussi, entre les troncs bruns, autour de moi. Une douzaine. Des Noirs. Des Blancs. Des beiges. Comme dans la baraque. Mais version rustique américain. Foulards noués autour du front. Et bottes à pointes qui foulent l'herbe à la vitesse de l'éclair. A croire qu'eux, ils ont cavalé toute leur vie. Qu'est-ce qu'ils ont fait d'autre ? Avec les flics aux fesses, les parents aux fesses, les bourgeois aux fesses, qu'est-ce qu'ils ont fait d'autre ? Je cavale. Où est Elton ? Sans doute en avant. Pauvre Elton. Ça se comprend qu'il soit de mauvaise humeur. C'est terrible, cette histoire. Et moi, qui, comme d'habitude, ne pense qu'à moi. Madame débarque. La terre doit s'arrêter de tourner. Pourvu qu'on les coince, ces poulets. Et s'ils étaient déjà électrocutés dans la clôture, comme a dit l'autre ? Combien est-ce que ça peut coûter, un poulet ? Vous ne voyez pas qu'Elton, on le renvoie ? Alors là, je le suis. Lui et moi, au bord de l'autoroute grise. Une bagnole s'arrête... « On va où vous allez ! » qu'on dit. Après, je ne sais pas. Mais je le suis. Je cavale. Le soleil tape. Je sue. Un petit Noir me dépasse. Lui, il a une casquette. Et, dans la main, un filet à papillons, c'est pour les poulets ?... « Magne-toi le train ! » Je me le magne. Pourvu qu'on les coince, ces poulets. Mais oui. Elton et moi, on aura une nuit dingue. Il me dira : « Oh, Frenchie... » et toutes les conneries. Une boule blanche file sous mon nez... « J'en ai un ! » Sous la casquette, il se marre de toutes ses dents. Oui, le filet, c'était pour les poulets. Plaqué dans l'herbe, celui-là fait un boucan terrible. Bec empêtré dans les mailles. Et œil qui panique. Et les autres ? Je cavale. Mon mascara fond. Ma peau fond. Je fonds. Un pays comme ça, avec le soleil tout le temps, de toute façon, c'est à hurler. Peut-être qu'il aimerait Paris, après tout. A Berlitz, avec des cours accélérés, il parle français en six mois. Je cavale. Mais où est-il ? Ah, là-bas. Une grande silhouette haletante, dans le vert, avec des jambes qui n'en finissent pas. Je cavale. J'ai trente-six ans. Je suis en Amérique, dans un champ, avec des camés. Mais, au fait, je cavale après quoi ? Elton. Où est mon filet pour coincer Elton ? Je cavale. Je n'ai plus de souffle. Je n'ai plus de jambes. Je n'ai plus rien. Je cavale. Aïe. Putain de trou. Mon pantalon est déchiré. Mon genou saigne. Enfin, un peu. Maman. Je vais mourir là, dans l'herbe. Comme un héros de western. Ils planteront une petite croix. Je me ramasse. Je ne cavale plus. Je claudique. Le bout du champ, enfin. Des gens devant une clôture. Lee qui agite les bras : « On les a ! »

« Le néon, c'est pour leur faire croire que c'est le jour en permanence ! Ça les encourage à manger ! Ils engraissent plus vite ! On peut les zigouiller plus vite ! » m'explique-t-il. Refermant la porte de bois derrière lui. Qu'est-ce qu'il attend pour m'embrasser ? Enfin seuls. Avec trois cents poulets autour, d'accord. Trois cents ? On dirait trois mille. On dirait trente mille. On dirait un océan blanc qui moutonne et roule jusqu'au mur du fond. « Cottcottcott... » énervés. Chaleur à crever. Drôle d'odeur. Poussière. Mais enfin seuls. En plus, tout est arrangé. Les fuyards récupérés. Le Lee tout requinqué : « Pauvre Frenchie, quel accueil ! Dis donc, Elton, si tu l'emmenais faire un petit tour au 6 ? Je parie qu'elle n'a jamais vu une maison de poulets ! Et puis, tu as un malade à visiter ! » Qu'est-ce qu'il attend pour m'embrasser ?... Je dis : « Pauvres poulets ! » Comme si ça m'intéressait. Ecoute, tu sais bien que, les effusions, ça n'est pas son fort. Quand même. On se quitte, pour toujours, il y a quinze jours. On se retrouve, aujourd'hui, au fait, est-ce que je lui dis que le Bouddha m'a demandé de coucher avec lui ? Ça lui montrerait que d'autres aussi m'apprécient. Mais s'il croit que je suis là parce que j'ai dit oui ? On va faire l'amour à ne plus savoir comment on s'appelle. On va se fabriquer des souvenirs pour les jours à venir, les semaines à venir, les... ah, ma vieille, tu ne vois pas que, le ranch, il y reste à vie ?... « Pauvres poulets ? hurle-t-il. On voit bien que ça n'est pas toi qui t'en occupes ! Les poulets, c'est la merde, oui ! C'est idiot ! C'est sale ! Ça attrape tout le temps des maladies ! Ça en colle, aussi ! », mais qu'est-ce qu'il a à s'énerver comme ça ? La déprime. Peau foncée des mauvais jours. Grande ride au front. Et cette barbe qui le vieillit, peut-être qu'il n'a même plus le temps de se raser ? Ah, ils me l'ont bien arrangé... On fend la foule. Trois cents poulets qui attaquent leur casse-croûte du matin devant une mangeoire, géante, de plastique. Becs qui s'empiffrent à cent à l'heure. Et ailes qui disent : « Pousse-toi de là que je m'y mette !... » Un vrai paradis pour poulets, leur maison. Murs de bois, vitrés du haut et soleil à flots. Chauffage au plafond, prodigué par des espèces de lampadaires futuristes. Sol champêtre de terre battue... De toute façon, le ranch aussi, c'est de la merde, qu'il ajoute, ça leur fait quoi, aux poulets, ces jambes qui s'amènent en gros plan ?... Les « groupes » tous les soirs, pourquoi tous les soirs ? Le poulet frit quatre fois par semaine, ça évidemment. Le Lee qui se prend pour Dieu tout-puissant. L'océan qui n'est pas là, ah, il aimait l'océan ? Les champs qui, eux, y sont : « Pas une âme qui vive à cinquante kilomètres à la ronde ! Ça finit par taper sur le système ! » C'est bien naturel, que je dis. Et comme je l'adm... Mon pied écrase une patte jaune. « Cottcottcott... » meurtrier. Oh, pardon. Et comme je l'admire. Mais d'abord le ranch, c'est provisoire. Il le sait bien, non ? Moi, oui. Une intuition. Et puis à la baraque, Leroy n'est pas aussi bon plombier que lui. Tout change si vite, dans la vie. Est-ce qu'il aurait pensé, il y a une semaine, que je serais là aujourd'hui ? Il me décoche un sourire vague : « Non ! » Fou ce qu'il est beau. Maigre comme un clou et mal fringué. Mais fou ce qu'il est beau. Et si on baisait là, tout de suite, au milieu des poulets ? Je demande : « Tu as retenu ta chambre pour ce soir ? » Un peu brutal. Mais, déprimé comme il est, il est bien capable d'avoir oublié. Il sursaute. Derrière ses lunettes, ses yeux crient : « Elle est folle ou quoi ?... » « Non ! J'y ai pensé quand ils m'ont dit que tu venais ! Mais il vaut mieux pas ! Je te l'ai dit, une femme, en ce moment, je n'ai vraiment pas la tête à ça ! » Quoi ? Il blague ? Il est fou ? Il joue à quoi ? A rien. Cette fois, c'est foutu. Mais non. Pourquoi est-ce que ça serait foutu ? Juste sa crise qui le reprend. Ah, non. Pas aujourd'hui. C'est que, moi, demain, je suis repartie. Pas aujourd'hui. « Je comprends bien ! que je dis. Ce ranch, ces poulets, ça te déprime terriblement ! Mais d'abord, tu sais bien que je suis seulement là pour... » Ça sert à quoi ? Regarde sa tête. C'est foutu. Mais qu'est-ce que j'ai fait ? Mais c'est affreux. Mais je ne veux pas... Arrêt. Au milieu des poulets qui bouffent, un qui ne bouffe pas. Roulé en boule. Agité de soubresauts. Yeux clos. « Le voilà ! » Il s'accroupit. L'empoigne. Penche sa tête noire, dites, c'est pas vrai qu'elle ne sèmera plus jamais de petits tire-bouchons dans mon oreiller ? « Je vais revenir lui prendre sa température ! » dit-il en se relevant, c'était donc ça. Qu'il crève, le poulet. Lui aussi. Mais comment est-ce qu'il peut avoir le cœur à s'occuper d'un poulet ? Et nous ? Et moi ? « Ecoute, Elton... » Ecoute quoi ? « ... Je suis venue de la baraque exprès pour te voir... » Je suis venue de France exprès pour te voir. Je suis venue de la came exprès pour te voir... « Je ne te l'ai pas demandé ! » lâche-t-il sans me regarder. C'est foutu. Sale nègre. Pas demandé, non. Mais je suis là. Foutu. D'accord. Mais, ma nuit, tu me la dois. Tu me fais chier depuis sept mois. Tu me la dois. Sale nègre. « Mais... tu m'as écrit... » Ça sert à quoi ? Ça sert à quoi ? Il gratte sa barbe d'un air absent. « Une lettre amicale ! Seulement amicale ! » Foutu. Mais qu'est-ce que je vais faire, sans lui ? Foutu. Mais c'est pas possible. Si. Tu viens de le dire. Je ne le pensais pas. Mais enfin, foutu, pourquoi ? Pour rien. Ce type, c'est un grand malade. Ceux d'avant aussi, non ? Pourquoi est-ce que tu choisis toujours des malades ? Parce que je pense que je les guérirai. Tu les as guéris ? Alors ? La plus malade, c'est qui ?... On rebrousse chemin. D'un coup, ils sont tout calmes, les poulets. Ils piquent un roupillon sous les néons. Je dis : « Tu as besoin de moi mais tu ne le sais pas ! » Pour paniquer un homme, avec ça, on gagne à tous les coups. Vraiment, la plus malade, c'est qui ? Il me file un regard de côté : « Peut-être bien ! Mais je ne suis pas près de le savoir ! » Au-dessus de la porte, une grosse pendule marque onze heures et quart. Je vois la nuit. Je vois la chambre de Jackie. Je vois l'aube, l'autoroute, Ben au volant. Je vois la baraque. Je vois le bureau jaune, et Don, et les lettres. Mais, pour moi, il n'y a plus de lettres. Je vois la

France, sans jules. J'ai soixante ans. Les seins qui tombent. Un petit chien... Ma voix dit : « Je t'aime ! » Oh la la. Salope qui ment. Et d'abord, on en revient toujours au même point, ça veut dire quoi ? Il faut croire que ça veut dire. Les gens le disent tout le temps. Et ça marche. Moi, je ne l'ai dit qu'une fois. Celle où ça ne pouvait pas marcher, naturellement. C'était à mon papa. Qui mourait à l'hôpital. Des suites de la guerre, comme dirent les gens. Est-ce qu'il m'a entendue ? Il était là, sur son lit de fer. Avec des tuyaux dans le nez. Est-ce qu'il m'a seulement entendue ? Je ne sais pas. Tout ce que je sais, c'est que je ne saurais jamais. Et, quand j'y pense, ah, ma vieille, c'est bien le seul truc au monde qui me donne vraiment envie de sauter par la fenêtre tout de suite... Il reste là. Cloué net. Un grand Noir barbu à lunettes, format Saint-Quentin. Sur fond de murs de bois. De poulets. De néons. De réhabilitation. Il a mal entendu. Il a bien entendu. Il me regarde. Œil qui se paye la trouille de sa vie. Bouche grande ouverte.

C'était couru. Il s'est débrouillé pour prendre son breakfast avant moi. Puisqu'il n'est pas assis avec les autres, ce matin, autour de la table de formica. Cinq heures et demie. On repart à six. Cuisine carrelée et arbre de Noël dans un coin. Par la fenêtre, un soleil rose lèche la cour et Ben qui lave la camionnette. Je m'assieds avec ma tasse de café. Je souris. Je n'ai pas dormi. Je flotte. Je ne sens plus rien. Autour de moi ils sont sept. Deux blondes en T-shirts. Lizzie. Un Noir aux yeux verts. Jackie : cicatrice à la joue et vieille robe à fleurs. Un rouquin à l'air renfrogné. Marion. Evidemment, ils savent. Elton et Frenchie, ça alimente les parlotes depuis hier. A midi, c'était : « Tu as vu leurs têtes quand ils sont revenus du 6 ? Qu'est-ce qui s'est passé ? Tu crois qu'ils vont baiser ? » A trois heures : « Moi ça m'étonnerait qu'ils baisent ! Pas un mot, pas un regard depuis ce matin ! Ils nettoient le hangar aux habits ensemble ! Mais on dirait deux étrangers ! » A huit heures : « Ça ne s'arrange pas ! Elle a mangé à un bout de la table ! Lui, à un autre ! C'est sûr, ils ne vont pas baiser ! » A dix heures : « Qu'est-ce que je t'avais dit ? Il est parti dormir ? Elle regarde la télé avec Lizzie ! C'est terminé, leur histoire ! Pas de pot, la Frenchie !... » Je bois mon café. Je souris. Je dis : « Ça va, ce matin ?... — Et toi ? » qu'ils répondent. Ils ont l'air bizarre. Le rouquin se lève. Et puis Marion. Et puis les autres, sauf Jackie. Ils filent dans un brouhaha de bottes et de chaises. Je demande : « Mais qu'est-ce qu'ils ont ? » Sa petite main noire pose sa tasse : « Ecoute, Frenchie, cette nuit, Elton il est parti... »

Si encore c'était pas Noël. Mais c'est Noël. Depuis ce matin sept heures, c'est Noël. Avec, dans le vestibule, le sapin ruisselant d'anges à la con, de guirlandes à la con, d'étoiles à la con. Et une montagne de cadeaux dessous. Avec Frank Sinatra qui susurre sur le con d'électrophone : « Je serai à la maison pour Noël — Attends et tu verras... » Avec les cons en fringues de gala qui m'embrassent à chaque détour de couloir : « Joyeux Noël ! » Ils se fichent de ma gueule ou quoi ? « Joyeux Noël ? » Le bide de ma vie. « Joyeux Noël ? » Barré mon bel amant noir. Ordure. Enfoiré. Fils de pute. Tous les mêmes. Vous prennent tout. Vous donnent quoi ? Barré. Oh, mon vieux nègre. Mon petit nègre. C'est pas vrai. C'est une mauvaise blague. C'est pas humain. Arrêtez. Ma faute. J'ai dit : « Je t'aime » A croire qu'avec certains, ça ne marche pas. Mon dieu, vous m'avez punie d'avoir menti. Mais est-ce que j'ai menti ? Je le cherche partout. Je chiale tout le temps. Je perds la boule. Est-ce que j'ai menti ? Une grosse bête me bouffe le ventre. Barré. Je bosse. Barré. Je bouffe. Barré. Je me couche. Barré. Quelqu'un est là. Et puis il n'est plus là. Entre les deux, il s'est passé quoi ?

Et barré comment ? Galopant comme un fou dans les champs noirs. Débouchant sur l'autoroute. Souffle court. Chemise qui colle à la peau. Lunettes embuées. Levant son bras maigre. Une bagnole s'arrête. Il dit quoi ?... « Tu peux être sûre qu'il est retourné dans son ghetto de San Francisco ! Qu'il s'est repiqué illico ! A l'heure qu'il est, je te parie que le revoilà en taule ! Ou alors claqué d'une overdose ! Elton, il ne voulait pas s'en sortir ! Il ne foutait rien dans le programme ! En plus, le ranch, il détestait ! Ils le savaient bien, là-bas, qu'il ne resterait pas ! » qu'ils me disent, en « groupe ». Ça, c'est pour que je ne pense pas que c'est à cause de moi. Et si ça l'était quand même ? Je le vois à la morgue. Tout raide sur une table. Tête aux yeux clos de roi africain mort au combat. Etiquette au gros orteil. Je deviens dingue. Et si ça l'était quand même ? Mais c'est comme mon « Je t'aime ! » à mon papa. Encore une question sans réponse. D'après eux, il faut apprendre à vivre avec. Et si c'était pas possible de vivre avec ?... Neuf heures. Susan allonge sur mon lit ma robe jaune du 7 décembre. Je dis : « Pour qui ?... — Pour toi ! » Moi, sans Elton, ça rime à quoi ? Moi, « propre » et seule, ça rime à quoi ? La baraque, ça rime à quoi ? Les cons autour, qui me tapotent l'épaule : « Ça te passera ! », ça rime à quoi ?... « Imagine qu'un coup comme ça, ça arrive à ta meilleure copine..., qu'ils me disent aussi,... qu'est-ce que tu lui dirais ? » Je lui dirais qu'elle est maso. Un type qui ne la regardait pas. Ne lui parlait pas. Ne la baisait pas. Ou presque pas. Six fois en neuf mois ? Tu ne crois pas que tu mérites mieux que ça ? Je lui dirais que, d'abord, Elton, elle ne le connaissait pas. Celui de la baraque, oui. Mais celui du dehors ? Un type qui n'avait jamais habité dans une vraie maison. Jamais travaillé. Jamais vécu avec une femme. Jamais fréquenté des gens normaux. Un type qui, sans doute, un beau matin, se serait repiqué sous son nez. Et là, elle aurait fait quoi ? Comme lui. Ou pas. Mais quelle vie !

La peur au ventre. Le sac, planqué en permanence. Les engueulades. Les nuits blanches. Les flics à la porte. L'argent à l'avocat. Les visites à la prison, le dimanche. Ou l'overdose sur le tapis, comme le mari de Linda. Ou la fuite, la déprime, les mauvais souvenirs, mais quel temps perdu, tout ça ! Je lui dirais que, des types, dehors, il y en aura d'autres. Pas pour une bonne femme de trente-six ans ? Oh, arrête. Y'en a qui préfèrent. Les minettes, ça les embête. En plus, elle est bien conservée, pas con, de l'éducation. Oh, arrête. Je lui dirais que ça lui passera. Question de temps. Mais ça lui passera. Non ? Elle a sûrement dit ça à chaque fois. Et ça lui a passé, non ?... Ils s'esclaffent : « On dirait que tu as appris quelque chose, dans cette baraque ! » Oui. Et ça m'étonne moi-même... « Comment ça se fait que, tout ça, tu ne te le dis pas à toi ?... — Je me le dis ! Mais ça ne marche pas !... — Quand tu voudras que ça marche, ça marchera ! » Et si je ne voulais pas que ça marche ?... Onze heures. Distribution des cadeaux. Foule qui s'égrène sur les marches de l'escalier. Don et Linda en bas. Lisant les étiquettes. Criant les noms. C'est rosse. Ceux qu'on n'aime pas, comme Né-pour-perdre, se retrouvent avec un savon. Moi, avec une paire de pantoufles imitation velours, ça c'est Willy et Leroy. Une bouteille de « Shampooing organique » couleur de fuchsia, ça, c'est Cindy. Un collier fait à la main avec un gros coquillage et six petits autour, ça c'est Ruth. On m'aime. Pas autant que Linda qui déballe un transistor flambant neuf et un foulard bleu, qui est-ce qui lui a offert ça ? Mais on m'aime. Et si c'était pour ça que je suis toujours là ?... Après ça, le Bouddha s'amène. Un vrai Bouddha de Noël. Tunique blanche jusqu'aux pieds et sandales dorées... « Jésus-Christ, c'est un mec que j'ai rencontré un jour où j'étais vraiment au bout de mon rouleau ! Il m'a raconté des trucs ! Pour moi, ça a marché ! Attention, bande de cons, ça ne veut pas dire que ça marche pour tout le monde ! On peut s'aider de mille façons !

C'est à vous de dégotter la vôtre ! », mais au cas où certains d'entre nous penseraient que c'est celle-là, qu'il ajoute, on les conduira où ils veulent pour la journée : une église, un temple bouddhiste ou pas, une synagogue... Assis sur ma marche, Salomon me lance un regard émoustillé : « C'est samedi ! Si on allait à la synagogue ? » De vagues souvenirs me reviennent. « Pailles. » Lambris de bois. Châles brodés. Est-ce que c'était avec mon papa ? Et où ? Et quand ? Je dis : « Oui. » Ça nous fera toujours une sortie.

Manque de pot, la synagogue, paraît-il qu'elle est à cinquante mètres, sur la Promenade. Camée comme j'étais à l'arrivée, pas étonnant que je ne l'ai pas remarquée. On nous donne quand même Leon pour nous escorter. Le soleil tape. C'est Noël, dehors aussi. Clin d'œil électrique des guirlandes de toutes les couleurs autour des fenêtres. Sapins, derrière. Houx à rubans sur les portes. A gauche, sur la plage grise, des gens se baignent. On traîne les pieds pour faire durer. Leon étrenne son cadeau. Encore un bonnet de laine. Mais rouge. Il me demande : « Les Français, ils vont à l'église ? », en tirant sur sa cigarette... « Mais oui ! Pourquoi pas ? » Sa cicatrice rigole dans le soleil. « Je croyais qu'ils préféraient aller dans les bordels ! S'amuser avec les petites femmes et boire du champagne ! » répond-il, c'est ça qui leur ferait plaisir, aux Français, d'entendre ça... Une voiture noire et blanche, de flics, nous dépasse au ralenti. Dans l'autre sens, un ouragan blond à chaussettes et patins à roulettes, nous fonce dessus : « Joyeux Noëëël... » hurle-t-il. En nous évitant de justesse... La synagogue, c'est une petite bâtisse ocre. Avec, si on regarde bien, un chandelier à sept branches qui s'étale sur la façade, bouffée par l'air marin. A l'intérieur, cinq petits vieux écoutent un jeune rabbin. Chapeau, barbe à frisettes et châle blanc. Salomon se coiffe le crâne d'une calotte : « Je l'ai toujours avec moi ! » chuchote-t-il. Il croit qu'il trompe qui ? Qu'est-ce qu'il en dit, le bon dieu, de trois camés dans sa maison ?... Debout. Assis. Debout. Assis. Et si je faisais une petite demande quand même ? Tant qu'à être là, autant en profiter. Mon Dieu, faites qu'Elton revienne. Qu'on recommence comme avant. Ah, non. Pas comme avant. Comme je veux. Sinon, qu'il reste où il est. Qu'il rentre dans le droit chemin et tout, mais qu'il reste où il est. Mon Dieu, faites que le jour vienne où, d'y penser, j'en rigole. Mon Dieu, faites que le jour vienne où je dise : « Elton ? C'était qui ? Ah, oui, le grand Noir à lunettes, dans la baraque rouge ! Le vieux camé qui me baisait toutes les trois semaines ! » Mon Dieu, faites que le jour vienne où je ne me souvienne même plus de la tête qu'il a... Debout. Assis. Debout. Assis. Prière en yiddish. Ouf, c'est fini. On s'apprête à passer la porte. Une petite vieille me tire par la manche : « Vous êtes toujours là ? Mais, dites donc, ça vous plaît, l'Amérique ! » s'écrie-t-elle. Et tout me revient. Et je me sens horriblement gênée. Sous son chapeau de toile bleue, ses yeux sont toujours vifs comme des puces. Ils effleurent Leon avec curiosité. Je réponds : « C'est juste comme vous m'aviez dit ! Il y a du bon et du mauvais ! » En plus, ils vont lui dire que je n'ai pas le droit de lui parler. Non. Cher Leon. Cher Salomon... « Vous tricotez toujours vos poupées ?... — Elles sont plus belles que jamais ! Venez donc me voir un de ces jours ! Vous me trouverez sur le même banc !... — Je viendrai ! » Son nez bouge : « Quand ? — Je ne sais pas ! Je n'ai pas beaucoup de temps ! Mais je viendrai ! » On sort. Elle me rattrape : « Vous avez meilleure mine que la première fois ! » Ce coup-ci, elle disparaît, happée par la foule qui grouille sur la Promenade. Un père Noël à bicyclette nous fait un clin d'œil. Accrochée à son guidon, une pancarte : « Et si, ce soir, vous invitiez un père Noël à dîner ? »... « La première fois, c'était quand ?... demande avidement

Salomon. — C'était quand j'étais paumée ! Mais alors... paumée ! » que je dis. Et ça m'étonne d'avoir dit ça.

En janvier, encore un drame... « Linda a oublié des affaires dans sa chambre ! » me lance, un matin, Don, tête encore plus crispée que d'habitude, mais qu'est-ce qu'il a ?... « Fais-les monter à la boutique !... » Quoi, oublié des affaires ? Qu'est-ce qu'il raconte ? Qu'elle est passée au troisième stade du « programme » : vivre-dehors-travailler-dehors-revenir-pour-les-groupes ? Déjà ? Et sans rien nous dire ? Non. Alors quoi ? Pas qu'elle aussi elle s'est barrée, quand même ? Elton, on peut comprendre. Pas Linda. Non. Pas barrée. Virée. Quoi ? Elle se piquait dans la maison. Quoi ? Mais c'est un vrai cauchemar, cette baraque. Et virée quand ? La nuit dernière. Vite fait, bien fait. Et l'héro, elle la trouvait où ? Dehors. Quelle question ! Mais, bon dieu, pourquoi faire ça ici ? Il ricane : « Elle n'avait même pas le courage de s'en aller ! Elle voulait qu'on la coince et qu'on la renvoie ! Ça lui fera une bonne excuse pour continuer à se camer, ailleurs ! » C'est pas vrai. Pas Linda. Linda et ses cinq ans « propres ». Linda qui cherchait la came dans les chambres des autres, il y a six mois. Linda qui soupirait : « On se came parce qu'on ne veut pas apprendre à s'aimer ! », et, aujourd'hui, avec ses jambes trouées, son pubis troué, la dingue se la plante où, l'aiguille ? Linda qui disait : « Ici, c'est une grande famille ! », et la voilà qui nous abandonne, vous voyez bien qu'on a tort de s'attacher à ces camés. Linda qui m'avait tenu la main tout au long de ma dérouille, sauvée de l'eau du bain, arrachée à l'appel de la cavale. Et moi, qui, pour elle, n'ai rien pigé. Mais comment est-ce que j'aurais pu piger ?... Elton. Linda. Mais enfin, ils deviennent tous fous, dans cette baraque. Le suivant, ça sera qui ?... « Est-ce qu'on sait ?... grogne Ben. La nouvelle année qui commence, ça leur colle la déprime, aux camés !

C'est toujours en janvier qu'on perd le plus de gens ! » Ça, c'est lui qui le dit. Et si ce « programme » était complètement pourri ? Et si on était là pour amuser le Bouddha ? Et si on perdait notre temps, ici ? Un grand silence tombe sur la maison. Pas sur Albert. Lui, sanglé dans une chemise rose, il sifflote en tapant les casseroles de la cuisine toute la journée... Au 201, Cindy et moi, on fourre les vestiges de la disparue dans un carton : deux pantalons, son short noir du premier jour, la photo d'un blond à crans gominés, souriant sur fond de rue enneigée, un livre qui s'appelle *Comment contrôler votre vie émotionnelle* par le docteur Zaszcsky, allez vous faire foutre, docteur Zaszcsky... « Je n'arrive pas à y croire ! » chuchote Cindy, regard gris matraqué de tristesse. « Tout allait bien pour elle, en ce moment ! Elle avait l'air d'aimer son boulot ! Elle gagnait de l'argent ! Avec Albert, ça s'était rabiboché ! Mais enfin, pourquoi est-ce qu'elle a fait ça ? » Est-ce qu'on demande pourquoi ? Parce que, un soir ou un matin, quelque chose dans l'air, dans le dessin du tapis ; dans la couleur du ciel, par la fenêtre, lui a parlé de came. Comme pour Maria. Comme pour Pepe. Comme pour Peggy. Comme pour la nouvelle. Comme pour Elton. Et si c'était vrai qu'il ne s'est pas barré à cause de moi ?... Un samedi soir, j'ai couché avec Leroy. Pas que j'ai envie de lui. Ni, d'ailleurs, d'un autre. Alors pourquoi ? Parce que j'en ai marre. De quoi ? De tout. De moi De me dire que je suis vieille et moche et con. De n'être utile à personne. De me sentir seule, fesses sur le canapé du living, les soirs-à-baiser. D'attendre que l'autre revienne. Oui, j'ai beau dire, j'attends quand même. Et si c'était pour ça que je suis toujours là ? Tu l'attendras moins si tu t'envoies Leroy ? Ça, ça m'étonnerait. Mais, au moins, il ne me trouvera pas en train d'attendre s'il revient. Et là, tu ferais quoi ? Je me barrerais. J'aurais bien trop peur de recommencer. Ou peur que, lui, ne recommence pas ? Oh, je ne sais pas. De toute façon, tu viens de dire que tu es toujours là parce que... Oui. Oh, je ne sais pas... En premier, il faut bien le dire, j'avais pensé au Bouddha. Je me voyais, entrant dans son bureau, à l'heure où il engloutit son riz en solitaire, sur fond d'océan... « Vous voulez toujours coucher avec moi ? » demandais-je. Œil humide et seins bien en place. Il en lâchait ses baguettes, de joie : « Tu parles si je veux bien ! » Mais, le premier matin, une pancarte barrait sa porte : « Réunion en cours — Ne pas déranger ». Le deuxième, il n'était pas là. Au fond, c'est mieux comme ça... L'ennui, avec Leroy, c'était que lui, naturellement, il était blanc. Justement. Un jour ou l'autre, il faudrait bien que je m'y remette, aux Blancs. Autant commencer tout de suite. D'y penser, ça m'attristait déjà. Après la baraque, les Noirs, ils me manqueraient terriblement. Ça serait comme avoir passé ses vacances dans le pays de rêve d'un rêve. Avec des gens dotés de gros cœurs d'ébène qui vous comprenaient vraiment. Des maisons secouées de grands rires blancs. Des arbres chuchotant « Hououou, mamma... » dans le vent. Des plantes ondulant sur des airs de disco comme des hanches de roi africain. Mais, un jour, il fallait rentrer. Après tout, on n'était pas chez soi. Mais, chez les Blancs, est-ce que j'étais chez moi ? Bref, Leroy, de voir son corps pâle se tortiller sur le mien, dans la lumière qui fusait de sa salle de bains, ah, ma vieille, j'ai su tout de suite que je ne jouirais pas. Un baiseur du tonnerre, pourtant. Toutes les positions et quelle langue ! Ça m'a collé un cafard effrayant. Si seulement l'Elton avait été doué comme ça. Evidemment, maintenant, ça changerait quoi ? Et qu'est-ce qui valait mieux ? Un qu'on aimait et qui n'était pas doué ? Ou un qui l'était, mais qu'on n'aimait pas ? J'ai quand même fini par jouir. Ça m'a collé un coup de mauvaise conscience effrayant. Pauvre Elton qui, à sa manière, m'avait tant aimée. Lui faire ça... « Tu as joui ? » a soufflé la voix du barbu, il faut dire que, demander, après, dans la baraque, on les y encourageait. J'ai dit :

« Non ! » Ça lui apprendrait à n'être pas Elton. Il m'a prise dans ses bras d'un air qui disait : « Ça s'arrangera ! » Minable, même pas fichu de savoir quand une femme lui mentait ou pas. Ça m'a énervée, ces bras, il croyait que j'étais sa chose ou quoi ? Sa chambre sentait le Bleach et la radio nous crachotait un air sirupeux. Il a dit : « Quand je sortirai d'ici, je n'aurai pas de mal à trouver un boulot ! » Et il s'est mis à parler de construction, d'agences, de contrats et tout le bataclan. J'ai dit : « Oui... Oui... » Je pensais à Elton et à ses problèmes d'avenir. Là encore, qu'est-ce qui valait mieux ? Un type sans avenir ? Ou un type avec un avenir emmerdant ? Un peu plus tard, il s'est remis à bander comme un Turc. Mais j'ai ignoré. Je voyais l'autre, dans son ghetto. Sa main noire piquant l'aiguille dans sa veine. Une énorme envie de chialer m'a prise... « Pauvre Frenchie, tu n'as pas la tête à écouter mes histoires ! » s'est-il écrié. Il s'est penché. Dans l'ombre, son anneau d'or m'a fait un clin d'œil affectueux. « Tu penses toujours à ton homme, hein ?... Je ne sais pas quoi te dire... » Moi non plus, je ne sais pas quoi me dire. Quand même, c'était gentil qu'il ait remarqué. Du coup, je l'ai laissé me rebaiser... « On se reverra ? » a marmonné sa bouche dans mon cou. Comme j'ouvrais sa porte à minuit moins cinq. Dans un sens, c'était flatteur. Dans l'autre, est-ce qu'il s'imaginait par hasard que j'étais là pour ça ?... Février est chaud à crever. On sue à grosses gouttes. On est tous en short, ça fait drôle, ces grandes jambes noires, ces petites jambes blanches qui cavalent sur l'escalier. On dort les fenêtres ouvertes. On n'a même plus la force de s'enguirlander, en « groupes ». Un dimanche, Don embarque l' « équipe du nettoyage » sur la plage. Le sable brûle. On rentre. Qu'est-ce qu'on trouve ? Un nouveau. Un ami personnel d'Isaac qui nous le présente, du haut de l'escalier. Un tout petit mec à l'œil pâle, avec trois poils sur la tête. Un nouveau alors là vraiment pas comme les autres. Il se traîne à quatre pattes dans les couloirs. Il réclame à bouffer sans arrêt. Il nous réveille la nuit en poussant des cris effroyables. Il a une nette préférence pour Susan, aussi. Ça se comprend. C'est sa grand-mère. Vous parlez d'une surprise quand la Dora, la blonde, la blondinette, la chérie, regard embrumé par l'héro, à croire qu'elle compte y retourner à la prison des femmes, est venue lui coller le bébé dans les bras : « Il sera mieux avec toi qu'avec moi ! » Du coup, le Bouddha nous a donné quarante-huit heures et dix pots de peinture turquoise pour transformer la bibliothèque en nursery. Au fond, Skinny, c'est comme ça qu'on l'appelle, ça veut dire maigrichon, en anglais, c'est la chance de sa vie. Une mère de perdue. Une grand-mère de retrouvée. Mieux. Quarante mères de retrouvées. Et trente pères... Tom lui enfourne des sousoupes au pop-corn, spécialement mijotées pour lui. Prue le dorlote entre ses gros seins à l'heure de la « réunion du matin ». Ben change ses couches. Jo lui fait faire à-dada sur ses genoux, et à voir les sourires à fossettes que l'autre lui balance, c'est sûr que le petit salaud, déjà, préfère les Blancs. Blancs ou Noirs, Skinny, il leur réussit drôlement aux camés sans came. Il leur allume des étoiles dans les yeux : « Ce gosse, il m'aide à passer les week-ends ! » Il gomme leurs mauvaises consciences : « En fin de compte, un môme, ça s'adapte à n'importe qui ! Peut-être que ça ne lui déplaît pas tant que ça, au mien, d'être élevé par mon frère ! » Il comble leurs frustrations : « Pour un peu je me croirais revenu à la maison avec mon petit dernier ! » Il leur donne l'impression qu'ils sont utiles, eux aussi, on en est tous là, non ?... La semaine d'après, oh, le choc. Avec le retour de Linda, trente jours déjà, comme le temps passe. Mais est-ce que c'est bien Linda ? Un œil au beurre noir, décharnée, mains qui tremblent. Mais est-ce que c'est bien Linda. Et ça lui fait quoi, le « groupe spécial » dans le bureau jaune à l'arrivée, et les gueulantes (« Connasse, tu es revenue pour quoi ? Elle est plus bonne, la came, dehors ?... —

Tu es revenue pour quoi, salope ? Pour qu'on te dorlote jusqu'à la prochaine fois ?... — Et d'abord, qu'est-ce qui te fait croire qu'on veut toujours de toi ? ») qu'on entendait, du vestibule ? La main d'Ella fouillant son vagin dans la salle de bains du 302 ? La clinique de Venice pour le test Wassermann ? Cindy qui la suit partout, même aux W.-C. ? L' « équipe du nettoyage », comme au temps de ses débuts, avec la Frenchie qui lui fait laver les murs, vider les poubelles, briquer les chiottes ? « Bah ! » qu'elle m'a dit, et, le plus fort, c'est qu'elle l'a toujours son sourire... « ... J'ai fait des conneries ! Je les paye ! » Vous imaginez l'Elton revenant et racontant ça ? Moi pas. D'abord, il ne reviendra pas. Lui, comme ils m'ont dit, c'est le genre à se faire payer ses conneries en en faisant d'autres. Il y a des gens comme ça. Ça s'appelle des paumés. Qu'est-ce qui fait qu'un paumé est un paumé ? D'abord, c'est qu'il est sûr qu'il l'est. Après, je ne sais pas... A la fin du mois, voilà le Bouddha et Sunny qui fichent le camp quinze jours en Afrique, invités par le « Ministère de la santé publique » d'une ville avec un nom qui finit par « tadoudou ». Et ça fait cinquante-huit paires d'yeux angoissés qui les regardent s'engouffrer un soir dans la Cadillac d'Isaac, direction aéroport, ah, ce qu'ils sont chics avec leurs costumes d'alpaga et leurs cravates de soie. Et ça fait cinquante-huit cœurs qui se serrent : « Et si l'avion tombait ? Et si c'était tellement chouette, là-bas, qu'ils y restent ? Et s'ils ne revenaient pas ? » Don prend la direction de la maison. Tendu à bloc. Crachant des ordres toutes les cinq minutes. Sillonnant les couloirs comme un fou. Hier, à une heure du matin, je le trouve à la cuisine. Tout seul. Appuyé à la table comme un type qui vient de recevoir une balle de revolver dans le ventre. Blanc et sueur au front... « J'ai une saleté d'ulcère..., grimace-t-il. Il se rouvre de temps en temps !... — Pas étonnant ! Tu vas au bout de tes forces ! » Il essaye de se marrer : « Si je vais pas au bout, comment est-ce que je saurais où est le bout ? », mais qu'est-ce que je vais faire, s'il tourne de l'œil sur le carrelage ?... « Mais... » Ses yeux bleus me foudroient : « Ecoute... Isaac n'est pas là ! Sunny n'est pas là ! Si un seul de nos camés se barre, cinq ou six suivront ! Je suis responsable ! » braille-t-il, fou ce que ça lui réussit, son sens de la responsabilité... Mon dieu, faites quand même que personne ne se barre. A l' « équipe du nettoyage », je leur maintiens un moral du tonnerre. Je leur balance des pauses-café d'une heure. Je leur fais décrasser à fond la nouvelle bibliothèque. Ils adorent ça. Ils peuvent écouter les cassettes en même temps. Je me relève la nuit. Je coince Vic et Né-pour-perdre, trimbalant, de chambre en chambre, leurs torches électriques et leurs pieds fatigués de veilleurs de nuit... « Tout va bien ?... — Mais oui ! Pourquoi est-ce que tu te fais du souci comme ça ? » Parce que, après tout, moi aussi, c'est ma baraque... Ils sont revenus un matin. Crachés par la Cadillac dans l'air léger du parking. Acclamés par cinquante-huit camés les bombardant de confetti par les fenêtres décorées de banderoles écarlates : « Bienvenue à Isaac et Sunny ! »... Ça... a fait un grand sourire de soulagement sur leurs figures noires. Sans doute qu'eux aussi, ils s'étaient dit : « Et si les salauds n'étaient plus là ? »

En mars, mauvaise nouvelle. On va avoir un marathon. Un quoi ? Un ma-ra-thon. C'est quoi ? Un « groupe » qui dure douze heures. Quelquefois vingt-quatre. Quelquefois quarante-huit. Horreur. Qui est-ce qui va en être ? Moi. Horreur. Moi et onze autres, dont Don. Horreur. Ça sera quand ? Lundi. De six heures du soir à six heures du matin. Ouf, quand même. Ça se passera où ? Dans le bureau du Bouddha. Mes cons et moi on passe la journée à organiser. Une planche géante, sur deux tréteaux, pour la bouffe. Des oreillers par terre, pour nos fesses. Tout le reste est viré... On démarre. Cœurs qui tremblotent et mains froides. Habillés relax comme ils ont demandé et cigarettes bien calées dans les chaussettes... Au début, c'est comme un « groupe » ordinaire. Avec des histoires de placard pas rangé qui mènent à des histoires de culs pas baisés, comme pour Susan, cheveux blonds hirsutes, tricot vert hirsute, qui fond en larmes... « Vic m'évite depuis une semaine ! Mais qu'est-ce qu'il a ? Il s'en tape une autre ? Dites-le-moi, si vous le savez ! Mais qu'est-ce qu'il a ? » Des histoires de culs trop baisés, qui mènent à des histoires de boulot bâclé : « D'accord, je néglige le secrétariat ! Je ne pense qu'à Willy ! Si on va se voir ou pas ! Il me fait tellement jouir, quand je commence, je ne peux plus m'arrêter ! » s'écrie Prue, plissant des yeux de petit cochon amoureux... « C'est justement ce que Julie me disait hier soir ! » lui répond le Casanova, hochant gravement sa tête sombre, tressée pour la nuit... « Tu vois, Prue, je suis honnête ! Je préfère que tu l'apprennes par moi ! » Des histoires de gueulantes pour un oui pour un non, qui mènent à des « Oui, mec, ces temps-ci, je ne sais pas pourquoi, mais j'ai des envies de me tailler ! » de Ben. Et moi ? Qu'est-ce qu'ils attendent pour s'occuper de moi ? Un « groupe », c'est toujours comme le salon d'attente d'un dentiste. Plus vite entré, plus vite sorti. Une petite peur me mord l'estomac. De quoi est-ce qu'ils vont me parler ? D'Elton ? Ça, ils ont laissé tomber. De Leroy ? Quoi, Leroy ? J'ai couché avec lui trois fois. « Tire ton coup, rhabille-toi, barre-toi... » Quoi, Leroy ?... Minuit. Pause souper avec du rosbif, oui, du rosbif, des tas de salades, des papayes. On redémarre. Une petite lampe nous éclaire juste assez pour qu'on puisse voir qui est qui. Et jette de grandes ombres au plafond. Les yeux clignent de fatigue dans les figures creuses. Les cendriers débordent. Les chaussures jonchent le tapis rouge. Derrière les fenêtres, le ciel est noir. Mais est-ce qu'il y a des fenêtres ? Des murs ? Une baraque ? Ou une île ? Océan autour et douze crétins assis en rond à l'heure de la vérité, épuisés comme ils sont, qu'est-ce qu'ils pourraient bien lâcher d'autre ?... La vérité, c'est tous ces trucs à moitié dits, ou mal dits, ou pas dits du tout, et qui leur pèsent sur l'estomac depuis si longtemps. La vérité, c'est la bonne femme violée par Leon, il y a quinze ans : « J'en avais même pas envie ! J'étais en colère ! » qu'il chuchote, si bas qu'on a du mal à l'entendre... « La deuxième fois, quand je suis sorti de taule, je me suis pris un chien ! Je pensais que, quand je sortirais le soir, pour me balader, ça m'empêcherait de recommencer !... — Tu as recommencé ?... — Oui !... — Combien de fois ?... — Cinq fois !... » C'est Carol qui, sur ma gauche, secoue sa crinière de lune, et nous raconte : « J'avais dix ans ! C'était l'été ! Une nuit, il est entré dans ma chambre ! Il fumait un petit cigare ! Il sentait bon ! Il a écarté mes jambes ! Par-dessus son épaule, je voyais le ciel avec un palmier ! Il a enfoncé sa bite en moi tout doucement ! Au début, ça m'a fait mal ! Après, oh la la, j'ai adoré ! » L'homme au cigare, c'était son père. Et la partie de jambes en l'air, un souvenir trop beau pour être vrai, qu'ils lui disent. Un souvenir qu'elle s'est inventé à la place de l'autre qui l'aurait chamboulée à vie. Qu'est-ce qu'ils en savent ? Et si c'était vraiment un bon souvenir ? Pour moi, en tout cas, c'est presque sûr que ça en aurait été un. Quand même, c'est admirable, ces « groupes ». Ça vous fait voir qu'on n'est pas tout seul à penser des choses qu'on n'osait pas penser. Et, du coup, voilà qu'on peut les penser, sans honte ni rien... C'est Mini-Paco, assis sous une fenêtre, genoux au menton, et qui tripote ses doigts de pieds en nous avouant : « Quand je me piquais, je me sentais grand !... » C'est Ruth, en T-shirt blanc, parlant de son mari en brandissant un poing noir : « Il ne m'a jamais dit : " Je t'aime " ! En douze ans de mariage, il ne m'a pas dit une seule fois : " Je t'aime " ! Le pourri !... — C'est pour ça que tu l'as flingué ?... — C'est pour ça que tu l'as flingué ?... —

C'est pour ça que tu l'as fling... » Peut-être qu'elle ne le sait pas elle-même que c'est pour ça qu'elle l'a flingué... C'est Willy qui nous dit : « Elle avait seize ans ! Quand elle est venue m'annoncer qu'elle était enceinte, je partais livrer de la came ! Je lui ai dit d'aller se faire foutre ! A mon retour, sa mère m'attendait devant ma porte ! La môme s'était jetée du cinquième ! » C'est Linda, enroulée dans son couvre-pieds à fleurs, depuis qu'elle est rentrée, elle a tout le temps froid, et qui crie : « Je pensais sans arrêt à l'overdose de mon mari ! J'étais sûre que ça allait m'arriver ! Ah, les mecs, vous ne pouvez pas savoir comme je suis heureuse d'être revenue !... » C'est ce truc dingue qui se passe tout d'un coup. On n'est plus douze. On est un. Je ne suis plus Frenchie. Je suis Leon, j'ai violé cinq bonnes femmes, je connais l'odeur de Saint-Quentin. Je suis Ruth et j'ai descendu mon mari. Je suis noire. Je suis blanche. Je suis rouquine, comme Cindy, tassée dans une encoignure, toute petite dans une chemise piquée à Jo, et voix qui tremblote : « J'ai une fille de six ans ! Je l'ai donnée à ma sœur pour qu'elle l'élève ! Vous croyez qu'elle me pardonnera ? » J'ai une patte foutue comme Jesse qui marmonne : « Quand je suis au lit avec une fille et que son regard tombe sur ma jambe, je débande ! » J'ai une moustache comme Mini-Paco. J'ai des étoiles sur les mains comme Don, accoté là-bas, contre la porte. Œil en forme de caillou bleu, rictus des grands jours, et « groupe » sur lui... « Sadique ! Nazi ! Tu n'aimes personne ! Tu te fous de tout le monde, ici, sauf d'Isaac !... — Camé ! Ta drogue, c'est la baraque !... — Lèche-cul ! Tu ferais n'importe quoi pour lui plaire, à Isaac !... — Tu l'as dit ! N'importe quoi !... — Ça te fout pas la trouille de dépendre d'un type, comme ça... — Ça me foutrait encore bien plus la trouille de ne plus en dépendre !... — Tu sais ce que t'es ? Un grand malade !... — Si je ne l'étais pas, je ne serais pas ici !... — Et si, un jour, tu n'y étais plus ? Et si, demain, il te fiche dehors ? Et si, demain, il claque ? Là, tu fais quoi ? Tu te flingues ? Tu sautes par la fenêtre ? Tu fais quoi ?... — Quelle question à la con ! Tu le sais, toi, ce que tu feras demain ?... » La nuit se barre à toute vitesse. Le ciel pâlit. C'est sûr, ils m'ont oubliée. Quelle heure est-ce qu'il peut bien être ? Et si le temps s'était barré aussi ? Et si on était là pour la vie ? Douze camés, aplatis sur le tapis rouge. Yeux qui se ferment au creux des oreillers. Mains qui s'allument des cigarettes pour ne pas sombrer... C'est qui, la voix qui dit : « La première fois que je suis venu ici, je suis resté six mois ! Et puis, une nuit, je me suis taillé ! Dehors, j'avais la baraque dans la tête vingt-quatre heures sur vingt-quatre ! » C'est qui, la voix qui dit : « La semaine dernière, on m'a laissé téléphoner à mon fils pour ses douze ans ! Il m'a demandé de lui envoyer une bicyclette !... J'ai dit oui ! Il ne sait pas que je suis ici !... Qu'est-ce que je vais faire, maintenant, pour cette putain de bicyclette ? » C'est qui, la voix qui dit : « Dis donc, tu roupilles, Frenchie ? » C'est Ella la Terreur. Elle se redresse, tirant sur une blouse fripée. Elle tourne vers moi sa figure sombre au nez rogné, depuis le temps, glapit-elle, qu'elle voulait me parler. Me parler pour me dire que je suis une enfoirée. Une salope qui affiche des airs supérieurs depuis le premier jour, française ou pas, une camée, c'est toujours une camée, qu'est-ce que je crois ? Une snob qui parle toujours aux mêmes, comme si les autres n'étaient pas assez bons pour elle. Elle, par exemple. En onze mois, est-ce que je lui ai adressé la parole une fois, une seule petite fois ?... « C'est vrai ! qu'ils gueulent. T'as jamais cherché à la connaître, Ella ! Ni Jesse ! Ni le boutonneux ! Ni Jody ! Ni Peter ! Ni Sally ! Ni même Don !... T'as jamais pensé que, ceux-là aussi, ils avaient peut-être des coups de déprime, des emmerdes, des choses à raconter ! T'étais bien trop occupée avec ton chéri ! En onze mois ici, salope, tu as aidé qui ?... » Ils ont raison. Elle a raison. Je chiale. Je suis si fatiguée que, de toute façon, n'importe quoi me ferait chialer. Je chiale. Je suis une salope. Pour ça et pour le reste. Ici et ailleurs. J'ai passé ma vie à être une salope. Je chiale. Je parle de ma maman. Pourquoi est-ce qu'on fait toujours chier ceux qu'on aime ? Je parle de la guerre, enfin, je dis que je ne peux pas parler de la guerre. Je chiale. Je parle de mon papa, sur son lit d'hôpital, avec des tuyaux dans le nez. Est-ce qu'il m'a entendue quand je lui ai dit : « Je t'aime » ?... « Même s'il ne t'a pas entendue..., qu'ils répondent, tu crois qu'il ne le savait pas ? », ah bon ? Je chiale. Ils chialent. En dedans, mais je sais qu'ils chialent. Qu'ils ont un trou dans la tête et la guerre au fond. Des mamans qui cachent leur peine sous leur chignon. Des papas envolés au paradis des vieux docteurs juifs, épuisés par la grande cavale. Je chiale tant que je perds mes yeux et qu'ils roulent sur le tapis. Je dis que je ne sais pas aimer. Je chiale. Je parle d'Elton. Je dis que j'ai loupé l'Elton. Ils haussent les épaules... « Bah ! Peut-être qu'il y avait pas grand-chose à louper !... Peut-être que ça t'aura appris quelque chose ! Que, la prochaine fois, tu te choisiras un type qui te veut au lieu de toujours choisir un type que toi tu veux ! » C'est pas idiot. Comment ça se fait que je n'ai jamais pensé à ça ?... Six heures. On se remet sur nos pieds en poussant de grands cris. Aïe, les reins. Aïe, le cou. Aïe, les jambes. On a l'air d'une armée de fantômes. On cligne des yeux dans le jour pâle. On se regarde. On se connaît enfin. On ne s'oubliera plus. On s'est tiré une vie ensemble, en une nuit... « Tout le monde sur la plage ! » hurle Don... Dehors, c'est tout rose. Tout froid aussi. Mais tout rose. Le ciel, l'océan, la plage, les bicoques de Venice, là-bas. Mini-Paco plonge tout habillé dans les vagues. On cavale sur le sable mouillé. On a cinq ans. On est légers. On pique des coquillages... Ella m'empoigne. Me plaque un baiser humide. Un grand sourire fend sa gueule noire : « T'en fais pas, Frenchie ! Elton, ça te passera !... — Ça me passe déjà ! » que je dis, qu'est-ce que j'ai dit ? Je rigole. Je bois le vent. Je bois la plage. Je bois le ciel plus grand qu'ailleurs. Je bois l'Amérique. Je rigole... Une voix crie : « C'est l'heure du breakfast ! » On retourne, ventre à terre, vers la baraque. Elle est toujours là. Cramoisie, vache, sereine. Dans le soleil qui flamboie.

« Elle descend ! Elle descend ! » gueulent les voix, d'en bas. Cindy me donne une petite chiquenaude sur l'épaule : « Allez ! On y va ! » Oh, le trac. Dans le couloir du bas, ils sont là. Sapés comme des princes, pas possible que ça soit pour moi. Des sourires me matraquent. J'entre dans la cuisine. « Lumière ! » Ça s'éteint. Oh, le trac. Une main me guide autour de la table. « Lumière ! » Ça se rallume. Le *Happy Birthday to you !* éclate à pleins poumons. Me voilà devant le gâteau. Un gâteau du tonnerre. Trois étages de sucre blanc, ceinturés par une guirlande de roses. Et un « Bon anniversaire, Frenchie ! » en lettres vertes, pas possible que Tom ait passé la moitié de la nuit à confectionner ça pour moi. « Discours ! » Mon cœur tape à cent à l'heure. Mes jambes se barrent. Je m'appuie à la table pour ne pas tomber... « Discours !... » Oh, le trac. Tous ces yeux sur moi. Les yeux gris de Cindy, ah, ma vieille, tu nous revois sur la plage du premier jour, une muette en liberté surveillée et une camée en bikini, se cherchant un soda ? Les yeux tendres de Leroy au-dessus de la barbe rousse, pauvre Leroy. Les yeux bridés d'Oscar, mon ancien patron. Les yeux rougis de Susan qui pleure à chaudes larmes. Les yeux triomphants de Don. Les gros yeux de Ben qui disent : « Bravo, Frenchie ! » Les yeux noirs de Linda qui cogitent ferme sous la frange noire, elle, évidemment, puisqu'elle repart à zéro, son cinquième gâteau, dans un an, ça sera son premier gâteau. Les yeux brillants de Leon sous le bonnet rouge, vous croyez que ça le reprendra, de violer des bonnes femmes ? Les yeux ronds du boutonneux qui me disent, eux : « Mais comment est-ce que t'as fait pour rester un an, dans cette saleté de baraque ? » et, au fait, c'est vrai, comment est-ce que j'ai fait ?... « Discours ! » Devant moi, de l'autre côté de la table, la pomme d'adam de Justin monte et descend. Oh, le trac. Et si je me barrais ? Quoi ? Mais enfin, le trac pourquoi ? Parler devant des gens, je n'ai jamais fait ça. Et alors ? D'abord, c'est pas des gens. Et tu sais bien qu'ils t'aiment. Et tu sais bien qu'ils sont fiers de toi, est-ce que Don ne t'a pas dit ce matin : « Moi qui pensais que tu ne tiendrais pas trois semaines ! » Justement. Je n'ai pas l'habitude qu'on soit fier de moi. Ça me tue. Je ne sais pas pourquoi. Mais ça me tue... « Discours ! » Ecoute, tu vas les faire rester là toute la nuit ? Mais qu'est-ce qu'ils veulent que je leur raconte ? Ce que tu sens. Qu'est-ce que tu sens ?... « Pour une putain d'année, ça été une putain d'année ! que je dis. Mais ça a été aussi la plus belle année de ma vie ! » Les bravos explosent. Avant l'ouverture des cadeaux, fou ce qu'il y a comme cadeaux, le défilé commence. Des mains m'empoignent. Des bouches se collent sur ma bouche. Je ne sais plus qui m'embrasse. Je ne sais plus qui j'embrasse. Ils crient : « Bonne année, Frenchie ! » Je chiale.

« Bon... eh bien voilà... » que je dis à Don, quand on s'en va et qu'on ne sait pas quoi dire, c'est toujours ce qu'on dit, non ?... Dix heures du matin dans le bureau du rez-de-chaussée. Tout est comme le premier jour. Les deux fougères au plafond. L'aquarium, mais, cette fois, avec son occupant. L'océan par la fenêtre. Le petit blond en tunique hippie. Sauf qu'aujourd'hui il est tout seul. Assis devant la table. Main à étoile griffonnant sur un registre. Et tête qui dit : « Tu-ne-vois-pas-que-je-suis-occupé ? », ça c'est parce qu'il a peur de se laisser aller... « Ce con de python va me manquer... » que je lance, et si c'était moi qui avais peur de me laisser aller ?... « Tu veux dire que je vais te manquer ! » ricane-t-il, sans lever les yeux... « Même la dernière, tu ne l'auras pas loupée !... J'ai parlé à Isaac hier soir !... — Je sais !... — Je voulais lui dire au revoir ce matin, mais il n'était pas là !... — Je sais ! » répond-il, mais enfin est-ce qu'il va s'arrêter de griffonner ? La porte s'ouvre. Ben allonge sa bouille noire : « C'est à quelle heure, déjà, ton avion ?... — Midi vingt !... J'arrive ! » J'empoigne ma valise. Je dis : « C'est vrai ! Au fond, je ne te connais pas ! » D'un coup, ça me déprime. Comme si j'avais raté quelque chose de terriblement important. Et maintenant, c'est trop tard. Et la faute à qui ?... « Bah ! Ça sera pour la prochaine fois ! » Je crie : « Tu blagues ?... — Sait-on jamais... » grommelle-t-il en me balançant un coup d'œil bleu et froid. Naturellement, sait-on jamais ?... Je fais un pas. Dis-lui. Comment ? N'importe comment. Si tu ne lui dis pas, tu t'en voudras toute ta vie... « Merci ! » Il glousse : « C'est à toi qu'il faut dire merci ! », tiens, ça, ça ne me serait jamais venu à l'esprit. Le téléphone sonne. Il décroche : « Espèce d'enfoiré, je t'avais bien dit... » Je le regarde un bon coup, le Nazi. Mon dieu, faites qu'Isaac le garde avec lui, après tout, qu'est-ce qui vaut mieux ? La baraque et la santé ou la rue et l'héro ? Mon dieu, faites qu'il ait tout ce qu'il veut, dans la vie, mais... qu'est-ce qu'il veut ? Je sors. Vestibule. A ma gauche, la porte qui s'ouvre même la nuit. A ma droite, l'escalier d'acajou, avec Né-pour-perdre et Mini-Paco. Chiffons et bouteille d'huile à la main. Flac, d'une marche à l'autre, comme deux insectes fatigués. Je crie : « Au revoir ! » Leurs mains font un geste vague. Qu'est-ce qu'ils ont ? Ils ont que, moi, je pars. Et qu'eux, ils restent. Evidemment... Quelque part, l'aspirateur ronronne. Prue en patronne de l' « équipe du nettoyage », elle sera très bien. Pas aussi bien que moi. Mais très bien... Le couloir du rez-de-chaussée est désert. Où est Leroy ? Sûrement en train de broyer du noir quelque part. Quand même... et le baiser d'adieu ? Tous les mêmes. Vous prennent tout. Vous donnent quoi ?... J'ouvre la porte, côté ruelle. Une tignasse rouge me saute au cou : « J'ai une lettre de Bobby ! Il est dehors ! Il est propre ! Il bosse ! Il m'aime ! » hurle-t-elle. Ses yeux gris clignotent de joie. Je dis : « Formidable ! » On cherche quelque chose d'autre à se dire. Mais quoi ? On se réembrasse : « Bonne chance !... — Bonne chance !... » Dehors, sous le palmier, la camionnette blanche m'attend... « Alors, Frenchie..., jette Ben en embrayant. Vive la liberté, aujourd'hui, hein ? » On démarre. Je sens la baraque dans mon dos : « Oui ! Vive la liberté ! » Ma vieille, je n'ai jamais autant chialé de ma vie.

« Vraiment, ma cocotte, je ne te comprends pas ! » s'est écriée ma mère. Et, au creux de sa jupe de tweed, le petit chat a sursauté. « Un an dans une baraque de fous, parce que, enfin, d'après ce que tu me racontes, c'est une baraque de fous... tu ne vas pas me faire croire que tous les gens qui veulent arrêter de prendre des pilules doivent en passer par là... » A Tours, par la fenêtre du salon, le jardin était brun. Elle, elle avait du blanc dans son chignon. A part ça, elle était en forme. Drôlement en forme, même. Joues plus roses que du temps où elle se camait, je veux dire que du temps où je me camais. Et pull-over en laine bouclette assorti à ses yeux bleus que mon pauvre papa avait tant aimés... « De toute façon, allons, allons, il ne faut pas généraliser ! Des pilules, il y en a des bonnes et des mauvaises !... Le danger c'est de prendre n'importe quoi à tort et à travers ! Mais les médecins, eux, savent ce qu'ils font ! S'ils ne le savaient pas, il y a longtemps qu'ils seraient en prison ! » a-t-elle ajouté, c'était pas à hurler ? J'ai filé me faire un café à la cuisine. Elle s'est pointée derrière moi, le petit chat dans les bras : « ... Mais dis-moi, ma petite chérie, au fond, tu les prenais pourquoi, ces pilules ? » qu'elle a demandé. En se penchant pour m'embrasser.

Mon beau pays, il est vraiment sinistre. D'abord, ils ont tous l'air de croque-morts. Pâles comme des endives. Avec des fringues grises, noires ou marron. A l'aéroport, le jour de mon arrivée, j'aurais donné n'importe quoi pour voir un Levi's, un anneau d'or à une oreille ou une tunique hippie... Ensuite, ils ne parlent que de politique et de changer la France. Est-ce qu'ils ont essayé de se changer, eux, pour voir si ça irait mieux ?... Et puis où est le soleil ? A Paris, depuis un mois, on caille et tout est gris... Au magazine *Espaces du futur,* le bureau du chauve, mon ancien patron, était gris aussi. Et sans plantes... « J'ignorais que vous aviez un problème... » a-t-il murmuré d'un air légèrement effaré, quand j'ai eu fini de lui raconter. Derrière ses lunettes d'écaille, ses yeux se sont barrés : « ... Pour en revenir à ce que vous m'avez demandé, ah, ma pauvre amie, vous tombez mal ! Rien ne va plus, en France, vous savez ! La presse est dans un état lamentable ! Des centaines de journalistes et des meilleurs sont sur le pavé !... Ici, nous avons dû restreindre notre équipe ! Et, malheureusement, nous ne pouvons plus nous payer de collaborateurs extérieurs !... Croyez-moi, je suis vraiment désolé... » A la porte, il a englouti ma main dans les siennes, en penchant vers moi son front dévasté : « Laissez-moi vous dire que votre confidence m'a beaucoup touché !... Quel redressement magnifique ! » s'est-il écrié, sympa quand même, et si c'était vrai, après tout, les grands esprits au chômage, la fin des pigistes et la France qui s'écroulait ? « ... Savez-vous que, moi, je n'ai jamais touché un somnifère ou un tranquillisant de ma vie ?... Pour quoi faire ?... Mon petit scotch au coucher et je dors comme un enfant ! Et, pour oublier les tracas de la semaine, rien ne vaut ma bouteille de bourbon devant mon feu de bois, pendant les week-ends ! » Un petit coup de joie a fait briller ses yeux cerclés d'écaille. Et il s'est mis à ressembler à un hibou heureux... « Bien évidemment, c'est comme pour tout ! Il ne faut pas abuser ! a-t-il articulé, zébrant l'air de sa main pâle. Mais du moment que je sais que je peux m'arrêter quand je veux ! »

Sur les Champs-Elysées, à la terrasse du Fouquet's, un Français m'a draguée. Un brun, dans le genre fin. Publiciste. Chemise distinguée, sûrement Pierre Cardin. Et sourire complice... « On déjeune ensemble ? » On a déjeuné. Et puis on a baisé. Son appartement, à Neuilly, était chic comme tout. Beige et blanc. Meubles Empire, tapis et tout le bataclan. Et un lit en cuivre... Son joli corps sentait l'eau de toilette et, ah, ma vieille, les Français, il faut leur laisser ça que, pour la chose, ils sont vraiment des rois. Après, on est restés là. Noyés dans les draps beiges aussi. Doigts emmêlés sur fond de Vivaldi, est-ce que c'était Vivaldi ? Des vrais amants de film nouvelle vague. Il m'a dit des choses ravissantes... « Mais tu es merveilleuse !... Quels yeux ! Et une peau comme ça, madame, ça ne court pas les rues !... Ah, j'avais oublié qu'on pouvait être aussi heureux !... » Sa femme était dans l'Oise avec les enfants. Mais comme il a précisé, index levé : « Dix ans que je dors seul sur un vieux canapé ! » Un petit coup de déprime m'est tombé dessus. Ça me fait toujours ça, au bout d'un moment, la musique classique... « Chérie, il faut absolument qu'on se revoie... » m'a-t-il glissé à l'oreille un peu plus tard. Installant entre nous un plateau avec du thé : « Je ne sais rien de toi ! » D'un coup, il a su, parce que je me suis mise à lui raconter la baraque. A lui aussi ? Mais enfin, tu vas balancer ça à tous les gens que tu vas rencontrer ? Naturellement. Mais pourquoi ? Parce que, la baraque, c'est moi. Qu'est-ce que je peux être d'autre que moi ?... Le disque s'est arrêté. Le Français m'a regardée comme s'il m'avait brusquement poussé des poils sur la figure ou quelque chose comme ça, et si c'était pour qu'ils se barrent que tu leur racontes ta vie ?... « Mais c'est un vrai cauchemar, ton histoire ! » s'est-il écrié. Il a allumé une Gauloise d'une main chamboulée. Et, entre ses cuisses pâles, son zizi a frissonné... « C'est du fascisme pur ce qui se passe dans ta baraque !... Tu y as cru, toi, à leur réhabilitation ?... Du lavage de cerveau, oui, c'est ça qu'ils font !... Tu es sûre qu'ils ne sont pas affiliés au Parti nazi américain ?... Tu sais que tu as de la chance de t'en être sortie saine et sauve !... Un an là-dedans ! Mais, mon pauvre ange, tu voulais te punir de quoi ? » qu'il m'a demandé, et, ah, ma vieille, c'est là que je suis allée me rhabiller.

« Le plombier, il ne peut pas venir s'occuper de votre salle de bains avant quinze jours ! » a soupiré ma concierge. A croire qu'elle m'attendait, moi et mon taxi. Plantée là avec ses rides et son châle gris. Presque aussi vieille que la cour autour d'elle. Et que l'île Saint-Louis, autour de la cour. J'ai dit : « Il peut rester chez lui, le plombier !... Je repars en Amérique ! » Son petit œil qui pleurait tout le temps m'a fixé d'un air navré : « Mais vous en arrivez !... Mais qu'est-ce que vous allez encore y faire ? » a-t-elle gémi. D'un coup, elle a vraiment eu l'air très seule, entre ses poubelles. Et je me suis promis de lui envoyer des flopées de cartes postales en couleurs, avec gratte-ciel à vertiges, sur fond de ciel plus grand qu'ailleurs... « M'installer dans une ville qui me plaise, reprendre mon métier, me faire des amis, aller au cinéma, me dégotter un type... » que j'ai répondu, cette bonne femme, malgré les apparences, elle pouvait tout entendre... « Mais, tout ça, vous pouvez le faire ici !... — C'est sûr..., que j'ai dit en cherchant mes clés dans mon sac, ... mais, vous voyez, je préfère le faire en Amérique ! »

DU MÊME AUTEUR

Aux Éditions Gallimard

LE GRAND HOMME GRIS, *roman.*

Impression Bussière à Saint-Amand (Cher),
le 11 avril 1985.
Dépôt légal : avril 1985
Numéro d'imprimeur : 2795

ISBN 2-07-037646-X/Imprimé en France.

35470